戲非戲146

大瓷商

(下)

南飛雁 著

高寶書版集團

戲非戲 DN146

大瓷商（下）

作　　者：南飛雁
編　　輯：余純菁
出 版 者：英屬維京群島商高寶國際有限公司台灣分公司
Global Group Holdings, Ltd.
地　　址：台北市內湖區洲子街88號3樓
網　　址：gobooks.com.tw
電　　話：(02) 27992788
E-mail：readers@gobooks.com.tw（讀者服務部）
pr@gobooks.com.tw（公關諮詢部）
電　　傳：出版部(02) 27990909　行銷部（02）27993088
郵政劃撥：19394552
戶　　名：英屬維京群島商高寶國際有限公司台灣分公司
發　　行：希代多媒體書版股份有限公司/Printed in Taiwan
初版日期：2010年8月

國家圖書館出版品預行編目資料

大瓷商（下）/ 南飛雁著. -- 初版. -- 臺北市：高寶國際出版：希代多媒體發行, 2010.08
面； 公分. --（戲非戲 ; DN146）

ISBN 978-986-185-487-8（平裝）

857.7　　　99010340

·目　錄·

拾柒

血濺長崎港

董振魁起初對盧維章交出的祕法還是心存戒備，但眼看著一窯窯的宋鈞接二連三地燒出來，終於放下了心。其實在如法炮製之前，董克溫汲取了上一次倉促行事的慘痛教訓，再三研讀祕法，確信其中無詐後，才敢付諸行動。《敕造禹王九鼎圖譜》是董家的鎮家之寶，眼下又有了盧家的祕法，董克溫燒造起來無異於如虎添翼。再加上董振魁親自在理合場專窯督造，十口專窯日夜不熄，趕在十月前這段黃金季節裡，終於燒出了禹王九鼎。糅合了董盧兩家宋鈞燒造祕法的禹王九鼎果然不同凡響，「玫瑰紫」、「天青」、「天藍」各放異彩，宋鈞獨有的「蚯蚓走泥紋」更是光彩奪目。所謂「蚯蚓走泥紋」是指二次釉燒中因釉層厚重，釉料自然熔化流淌，補足了瓷體裂開的細紋，出窯冷卻後便形成一道道流動的線條，極似蚯蚓在泥土中爬行的痕跡，故而得名。「蚯蚓走泥紋」是傳世宋鈞的上品，與「天青」、「天白」二色融爲一體，宛如蚯蚓迂迴曲折於白雲之間，而白雲散漫於碧藍的天空之上。在宋代道學興盛時，蚯蚓被視爲龍子初生，乃是修道之人脫胎換骨、更迭重生之徵；雨過天晴，白雲是龍行太虛、布雲施霧之象；而神龍見首不見尾，正是真龍天子無爲而治，無爲而爲之兆。故教主道君皇帝宋徽宗有「雨過天晴雲破處，嬰啼如歌新生來」的感慨。

最後壓軸的豫州鼎出窯時，董振魁父子三人肅立在專窯前。那陣劈劈啪啪的開片聲響過後，董克良上前打開匣缽。在場眾人目睹豫州鼎出窯的盛況，無不驚豔。神垕鎮自北宋亡國至今六百多年，這件豫州鼎是從未有過的頂尖成色，但見窯變色石破天驚，千變萬化，紅、紫、藍、青、白交相融會，燦若雲霞，正應了宋詩裡「高山雲霧霞一朵，夕陽紫翠忽成嵐」之句。董克溫再也忍不住，跪倒在豫州鼎前，放聲大哭起來。他自十八歲投身窯場，從此不問世事一心燒窯，精研出董家獨門的宋鈞「天藍」一色，如今又燒出了董家自己的「玫瑰紫」。彈指之間三十多年過去，他已過了知命之年。雖然身染痼疾，喪失一目，又子女皆無，但在他心裡，這些飽含他心血的禹王九鼎就是他的孩子，看著孩子從呱呱墜地到長大成人，他心中的狂濤巨瀾又豈是一兩句話可以形容的？

董振魁目睹此情此景，心中百感交集。他悄然屏退眾人，跟董克良一起默默站在董克溫背後，任由他在淚水中忘乎所以地陶醉著、嘆息著、快活著。許久之後，董克溫才恢復常態，起身朝父親深施一禮道：「父親，孩兒有個不情之請，萬望父親答應！」董振魁嘆道：「你可是要自告奮勇，護送禹王九鼎進京？」

「沒錯！父親，孩兒快五十歲了，連個一兒半女都沒有，這禹王九鼎就跟我的孩子一般！父親，您就當我是送兒子趕考，送閨女出嫁吧，請父親務必恩准！」

董振魁不忍讓董克溫的心願落空，只得道：「也好，讓你兄弟跟你一起去吧。」

董克良一愣，脫口而出道：「父親，您不是要我去煙臺嗎？」

「生意是做不完的，天底下還有什麼比父子兄弟更重要？何況盧豫海在煙臺已經站住了腳，我聽電報局的眼線說，他剛剛在那裡簽了一百萬兩銀子的生意！你現在去，正好碰上盧豫海的鋒芒，我看你還是先陪你大哥進京交差，避過盧豫海的風頭再說……」在禹王九鼎這件皇差上，董振魁已然傾注了全部的心力，眼見大功告成，整個人刹那間衰老下來。他只覺渾身鬆軟，彷彿世間再無可依靠之人，再無可投入之事。董克溫和董克良忙上前攙扶，父子三人慢慢走出了專窯場。董振魁猶自嘆息道：「唉，在禹王九鼎上，咱算是給盧維章當頭一棒，可要說起生意，咱就棋輸一招啊！半年前咱們就知道盧豫海去了煙臺，可我一時疏忽，竟然小瞧了他！盧豫川剛愎自用，志大才疏，就不說他了。可盧豫海在景德鎮、在煙臺都是白手起家，硬是從老虎嘴裡奪了肉，在如林的強手間縱橫捭闔！今後董家最大的敵人，是盧豫海啊……」

董克溫和董克良相互看了一眼，都沒有說話，只是攙好老邁的父親，一步步走進無窮無盡的夜色之中。

董家老窯燒出了禹王九鼎，提前交了皇差的事情，頃刻間傳遍神垕各大窯場。盧豫川得知消息後大吃一驚，立刻趕到鈞興堂向叔叔報信。盧維章似乎對此早有預感，只是淡淡一笑道：「以董克溫之才，董振魁之勢，還有盧家的祕法，要是燒不出來，那就不是老董家了。」

盧豫川囁嚅道：「但……叔叔給他們的不是假祕法嗎？怎麼還能……」

「假祕法也燒得出禹王九鼎。」盧維章放下手裡的書卷，微笑看著他，慢悠悠道，「我讓你細心研讀那本祕法，可有什麼心得？」

「有一些，已經跟楊叔議論過了。」其實盧豫川一知道那是假的，便無心思去看，只得編了瞎話。他趕忙岔開話題，「楊叔最近也有不少進展，僅鈞惠堂粗瓷燒造一項，就把工本降低了一成有餘！」

「楊哥的確天生是燒窯的人啊！」盧維章搖頭嘆道，「豫川，你扶我去院子裡走走。」盧豫川趕忙上前攙扶他，叔姪二人來到小院裡。盧維章輕聲道：「今天早上起來，想打一趟太極拳，居然打不動了！要不是你來，我連這個門都懶得出。」

盧維章一直對外稱病，最近的身子居然就真的弱了下去，比起年初的時候差了許多。盧王氏憂心忡忡，請了許多名醫診斷，卻眾口一詞說他身子沒有大礙，只是心事太重，不是藥物能治的，只有安心調養。盧王氏沒少勸過他，但他總是淡淡一笑說「天意如此，豈在人爲」。盧豫川揣測叔叔還是爲了祕法之事，但也不敢多提，只扶著他在院子裡緩緩踱步。盧維章道：「豫海在煙臺訂的單子，都吩咐下去了嗎？」

「叔叔，豫海這回真是大手筆啊！楊叔看了那些豫海讓景號轉來的樣品，說這些東西算什麼，比宋鈞好弄多了！嘿嘿，眼下在楊叔主持下，十處窯場日夜趕工，如期交貨萬無一失！」

「你楊叔是怕眾人心虛，故意給他們打氣的！」盧維章淡然道，「你不知道，他拿著那些樣品來找我，開口就說『老二給我出了個難題啊』。」盧豫川深感意外，盧維章兀自道，「我們倆老夥計琢磨了好幾天，才在青花瓷和宋鈞之間找到了些門路，你楊叔爲此都吐血了！你以爲青花瓷是那麼好做的？既要有宋鈞的風韻窯變，還得有青花的圖案畫工，難哪！不過盧家的祕法又多了一條，那就是宋鈞青花的燒造技法！」

盧維章一口氣說了這麼多話，腳下有些虛了，盧豫川忙扶他在石椅上坐下，鼓起勇氣道：「叔叔，您這身子……還是照嬸子說的，好好調養才是啊！生意上有我和老苗，窯場裡有楊叔，外頭有豫海開闢商路，您還有什麼放不下的？」

「我還是那句話，『天意如此，豈在人爲』。老天爺厭煩你了，你就是再調養，又有什麼用處呢。董家的車隊什麼時候啓程？」

「董克溫和董克良一起護送，眼下怕是已經到開封府了。聽說本月初七就啓程進京。」

「怎麼會是初七？『三六九，出門走』。馬千山也是糊塗了，怎麼挑了個不前不後的日子？」

「叔叔，您就是愛操心！馬千山肯定是挑了黃道吉日，這事跟咱盧家有什麼關係？」盧維章看了他一眼，嘆道：「有沒有關係，過不了兩個月就知道了……豫川，我聽說你最近跟梁少寧打得火熱，真有此事？」

盧豫川忙陪笑道：「哪裡是打得火熱！梁少寧要七十的人了，在外面欠了一屁股賭債，居然上門來問二少奶奶關荷要錢還債，這不是丟咱盧家的臉嗎？關荷哪有錢幫他，我看在姓梁的好歹是關荷的父親，就從總號挪了一筆銀子給他。這事早向叔叔請示過的。至於私下裡來往，也無非是見面敘舊而已。梁少寧膿包一個，歲數也大了，能弄出什麼是非？叔叔莫要聽別人嚼舌根！」

「跟梁少寧見見面，說說話，也沒什麼。我總覺得當初對他太刻薄，到底是關荷的父親啊。他年輕的時候也做過些大事，雖然最後無所成，但從他那裡也能學到一些教訓，對你也不無裨益。」盧維章額頭出了一層虛汗，盧豫川忙遞過毛巾。盧維章滿意地點點頭，繼續道，「津號的張文芳來信說豫海過年想回家，你替我回信告訴他，遼東的商路一天沒開闢，他就別動回家的心思！不就是過年嗎？男子漢大丈夫，功不成名不就的，回哪門子的家！」

盧豫川心裡一動。他隱隱約約看出叔叔的大限將至，他此刻跳出的第一個念頭竟是不能讓盧豫海在這個時候回來！他自己也被這突如其來的想法驚呆了，一時走了神。盧維章看著他，臉色平靜地道：「豫川，你怎麼了？」

盧豫川冒出了冷汗，忙道：「沒什麼，我是想廣生和廣綾年紀還小，半年不見爹了……」

「你少替他說話！我還沒死呢！遼東商路一天不開，他就別想回家。除非我熬不到那天，一命嗚呼了，他回來給我送終。」說著，盧維章似乎是漫不經心地瞥了他一眼。盧豫川心裡頓時一陣慌亂，道：「叔叔，我先回總號了，最近事情太多，我怕老苗一個人忙不過來。」

「你去吧，我一個人坐會兒。」

盧豫川如獲大赦，一揖告退，出了門才感覺到汗流浹背。叔叔觀人無數，自己剛才突然躍出腦海的念頭，難道被他看破了？不然他何以說出讓盧豫海回來給他送終的話？盧維章是盧家老號兩個堂口的大東家，給他送終就是繼承他的位置！盧豫川想到這裡，猛地站住了腳。這些日子他跟梁少寧的確經常見面，梁少寧跟他說的，卻不是什麼得失教訓之類，每次都是慫恿他謀取大東家的位置。一次梁少寧喝多了酒，醉道：「我一個六十多歲的老漢了，你就是能坐上大東家的寶座，與我又有何干？你難道會給我銀子嗎？就是給我銀子，我又能做什麼呢？嫖是嫖不動了，賭也沒興致了。我只不過是恨我那女兒女婿，還有盧維章！他們一個個眼睛長到了頭頂上，從來沒正眼看過我一次……只有你大少爺，把我當個人看！我這輩子一事無成，禹州誰不知道『梁大膿包』的名號？但我要是輔佐你當了大東家，看著你把盧維章父子踩得死死的，也算是做成一件大事，就是死了，心裡也得勁！」盧豫川雖然表面上一笑置之，心中卻再也放不下他的話。眼下鈞惠堂是他的，鈞興堂也有他一半的股份，難道自己還不知足，去搶大東家這個位置？可一旦真成了大東家，執掌整個盧家老號，那該是何等的榮耀，何等的……盧豫川不敢再想下去，匆匆走出了鈞興堂。

盧豫川沒有想到，就在小院門扇閉闔的那個瞬間，盧維章的臉色驟然雪白，淒涼地失聲道：「心魔難去啊！」繼而雙目緊閉，悵然地搖起頭來。

盧維章和盧豫川這場處處透著玄機的談話過去不久，由豫省巡撫馬千山親自護送的禹王九鼎終於踏上了北去的官道。董克溫和董克良兄弟自然隨隊進京。路過保定府新城縣的時候，董克溫駐馬良久，遙望一旁的驛站道：「兄弟，當年盧豫川就是在那裡被抓的。說起來這是我第二次護送禹王九鼎了，上次半途而廢，一晃眼十幾年過去了，觸景生情啊。」

董克良沒好氣道：「盧豫川要是被一刀砍了腦袋才好呢！這樣，大哥就不會中他的奸計了。」

董克溫看了弟弟一眼，獨目中一片淡然，搖頭慢慢道：「這都是報應！當年那把火，是我親眼看見馬千山的親信點起來的。我沒有去阻止，也沒有向盧豫川通風報信。與其說禹王九鼎是毀在盧豫川手裡，不如說是毀在我手裡！禹王九鼎是神器，凡人若是棄之、毀之，遲早要遭報應，而我在盧豫川手上丟了這隻眼，也是報應啊！」

董克良大驚道：「原來是馬千山所爲！難道他不怕朝廷追究嗎？」

「他把罪都推給了盧豫川，害得盧豫川年紀輕輕便深陷囹圄，活活毀了他的前程和盧家的生意！聽爹說，這是朝廷帝黨和后黨鬥爭的結果……」

「那馬千山這次還會毀嗎？」

「爹說不會了，此一時彼一時，帝黨現在巴不得禹王九鼎早日送到日本呢！克良，聽大哥的話，你一心在生意上跟盧豫海較勁，這是好事，但你也得好好琢磨琢磨這官場。盧維章有句名言：官之所求，商無所退。這是他們盧家起死回生的法寶之一！如果沒有曹利成的支持，盧家不會有如今的局面。」董克良見車隊走遠了，便隨口應道：「大哥的話，克良銘記在心！」董克溫不無失望地嘆道：「但願你真能記住，並有所悟、有所得！走吧，過了保定府，就是順天府的地界了，京城就在眼前！」兄弟二人策馬趕上車隊。

上一次護送禹王九鼎雖難竟全功，但沿途也是風風光光的，而這一次即便是順順利利地來到京城，所到之處卻是冷冷清清。太后和皇上、后黨和帝黨都清楚這批禹王九鼎是日本人要的，九鼎神器旁落他國，再怎麼說也不是一件體面的事情，甚至有辱國體。故而朝廷只派了總理衙門和禮部的官員來接手禹王九鼎，又早早請來了迫不及待的日本駐華公使進行勘驗，這讓董克溫和董克良都覺得十分遺憾。他們原本以爲能像盧家進貢壽瓷那樣得皇封、見皇上呢！

日本公使看過了九鼎，自然是得意洋洋。總理衙門的人見日本人認可了，便跟日本公使簽下交割的公文。不料日本公使又提出一個要求：鑒於大清國距離日本遙遠，又從沒走海路運送過宋鈞，必須有懂宋鈞的人一路照應。總理衙門的人但求盡快了結此事，不願跟日本人糾纏，便讓馬千山從隨行人員中選出個人來。董克良聞訊大喜，他一心想去日本看看，盧豫海不是把宋鈞賣到了日本嗎？自己比他還高明，親自去日本開闢商路！而董克溫卻一口拒絕了他，說這是兩國大事，得有個老成的人護送，何況九鼎就跟他的親生骨肉一般，哪有兒女出遠門爹不去送的？董克良再三苦求也沒能打動大哥，只好陪他到天津碼頭，看著他上了日本專程派來的軍艦，才跟大哥揮手告別。董克良也沒回神垕，就滯留在天津等大哥回國，順便顧一下自家在天津的生意。

董克良在天津等候兄長歸來，爲了不讓父親擔心，特意給家裡發了封電報，僅寥寥數語道：兄赴日，兒留津，齊返。電報局裡自然少不了盧家的眼線，這份電報差不多同時送到了盧維章和董振魁手上。盧維章午睡剛醒，從盧豫川手裡接過電報，掃了一眼後竟騰地站起，張大了嘴卻一個字也說不出來。盧豫川嚇得趕忙上前攙扶，道：「叔叔，你怎麼了？」

盧維章扶著他的胳膊，朝前踉蹌了幾步，忽而吐出一口鮮血，便昏迷不醒了。嚇得盧豫川手忙腳亂地把他攙回床上，盧維章在昏迷中又哇哇吐了幾口血，灑得滿床血跡斑斑。盧王氏聞訊而至，一見這個場面連站也站不住了，撲在他身上放聲大哭。不多時，蘇文娟、關荷和陳司晝都趕到了病床前，就連才十五歲的盧豫江和盧玉婉也在病床前伺候。盧豫川找來了鎮上最好的郎中，給盧維章硬灌下幾碗藥。一直到深夜時分，他才悠悠轉醒。盧王氏顫聲道：「老爺，你這是怎麼了？」

盧維章口齒不清地說了兩句話。他的聲音虛如蚊蠅，稍遠一些的人就聽不清了，而盧豫川和盧王氏離得近，聽見他說：「是我害死了董克溫，是我害死了他！」

盧豫川難以置信地俯下身子，低聲道：「叔叔，董克溫只是去了日本，他沒有死！」

盧王氏遽然轉身，衝身後的人道：「你們先下去，老爺有話對豫川說！」盧豫江兄妹哪裡肯走，在蘇文娟等女眷的苦勸下才離開書房。盧王氏回身低聲道：「老爺，豫川說了，董克溫真的沒死！」

「他死了，他現在肯定已經死了！」盧維章慢慢撐起身子，看樣子是想坐起來。盧王氏和盧豫川趕緊扶他靠在床頭。盧維章定了定神，慘然道：「我盧維章終於害死人了！老天哪，你何時來找我償命！」

盧豫川只得重複道：「叔叔，電報上只說董克溫去了日本，別的根本沒提。」盧維章吃力地搖頭，道：「他怎麼自己去送？這不是去送死嗎？」說著，胸口又是一陣起伏，雙目緊閉，這次他連吐血的力氣都沒了，一縷鮮血從他嘴角緩緩流出。盧王氏邊哭邊道：「你這是何苦？禹王九鼎是董家燒的，跟咱沒關係啊！」

其實盧豫川在叔叔昏迷期間已經猜到了蛛絲馬跡。以叔叔的計謀智慧，怎麼會把真正的盧家宋鈞燒造技法給董家？其中必定有詐！董家的禹王九鼎既然全數燒出，看來這一詐不在燒成上，而是在燒成之後。盧維章醒來後的種種情狀，更讓盧豫川恍然大悟，原來叔叔算準了禹王九鼎要走海路，便在運送上苦心設計，眼下計謀就要成功了。盧豫川驚得手腳發麻，再不能自已，怪不得叔叔會說他自有辦法，可這個辦法會讓他一世英名盡毀！交出祕法之後，叔叔又再三叮囑，不許他過問此事，還提醒他多看看假祕法，其用意就是要他看出其中玄機。可惜他竟對此置若罔聞，從來沒瞧過一眼。他強壓住突突的心跳，輕聲喚著叔叔。而盧維章牙關緊咬，一語不發，又昏了過去。

董克溫在黃河、運河上運送過多年的宋鈞，但出海卻是頭一遭。他深知大海風浪遠非內河航路能比，在日方代表的監督下，他親手把九鼎裝了箱，裡外都加了層層疊疊的護料，才讓日本士兵把箱子固定在船艙裡。從天津到日本最近的九州島長崎港有五六百海里，乘軍艦需要走整整一天兩夜，而日本押送的官員山本唯恐趕不及天皇的生日，不顧速度太快對九鼎不利，讓艦長全速前行。走了大半天，董克溫瞧出有些不對勁，便讓總理衙門隨行的翻譯通事康復生警告山本，務必把航速控制在十海里左右。山本勉強答應下來，可沒多久軍艦又快了起來。董克溫氣得直搖頭，又讓康復生去提醒。

軍艦離開天津碼頭，走得時快時慢，到第三天早上，終於遠遠看到了長崎港。在震耳欲聾的歡呼聲裡，軍艦緩緩駛入港口。日本為這個意義非凡的「戰利品」舉行了聲勢浩大的迎接儀式，數千人簇擁在碼頭上，等著象徵中華版圖的禹王九鼎在日本落地。

外面鋪天蓋地的叫喊聲傳到船艙時，董克溫就默默坐在床上，心中靜如止水。這幾天，兩個日本士兵寸步不離他左右，凶神惡煞一般，跟押送犯人似的。董克溫跟他們言語不通，也不願同他們談什麼，除了跟康復生說幾句話，其餘的時間都在伏案寫信。這時兩個日本士兵湊在窗戶前，朝外面嘰哩呱啦地嚷著，興奮得手舞足蹈。康復生推門進來，見董克溫呆坐不動，便苦笑道：「董大哥，長崎已經到了，咱們出去吧。」

「國恥啊！我親手燒的禹王九鼎，不能待在中華故國，反倒淪落在異國他鄉！」董克溫慢慢抬頭，獨目中充滿了憤慨和絕望，「董某雖是一介商人，但敢問總理衙門的袞袞諸公，什麼時候也能讓日本人交出他們的鎮國神器，讓咱們中國人也開心大笑一次呢？」

康復生今年才二十來歲，正是血氣方剛的年紀，這一路上跟董克溫相處得不錯。他聞言並不生氣，只長嘆一聲，坐在他身邊道：「董大哥，你這句話問得對！康某慚愧。我學的是日語，做夢都想著有朝一日，能跟著大清國的軍隊打到日本來，直逼東京城下，親自和他們日本天皇商議城下之盟！但是董大哥，國運衰微，多少志士仁人扼腕嘆息！康某無能，沒想到第一次來日本，居然是來送九鼎神器！」

董克溫緩緩一笑道：「外面是日本人在歡呼吧？我聽得出來他們的狂妄。不過你放心，他們高興不了多久……」

康復生誤解了他的話，道：「沒錯，只要皇上勵精圖治，變法維新，大清國早晚會強盛起來，再現康乾盛世的景象，到時候定要踏平這區區島國！」

董克溫從懷裡掏出兩封信，遞給他道：「我受弟弟之託，還要在日本待些日子，看看能否把生意做到這裡來。這兩封信，請老弟回國後，一封寄給我父親，一封寄給神垕盧家老號的大東家盧維章，地址姓名我寫得很清楚。這是銀票，就當是我請老弟喝茶，請老弟千萬莫要推辭。」

康復生肅然道：「能把生意做到日本來，掙他們的銀子，這是替國人揚眉吐氣的事情！大哥說什麼銀子，這不是小覷康某嗎？」

董克溫硬是把銀票塞給康復生，道：「叫你收下就收下！你要讓日本人看笑話嗎？」這時兩個日本士兵過來，衝他們倆叫了幾句。康復生只得收下銀票，道：「大哥，咱們這就過去吧。反正這個臉總是要丟的，早丟了早安心！」

董克溫昂然起身，朝門外走去。康復生跟著他來到甲板上。軍艦和碼頭之間的跳板已然搭好，碼頭上迎接的日本人揮著膏藥旗，高唱讚美天皇的歌曲。甲板上放著九只箱子，日方的人興高采烈地圍觀，個個欣喜若狂。董克溫看了他們一眼，靜靜道：「兄弟，你去問問他們，是不是現在就開箱取九鼎？」

康復生上前跟山本說了幾句，轉身道：「他們說可以開箱了。」

董克溫從懷裡掏出裁紙刀，親手打開了一個箱子，剝去了層層護料，對山本道：「你來看吧。」

甲板上頓時鴉雀無聲。山本趾高氣揚地上前，俯身朝箱子裡看去。周圍歡聲四起。不料山本的臉色遽然一變，怒吼了一句日本話，騰地拔出軍刀，直逼董克溫的胸前，又大聲叫了起來。康復生哆嗦著翻譯，董克溫笑道：「這個狗娘養的是不是說，爲什麼九鼎碎了，還碎得撿都撿不起來？」

康復生駭然道：「正是！難道大哥你早就知道了？」

董克溫冷靜道：「你莫要慌張，我還有話跟你說。你先讓他們把箱子都打開！」

康復生結結巴巴地翻譯給山本，日本人此刻都是勃然震怒，幾個士兵一擁而上，打開了箱子。箱子裡的其餘八隻鼎竟然都是片片碎裂，連一塊巴掌大的殘片都沒有！

在這僅有的一點時間裡，董克溫對康復生大聲道：「兄弟，你告訴日本人，這是風浪太大的緣故，咱們警告過他們，可是他們不聽勸！起航前勘驗過，交割單據都在，日本人不敢不認帳！」

康復生淌淚道：「大哥，真的是你……」

董克溫走近他身邊，飛快低聲道：「我燒造九鼎的時候，就看出是盧維章的主意。釉料裡缺了一樣，又多出來一樣，我心裡明白，這樣的宋鈞斷然經不起海浪顛簸！我是商人，可我也是炎黃子孫，我就是拚上一死，也要給董家保住這個清白！這是全部真相，你萬萬不能讓日本人知道。回國後，兄弟務必替我們董家討回這個公道，洗清『賣國求榮』的罵名！」

康復生驚道：「大哥，你打算……」

「我一生無兒無女，無牽無掛，死又何懼！」董克溫轉身朝山本大步走過去，冷笑道，「你手裡有刀，可惜老子不願死在你刀下！今天，就讓你見識見識什麼叫中國爺們兒，什麼叫寧為玉碎，不為瓦全！」說著，他高高舉起裁紙刀，放在脖子上，高聲道，「爹！兒子沒給董家丟臉！兒子死了，死得得勁！真他娘的得勁！」說著，他使勁朝脖子一劃，頓時鮮血噴湧而出，氣絕身亡。

算人間知己吾和汝

康復生牢記董克溫的囑託，一回到天津就找信局送出了那兩封信。董克溫寫給盧維章的信到了鈞興堂，老平一看見「克溫絕筆」四個字，嚇得趕忙送到盧王氏那裡。她心驚肉跳地看完了信，發現信封鼓鼓的，裡面似乎還有東西。抽出一看，居然是董克溫親手寫的董家宋鈞燒造祕法！盧王氏既知盧維章心病所在，著實不願他再為此勞心傷神，連盧豫川都不敢說。但她苦熬了幾天之後，越想越惶惑不安，只得狠下心腸，帶著信和祕法來到了盧維章病榻之前。

盧維章這幾日在眾人精心照料下，恢復了些氣力。盧豫海又從煙臺發來電報，說一百萬兩銀子的貨已經順利脫手，扣除煙號日常周轉所須，已將八十萬兩銀子由日昇昌票號匯出，不日可達。這象徵著盧家老號的海外商路歷經半年開拓，大局已定。總號上下歡欣鼓舞，在慶祝酒宴上，就連最近一直鬧彆扭的苗象天和盧豫川都把酒言歡，開懷暢飲。這消息對病重的盧維章多少是個安慰，沖淡了多日來的病氣。盧王氏看他剛剛好轉，實在不忍說出實情，但盧維章一見到她手裡的東西，表情遽然一變道：「妳拿的是什麼？」盧王氏只得送上信和祕法，勸道：「你把心放寬點，董克溫之死固然有咱的不是，但他在信上說得明白，是他自己願意的……」盧維章哪裡聽得進這些，匆匆拆信讀了起來。

古人云「鳥之將死，其鳴也哀；人之將死，其言也善」，董克溫在信上並沒有辱罵責備之意，也沒有自愧弗如的表示。他平靜地告訴盧維章，他能明白盧維章的難處，既不能得罪官府和朝廷，也不能就此獻出真正的祕法，何況能讓禹王九鼎自然玉碎，使得日本人空歡喜一場，就算是賠上自己一條命又何妨？只是在信尾處，董克溫話鋒一轉，奮筆疾書道：

克溫醉心於大宋官窯宋鈞技法之恢復，三十又九年矣。某深知天青之於董家，玫瑰紫之於盧家，正如禹王九鼎之於朝廷，豈有旁落他人他國之理乎？克溫一生無兒無女，與九鼎玉碎一處，乃得償平生所願。而大東家設計於前，收網於後，固有保全國體之託詞，究其本意，捫心自問，於公可也，於私亦可也，然於情可乎？然於理亦可乎？克溫素仰大東家英名一世，耿直一生，嶢嶢者易折，皎皎者易汙，個中隱情即不為人所知，又如何於夜深人靜之時泰然自若？昔董盧兩家蒙上天所眷，得悟天機，然此幸事耶？禍事耶？守之於內，則子孫必受其咎，豫川如斯，克溫如斯，大東家心血耗盡，亦如斯也；棄之於外，則天怒人怨，亦愧對宋鈞先祖之英靈。今時局動蕩，外敵犯邊，朝廷懦弱，民心已散，非宋鈞技法公之於世之際。然日後玉宇呈祥，河清海晏，克溫斗膽請大東家將盧家與董家宋鈞燒造祕法重現天日！如大東家果悟宋鈞之道，須知宋鈞乃天賜神技，豈有一家一族，一門一姓所能占也？自玫瑰紫一出，後天藍問世，天機由此大洩，神皇鎮屢遭大難，董盧兩家亦是大禍連連，或子女夭折，或家醜不斷，或人死非命，此皆意圖獨霸宋鈞神技而遭天譴也！克溫隨信將董家燒造祕法送上，大東家或取之，或毀之，或日後獻之，皆由大東家決斷。而董家燒造玫瑰紫不成，克溫已參透其中奧妙，亦已告知父親。於今以後，董家可燒玫瑰紫，盧家可燒天藍，此非他故，蓋為兩家避禍消災而已。將死之人，言之鑿鑿，念之切切，望大東家體恤。某今囚於倭人軍艦，深感亡國之痛，身受凌辱之恥，羞憤難為。克溫忍辱負重，但求一朝玉碎，就此絕筆。

大清光緒二十一年秋九月

盧維章手一鬆，信箋散落在病榻上。他輕輕撫著那本董家宋鈞燒造祕法，喃喃道：「知己難覓，沒想到我盧維章的知己，居然是仇人，居然死在我的手上！」

盧王氏生怕他心情激動，再惹出心悸吐血的頑疾，憂心忡忡道：「老爺，你……」

「我沒事，只是心中感慨罷了。」盧維章微微搖頭道，「這件事還有誰知道？」

「信是直接送到鈞興堂的，除了老平和我，再沒人知道了。」

「那就好。這封信、這本祕法，妳去跟咱家的祕法一起藏好。看來我還不能死，豫川心魔未去，豫海在外未歸，我若是死了，豈不是有愧於董克溫如此重託！」

盧王氏沒想到他看完信後竟是這樣的反應，提到喉嚨的心方才落到肚裡。她收好了信和祕法，笑道：「這就是了！咱得好好活著！你病了這麼多天，鈞興堂上下都是提心吊膽的。廣生和廣綾就在外頭玩呢，我讓他們進來吧？」

盧維章搖頭道：「妳的意思我明白，妳是想讓我看在廣生和廣綾的面上，把妳兒子召回來過年，是不是？」盧王氏有些不情願地點點頭，盧維章閉上眼睛道：「我說過了，遼東的商路一天不開闢，他就別動這個心思！還有，眼下這件事怕是已經轟動朝野了，豫海那裡也沒必要再隱瞞。妳就給他寫封家信，把實情原原本本告訴他，連董克溫的意思也告訴他，看看他是什麼態度。」

夫妻倆正說著閒話，老平面如死灰地跑了進來，張口就道：「老爺，董家出大事了！」盧王氏狠狠瞪了他一眼，道：「你慌成這個樣子，不怕驚了老爺！」老平擦汗道：「夫人，此事已經轟動全鎮，根本瞞不過大東家！董克溫的靈柩昨天送回來了，今天從董家傳出消息，說是、說是董家老太爺董振魁也、也死了！朝廷還下了旨意，河南巡撫馬千山因督造不力，革職問罪；朝廷向董家全數追回重造禹王九鼎的二十萬兩銀子，又加罰了一倍，一共是四十萬兩，限期三個月繳齊！」

董振魁接到董克溫的絕筆信後，一夜蒼老。他苦苦支撐到兒子的屍首運回神垕，撫屍大哭，悲痛欲絕，昏厥在當場。醒來後老漢屏退了所有人，說是要一個人靜一靜。董克良知道父親老年喪子，心中痛苦到了極點，卻也不敢遠離，便在門外守了一夜。第二天，他想起大哥出殯的事，便輕手輕腳地推開門，卻見父親端坐在桌前，已是渾身僵硬，死去多時了。而書桌上的宣紙墨跡未乾，寫著斗大的一個「仇」字！旁邊放著的，就是董克溫在前往日本的軍艦上寫下的絕筆遺書。

遺書上字字泣血，痛澈肺腑。董克溫告訴父親，他在研讀過程中已經發現了盧家祕法是假的，對後果也早有所料，但爲了完成皇差，不給日本人企圖再戰、一舉滅亡大清的藉口，不得不如法炮製。他燒出豫州鼎之際，已然明白了自己的結局，能跟禹王九鼎死在一起，他此生無憾。至於盧家宋鈞燒造祕法，他已參悟了其中玄機，也將彌補之策詳細寫了下來。信裡再三提醒父親，萬不可一氣之下跟盧家打官司，朝廷絕不會讓董家打贏這場官司的。在寫給董克良的話裡，他再次忠告董克良務必留意官場，生意做得再大，也難逃官場風雲莫測。他還告誡兄弟千萬要忍住仇恨，不要急於報仇；父親老邁體虛，不能過於操勞，自己死後，董家老窯的重擔就落在他一人身上了；與盧家雖有宿怨，此番又添新仇，但盧維章父子都是商界不世英才，務必小心應付……等等。其言詞之懇切、用心之良苦、見識之高遠、心態之平和、死意之堅決，統統化作洋洋灑灑數千言，滲在這封遺書中了。

董克良握著遺書，紙上斑斑點點的淚痕，不知是大哥邊寫邊泣，還是老父親邊讀邊哭所致！他自幼受父之撫養，得兄之教導，而眼下這兩個對自己至關重要的人竟然一起驟然離世。董克良這三十多年裡，無論是在神垕讀書受教，還是外出經商歷練，都是父兄精心安排的，此刻他們撒手離去，只留給他凋敝的生意和漫天的仇恨。放眼今後，只剩下他孤零零一個人去面對世界，去報仇雪恨了！而董家老窯兩處堂口，一下子沒了主持大局的哥哥，又沒了坐鎮運籌的父親，還要繳納四十萬兩的贖罪銀子。一時間大好江山變得滿目瘡痍，花花世界頓成人間地獄啊……董克良宛如一具石像，久久站在父親的屍體旁，感受著刻骨銘心的痛苦和悲愴。

在董克良的力主之下，董家上下不顧當前慘澹的局面，給老太爺董振魁和大少爺董克溫辦了一場聲勢浩大的喪事。出殯當天，董克良一身重孝，領著全家人送父兄走完最後一程。大管家老詹也是個六十開外的老漢了，兩眼哭得紅腫不堪，顫聲道：「孝子伺候啦！」董克良跪在地上，高高舉起瓦盆，用力摔下去。瓦盆摔在包了紅紙的兩塊磚上，啪地粉碎了。董克良眼淚早已流乾，面無表情地站起。身後頓時哭聲大作，一片哀號。董克良從老詹手裡接過靈幡，在前引路。老詹指揮棺木起行，送葬隊伍浩浩蕩蕩地出發了。一路上，吹鼓手高奏哀樂，紙錢紛紛揚揚。街道兩旁全是各大窯場自發搭設的路祭棚，就連盧家老號的兩處堂口也不例外。老詹不時從前面跑過來，向董克良道：「前面是鎮上瓷業公會的路祭棚。」董克良停下腳步，朝靈棚跪倒叩首。走出去沒幾步，老詹又來報：「前面是致生場的路祭棚。」董克良再次停下腳步，朝靈棚跪倒。雷生雨也是披麻帶孝，上前攙住他道：「二少爺，節哀順變！致生場老雷送老太爺和大少爺走好！」董克良深深點了點頭。老詹快步走到他身邊，低聲道：「二少爺，前面是盧家老號的路祭棚！您看……」

董克良死死攥著靈幡，大步朝前走去。隊伍走到鈞興堂門口，路祭棚裡緩緩走出一個人來，竟是一夜之間鬚髮皆白的盧維章！董克良見狀停下腳步，老詹朝後喊道：「停！盧家老號大東家盧維章，給老太爺和大少爺送行了！」

盧維章顫巍巍走到棺槨前，撩袍跪倒在地，重重地磕頭，再抬頭時已是淚流滿面。董克良在他身邊跪倒，面容平靜如常，語氣卻冷冷地道：「盧大東家不覺得多此一舉嗎？」

盧維章料到他會有這番奚落，平靜地擦了淚，淡淡道：「都是燒窯的人家，兔死狐悲而已。」

「好一個兔死狐悲！大東家連頭髮都白了，看來是沒幾天好活了吧？等盧家給你出殯那天，我也會像大東家這樣，設棚路祭！」

「二少爺的心願很快就能實現了。維章自知命不久矣。董盧兩家的世仇若是由我一死能化解開，我情願現在就自盡於此。」兩人說話的聲音很低，周圍的人都只能看見他們嘴脣翕張，卻聽不見他們的話語。董克良微微冷笑道：「你沒幾天可活了，我要你的命有何用？我老實告訴你，我不但要你的命，還要盧豫川、盧豫海、盧豫江、盧玉婉，你們所有盧家人的命！敢問大東家能成全嗎？」

「冤冤相報何時了啊！二少爺，你能否……」

董克良雙手攙起了盧維章，滿臉恭敬地朝他深深一揖，語氣卻異常狠毒地低聲道：「克良若不能把盧家趕盡殺絕，枉為人子，枉為人弟！」

盧維章拱手還禮，也是低聲道：「請二少爺三思而後行！」

此時圍觀的何止數千人，看著送葬者哀傷而不失禮節，弔唁者言詞懇切且發自肺腑，都感慨他們能不計前嫌，在董振魁和董克溫的靈柩前化干戈為玉帛。可誰又知道兩家的恩怨豈是一笑可以化解的？董盧兩家自同治元年結怨以來，三十多年歲月呼嘯而過，當年同日落地的嬰孩盧豫海和董克良，如今都是年過而立的漢子，但這仇怨不但沒有消散，反而宛如陳年老酒般越發濃烈，而這濃烈的仇恨注定要浸潤著今後的歲月，不知到哪年哪月才能一飲而盡。

望著董家的送葬隊伍遠去，盧豫川問道：「叔叔，剛才董克良說了些什麼？」盧維章沒有回答，只是從懷裡掏出一張銀票，道：「這四十萬兩銀子，看來他是絕對不會收下了。」說著輕輕一揚手，那張巨額銀票彷彿董家人撒出的紙錢般飛起，又如一枚枯葉、一片雪花般悄然飄落。

人有病，天知否

盧豫海在接到母親的長信後，才得知這場震驚朝野事件的前因後果。萬分駭然之餘，他對父親的身體更加擔憂，恨不能立即回到神垕。但母親在信中說，父親相當頑固，只要遼東商路一天不開，他就別想回神垕去。盧豫海只能不斷去信問候，把一腔牽掛都化作筆墨。其實他從來沒有放棄去遼東的大計，但田老大再三派人去打探，得來的消息總是說俄國老毛子霸占了旅順口和大連灣，眼下朝廷在那裡只有金州孤城一座，駐紮了幾千老弱殘兵，周圍全是老毛子的軍營！據說老毛子的沙皇已經下令在大連灣和旅順口設立警察署，實行軍事管制，別說是生意人，就是普通老百姓都不能自由進出。盧豫海萬般無奈，只有滯留在煙臺苦等機會。這一等又是幾個月過去，眼看離家北上將近一年，雖然煙號的生意做得火紅，卻連遼東的土地都沒踏上一步，盧豫海不禁又氣又急。偏偏這時候又有消息從遼東傳來，老毛子夜間突襲金州城，驅趕了朝廷的地方官，有模有樣地建起了「關東省」，還規畫出金州、貔子窩、旅順三個市，設立了遠東大總督府，下設民政、財政、外務等機構，儼然已是國中之國了。可朝廷對此毫無辦法，竟默認了這個現狀。盧豫海一氣之下得了大病，整天發著無名熱，額頭燙得跟燒炭似的，一病就是十多天。苗象林不得已向總號告急，張文芳也給總號去了急電。盧維章的回電很快，卻只有四個字：就地治病！

盧豫海這場大病下來，整個人瘦了一圈，每天連生意都懶得問，只是盯著田老大給他的那份遼東地圖發呆。苗象林也不敢打擾他。到夏天快過去的時候，神垕突然來了急電，卻似是盧王氏發的：父病重，速歸。盧豫海見了電報，宛如被人當頭打了一棒，不顧自己大病初癒，立刻啓程返鄉。張文芳臨時被他調到煙號主持大局。此時的煙號是盧家老號唯一的出海分號，一半多的宋鈞和粗瓷都由此轉銷出口，地位遠在津號之上。張文芳不知道二爺爲何突然回家，滿腹狐疑地匆匆趕到煙臺，櫃上的夥計才告訴他，二爺已經走兩天了。張文芳看了盧豫海留下的信，才知道大東家病重，嚇得老漢立刻給總號去電詢問，回電卻說一切正常，大東家病情並未惡化！

這兩份截然不同的電報難倒了張文芳。二爺在信上說務必隱瞞此事，萬不可對外聲張。盧王氏發給盧豫海的電報他也看到了，的確是從開封府電報局發出來的，用的發電標碼也是汴號常用的「辛酉」二字。難道是二爺自作主張嗎？私自返家可是有違盧家家法啊。可二爺走了好幾天，走的是水路還是陸路完全不得而知，就是追也不知上哪去追？張文芳知道事關重大，電報局裡又是人多眼雜，像這樣的大事也不能總以電報來往。他急得坐臥不安，左思右想也毫無辦法，只能留在煙臺一面維持煙號的生意，一面苦苦等候消息。

此刻的神垕盧家老號從外表看來雖跟往常一樣，但總號裡已亂成一鍋粥了。自楊建凡奉盧維章之命在維世場專心研究降低工本之策後，盧家老號總號的大局全由苗象天一人獨力維持。盧豫海北上這一年裡，尤其是在董振魁、董克溫父子死後，盧維章的病時好時壞，苗象天跟盧豫川因爲生意上的事頻頻爭執，幾乎到了翻臉的地步。就拿煙號生意來說，苗象天定的是每發出十箱貨，鈞興堂宋鈞占六，鈞惠堂粗瓷占四，這個安排惹惱了盧豫川。鈞惠堂的毛利本就遠低於鈞興堂，全靠數量來支撐，苗象天這樣的安排無異於雪上加霜。長此下去，哪裡還有鈞惠堂的活路？

盧豫川震怒之下直闖總號老相公房，當著眾人的面質問他爲何分配不公。苗象天也沒想到他會如此不留情面，公事公辦道：「洋人開出的訂單就是宋鈞六粗瓷四，象天這是按訂單發的貨，何來不公之理？」

盧豫川冷笑，「鈞興堂和鈞惠堂同是老號的堂口，毛利不同也就罷了，可總號連出貨都得分高低上下，這豈能服人？莫非老相公覺得我鈞惠堂就不如鈞興堂？我盧豫川就不如弟弟了？」不待苗象天辯駁，他繼續咄咄逼人道，「沒錯，煙號的生意是豫海一手打出來的，但分配如此不公，難道也是豫海的意思？你父親的死，的確是我盧豫川的錯，但你要報仇就來拿我的命好了，何至於在生意上下黑手？你以爲這樣做就能給你父親報仇嗎？」

苗象天氣得臉色慘白，道：「大少爺何出此言？家父的死，這十幾年來我早已不提了，大少爺何必把家事和生意攪在一起，苦苦相逼？也罷，生意說到底是你們盧家的，若是看我不順眼，我辭號就是！」

盧豫川不屑道：「你辭號就辭號，我就不信少了你，盧家的生意就做不成了！」

苗象天領教了盧豫川刻薄的話語，仰天長嘆道：「爹，我終於明白您是如何被他活活氣死的了！」當下就揮筆寫了辭呈，拉著盧豫川直奔鈞興堂去找盧維章評理。盧維章躺在病榻上下了決斷，好言挽留住苗象天，又當面斥責了盧豫川，但發貨的比例卻變成了五五分。苗象天看著盧維章日漸沉重的身子，不忍再以這些事情打擾他養病，對盧豫川抱定了能避則避的主意。而盧豫川雖然被叔叔痛責一番，目的卻達到了，並趁機讓自己的親信在總號上下大造輿論，說苗象天公報私仇，難以服眾。苗象天向來是以鐵腕治下，得罪了不少下屬，再加上盧豫川的煽風點火，在總號的地位陡然變得岌岌可危。

此事過去後不久，某個晚上，盧維章吃飯時還好好的，夜裡病情卻突然惡化，鎮日裡只有兩三個時辰清醒，其餘的時間都在昏迷之中，人眼看就要不行了。即便如此，盧維章仍沒有召回盧豫海，還是盧王氏暗中吩咐苗象天祕密給兒子去了封急電。誰知幾天後張文芳冒冒失失地來電詢問大東家的病情，還是從煙臺發來的，這無異於把盧豫海的去向弄得盡人皆知了。苗象天氣得直嘆氣，只得按盧王氏的意思，對外封鎖消息，公開復電嚴詞否認。其實苗象天也看得出來，盧維章肯定熬不過這個冬天了。而總號在盧豫川的挑唆下亂成這個樣子，他是無力回天了，只能日夜盼著盧豫海早日回來。眼下能鎮住盧豫川的，也只有盧豫海這個

「拚命二郎」。

張文芳的電報是明發給總號的，立刻有人報到了盧豫川那裡。躊躇滿志的盧豫川聞訊大吃一驚。他深知無論論功勞、地位，還是人望、手段，他都遠遠不及弟弟。按照他和梁少寧定的計畫，第一步是扳倒苗象天，控制住整個總號；再憑藉自己的鈞惠堂以及在鈞興堂的一半股份，趁叔叔死後盧家混亂之際，逼嬸子交出祕法，最終坐上大東家的寶座。這個計畫周密穩妥，卻沒料到盧豫海會突然從煙臺趕回來，這下子打亂了他的全盤部署。從煙臺到神垕，無論是走水路還是走陸路，星夜兼程的話不出十日就能趕到。而叔叔如今的病情，雖然是危在旦夕，但誰又能保證叔叔挺不過這幾天呢？若叔叔果真撐到盧豫海回家，這大東家的位置他就徹底無望了！

時至今日，盧豫川心中對盧家老號掌門人的渴望已到走火入魔的地步。他馬上約了梁少寧，把當前的局面和盤托出。梁少寧是唯一知道他心思的人，也是他眼下深信不疑的幕僚。梁少寧斟酌半晌，緩緩道：「我上次就提醒過你，不該在這個時候公然和苗象天作對。歷朝歷代皇子奪位也好，少爺爭權也好，最後得勝者都僅守著一條：爭是不爭，不爭是爭。夫唯不爭，故天下莫能與之爭。你想當大東家的心思，明眼人一看就看出來了，可你看我女婿盧豫海，從來沒露過一點爭大東家的意思，可人家做出了多大的事，立了多少功！真要是擺到檯面上一較長短，你根本比不過他！」

盧豫川不耐煩道：「我沒聽你的勸告，跟苗象天爭執是我不對，可現在說這個有什麼用！我要的是應對之策！」

梁少寧不無失望地搖頭道：「你真是鬼迷心竅了，不知道你究竟是中了什麼魔障！我剛才還說，爭是不爭，不爭是爭。」

「你要我不爭？豫海還沒當上大東家，總號就敢公然厚此薄彼，一旦真的給他掌了權，哪裡還有我盧豫川的活路？鈞惠堂看起來也有五處窯場，可在毛利上連半個鈞興堂都不及！」

「不跟你計較這個了。」梁少寧有些疲憊地擺擺手，道，「你不是要應對之策嗎？我有上中下三個計策，供你選擇。」盧豫川的眼裡迸出渴望，死死地盯著他。梁少寧在房內緩緩踱步，道：「先說下策，你立即去鈞興堂，趁盧維章清醒的時候，向他痛哭流涕一番，懺悔這些年的種種過錯，乞求他的諒解。盧維章一生最大的弱點，就是爲人不夠狠毒！董克溫是他害死的，他計謀得逞了本該興高采烈，董振魁一氣身亡更是意外的收穫，可他卻因爲內疚，病成這個模樣！若是他看到你真心懺悔，又想到你爹娘給盧家做出的犧牲，說不定就把大東家的位置傳給你了。你如果覺得無緣無故不好上門，現在就把我痛打一頓，弄得盡人皆知，然後對盧維章說梁少寧那個王八蛋挑撥你們叔姪兄弟的關係，被你教訓過了。」

盧豫川仔細斟酌著他的話，道：「那中策呢？」

「中策也好辦。我認得幾個黑道上的朋友，盧豫海此行回家，走的無非是水路、陸路，斷不會從天上飛回來吧？我讓他們在河南山東交界處守株待兔，退一步也要守住進出神垕的大路小路，一旦發現盧豫海就把他扣留下來。你放心，我不會讓我閨女當寡婦的，什麼時候你叔叔嚥了氣，你順利掌了權，我再通知他們放人！」說到這裡，梁少寧陰鷙地笑道，「而我的上策雖然最有效，卻也最難做，不知豫川你敢聽嗎？」

「但講無妨！」

「我這裡有一包藥。」梁少寧掏出一個紙包，放在盧豫川手上，笑道，「你神不知鬼不覺地讓你叔叔喝下這包藥，毫無痛苦地駕鶴西歸，進入西方極樂世界。你讓他少受些病痛的折磨，也算是盡孝了吧。」

盧豫川彷彿手裡抓的是塊火紅的木炭，立刻把紙包丟在地上，驚道：「你、你要我殺了叔叔？」

「你叔叔活不了幾天了，再久也熬不過冬！」梁少寧咯咯一笑，道，「既然他早晚都得死，不如在對我們最有利的時候，讓他歸西！上中下三條計策，豫川少爺自己抉擇吧。」

盧豫川呆呆地坐著，緩緩道：「下策太慢，又沒有十足的把握；中策太急，豫海走了好幾天，這麼大個河南該去哪裡堵他？而上策太、太狠毒，他畢竟是我的親叔叔，我爹娘死後，是他一手撫養我長大成人，我如何……」

梁少寧冷笑，「那你就眼睜睜看著盧豫海回來，看盧維章把大東家的位置傳給他吧。你盧豫川爭是不爭，他盧豫海不爭是爭，你已經輸了頭一回合。眼下盧豫海遠在外地，須臾之間無法趕回，而你有近水樓臺之便，這是你最後一次機會了！盧家的人都毀在一個『善』字上。盧維章太善，放不下董家父子的死，以至於病入膏肓；你也太善，空有勵精圖治之心，卻無孤注一擲之勇！」梁少寧喟然嘆道，「盧家這兩代人，只有兩個敢跟人拚命的，一個是你爹盧維義，為了救兄弟，他敢活生生咬掉自己兩根手指！一個是盧豫海，為了維護家族名聲，他敢抓著會春館老鴇的手，朝自己胸脯砍下去！」

盧豫川再也聽不下去，遽然叫道：「你住口！」梁少寧怔怔看著他，似笑非笑。盧豫川兩眼火紅道：「我知道該怎麼辦了。黑道那邊，就由你去張羅吧。」說著，他俯身撿起紙包，頭也不回地離去了。梁少寧追到門口，提醒他道：「你別忘了，就算盧豫海不在家，陳司畫那個狐狸精也不是省油的燈，何況她背後，還有個老子陳漢章呢！」

盧豫川重重哼了一聲，大步走遠了。梁少寧看著他的背影，猝然發出一陣鬼魅般的怪笑，低聲猙獰道：「盧維章，你也有今天哪！」

按照盧王氏的安排，今天從未時到申時，輪到陳司畫在盧維章病房裡伺候。未時剛過，關荷就悄悄來到病房，見盧維章兀自昏迷不醒，便對沉思中的陳司畫道：「妹妹，妳去看看廣生和廣綾吧，他們倆半天不見妳，急得又吵又叫的，我看晴柔根本管不住他們。公公這裡有我呢。」陳司畫搖頭道：「姐姐剛歇了一個時辰，怎麼好再勞累姐姐呢？公公還是人事不省，豫海又遠在煙臺，這可怎麼辦呀？」

關荷拉了拉她的手，低聲道：「妹妹，公公還睡著，咱倆去外頭說幾句話。」陳司畫心裡一動，跟著她走出病房。外面正值秋高氣爽，一離開病房裡積鬱的藥氣、病氣，陳司畫立覺眼明耳亮。兩人攜手走出小院。門口，一個老媽子蹲在藥罐前，呼呼地搧火熬藥。關荷道：「邱媽，妳照顧下老爺，我跟司畫夫人去取樣東西。」邱媽趕忙站起來答應。

初秋季節，地上都是枯葉，關荷和陳司畫走了好遠，腳下踩得沙沙作響，卻都沒有說話。良久，關荷終於打破沉默道：「我爹的事，妹妹操了不少心，我多謝妹妹了。」

陳司畫笑道：「姐姐原來是要說這個。姐姐遇到難處，我做妹妹的怎好袖手旁觀？二爺一出門就是一年多，鈞興堂除了公公婆婆，就剩下咱們姐妹了。不過是二千兩銀子而已，算得了什麼？」

「我一個月的月錢只有十五兩，十年也還不起妹妹！唉，誰叫我有個這麼不爭氣的爹……」

陳司畫正色道：「姐姐，再說下去就真的生分了。妳我都服侍一個丈夫，我瞞著公婆這麼做，就是不想給二爺添亂呀。何況妳那點月錢，差不多都給廣生和廣綾買東西了，妳自己怕是連一兩私房銀子都沒有吧？水靈的爺爺過世，要不是婆婆偷偷給妳十兩銀子，妳連打發下人的錢都沒有！姐姐，司畫說句大話，銀子的事不用妳操心，咱倆一個照顧公婆，一個撫養孩子，不都是替二爺做事嗎？」

關荷微微一笑，道：「妹妹說得是。二爺北上一年多了，公公的病情又是這個樣子，妳看……」

「姐姐，我早盼著妳跟我說這個了！」陳司畫莞爾一笑，緊握住她的手道，「我一直不敢跟姐姐提起，生怕姐姐怪我多事。依我看，公公的病，怕是熬不過冬天了！」

「沒錯。可妳知道嗎？今天早上，是大少奶奶輪班。我聽說大少爺去了，在公公面前又是哭又是跪的……妳也知道，公公一天就那麼兩個時辰清醒，說話的時候又沒其他人在，妳說，公公會跟他說些什麼？」關荷刻意把陳司畫叫出來，真正的用意是在這番話上。陳司畫聞言一愣，思忖好久，隱隱笑道：「好啊，大哥開始動手了！」

關荷立即緊張起來，道：「不瞞妹妹，我也是這麼想的！按理說，咱們女眷不該干涉男人們生意的事。可二爺久出未歸，為盧家的事業拚死拚活的，過年都不能回家。要是大爺趁二爺不在，公公又一時糊塗，做了……做了有負於二爺的事情，那我們一家……」

陳司畫鎮定地看著關荷，忽而道：「姐姐，妹妹問妳一句話，妳得實話實說。」

「妹妹儘管問。」

「盧家是交給大爺好，還是交給二爺好？」

「當然是二爺！不只我這麼想，盧家上下都這麼認爲！」

「那就是了！」陳司畫一笑，沉著道，「姐姐，既然他先動手了，咱們也不能示弱！從現在開始，不管婆婆怎麼安排的，只要大少奶奶輪班，咱倆就必須去一個人陪著！有咱們在，大爺不敢多說什麼。不過這還不夠。我想好了，今天就讓晴柔回禹州，讓我爹給二爺發電報，讓他立刻回來！還有，公公和婆婆都是心善之人，從來不對自家人設防，可現在這個節骨眼上，咱倆得替他們操這個心了。凡是大少奶奶或是大少爺熬藥，咱倆都得悄悄看著，大家子裡爲了爭權奪勢，什麼陰謀詭計都有！那個邱媽是大少奶奶的心腹，尤其得防著她……」

關荷身子一震，脫口而出道：「難道他們會下……」

「姐姐低聲！」陳司畫朝左右瞧了瞧，見四下沒人，小聲道，「大爺上午這一番折騰，公公起碼少活兩天。婆婆是個精明人，恐怕她早給二爺發了急電，只是咱們不知道而已。無論如何，在二爺回來之前，咱們就算豁出性命，也不能讓大爺把家奪了去！姐姐，三少爺豫江和大小姐玉婉都是妳抱大的，跟妳感情深厚。若公公真的有了好歹，二爺又不在家，三少爺和大小姐那邊，就靠妳去籠絡了。一旦到了分家產的時候，盧家只剩下大少爺和三少爺兩個男人，妳一定得讓豫江挺身而出，給二爺說句公道話！」

「豫江和玉婉都是我看著長大的，想來沒什麼問題。豫江最佩服的就是二爺，別看他才剛成年，跟二爺見習燒窯時一個模樣。我這就去找他，跟他打個招呼。」

「招呼要打，但要注意火候。妳不能一去就說以後的事，就說是二爺從煙臺來信，說挺想念他的，眼下他也成年了，問他想不想去煙臺學生意。這是豫江心頭上的事，跟公公提了好幾次了，妳這麼說肯定正中他下懷。三少爺不是笨人，妳只要他記得二爺和妳的好處，點到為止就成。」

「成！我都聽妳的！」

「婆婆那裡就由我去說，她最喜歡廣生和廣綾，二爺又是她的親兒子，關鍵時刻她自然知道該偏向誰。好了，我該回去了。邱媽還在給公公熬藥呢。」

「那我去找豫江了。妹妹！」關荷見陳司畫要走，忽地叫住她。陳司畫回頭道：「姐姐還有什麼話嗎？」

關荷咬了咬嘴唇，輕輕道：「妹妹，姐姐對妳有愧啊。若不是當初我和二爺……妳早就是二少奶奶了。眼下是千鈞一髮的時刻，我替豫海謝謝妳了，等大事定了，我就跟二爺說，我甘願做姨太太，這個二少奶奶，就由妳來做吧！」說著，她轉身離開。陳司畫呆呆地看著她，苦笑一聲，朝另一個方向走去。

在陳司畫的安排下，晴柔帶著她的密信悄悄離開鈞興堂，直奔禹州。陳漢章見到閨女的信，立刻明白了鈞興堂當前的局面。他也來不及回信，便對晴柔道：「妳一刻鐘也不要耽擱，馬上回去，遲則生變。有人問起就說是夫人身子不適，二小姐打發妳來探望。我有幾句話，妳親口告訴二小姐：第一、電報馬上就發到煙臺，我再派人去河南進出山東的所有水路、陸路要道守著，讓她放心。第二、盧豫川不是想趁機作亂嗎？好，我就在他鈞惠堂點一把火，給他來個後院起火，自顧不暇！第三、妳務必要二小姐小心盧豫川下毒手。雖然以盧家的家教，這樣的事不該會真的發生，可小心總是沒錯。就這三條，妳給我重複一遍。」晴柔在陳司畫身邊多年，是她親手調教出來的心腹丫頭，當下便條理清晰地複述了一遍，又問道：「老爺，若是小姐問起老爺要如何給盧豫川為難，我該如何回答？」

陳漢章狡黠一笑，道：「妳就說我自有辦法，讓她好好在家裡提防盧豫川就成！外面的事有我給她撐腰，誰敢欺負我陳漢章的閨女女婿，算是他活膩了！」

晴柔想起成親前老爺對盧豫海恨得咬牙切齒，如今卻牽腸掛肚，不由得抿嘴笑道：「奴婢明白了。」便匆匆離開。陳葛氏在一旁聽得如墜五里霧中，不解道：「老爺，你說了半天我也插不上話，我別的都聽明白了，就是不知道你打算怎麼對付盧豫川？」

「這是我當年埋下的伏筆！」陳漢章得意道，「真是精采至極！妳總奚落我，說我不懂生意，比不上盧維章和董振魁。哼，妳一個婦道人家懂什麼？我陳漢章是堂堂舉人出身，一本《論語》能治天下，生意是雕蟲小技，非不能也，實不為也。我這滿腹經綸難道還鬥不過區區一個盧豫川？」陳葛氏撇嘴道：「就你厲害，那你說說啊？」

陳漢章搖頭晃腦道：「《淮南子》有云：人無善志，雖勇必傷。我當年給盧豫川下了個套，他如果老老實實的，我就存了這個『善』，可如今他居然敢翻臉不認人，跟老陳家的閨女鬥法，嘿嘿，我就沒這個善心了！實話告訴妳，盧豫川平日燒窯跟陳家買的煤、柴，都是年底算總帳。我當初口頭給他賣了這個便宜，他還以為我是好心呢！這十年都是這麼過來的，我今天就讓羅建堂老相公去找他，說是陳家商號遇到了難處，要盧豫川馬上準備銀子，提前把今年前十個月的銀子繳清。據我所知，鈞惠堂現在根本沒有這筆銀子的預算，就是他能從總號湊齊，苗象天也得跟他翻臉！這樣一來，盧豫川既要爭家產，又要應付咱們陳家，自然是首尾難兼顧了。」

「可盧豫川要是把鈞惠堂抵押給票號，借銀子來呢？」

「他不敢！我當初以回龍嶺林場的地皮入股，占了鈞惠堂一半的股份。盧豫川說是東家，其實我是看在司畫她死去姐姐的面子上，才不跟他計較的。他要是拿鈞惠堂抵押，沒有我點頭，票號也不敢給他一兩銀子！對了，他要是來找我，妳就說我出遠門了。」

陳葛氏這才對他刮目相看道：「老爺，真看不出來，你還有這個心眼！」

陳漢章越發得意道：「哼，不是我吹牛，我連咱那寶貝女婿打哪條路回來，都算得一清二楚！妳在家看著吧，不出十天，我就能把盧豫海那個小王八蛋送到妳面前！」

陳葛氏笑道：「你真成諸葛亮了？那他從哪裡回來？」

「如果我算得沒錯，用不著咱們岳父岳母著急，人家親爹娘就已經發電報了。說不定豫海現在已經在路上了！走水路是逆流而上，比陸路快不了多少。況且他雖然回家心切，卻也不想弄得盡人皆知。盧家汴號船行是他建起來的，進出山東的水路上誰不認識他？他肯定不會走水路。走陸路嘛，山東是他的地盤，不會出什麼事。進了河南，無非是那幾路土匪，盧豫川一個經商的大少爺，盧家家教又那麼嚴，哪裡會跟土匪有交情？」陳漢章說到這裡，忽然神色大變，急道，「哎呀不好，我怎麼忘了梁少寧！還有豫海的仇人董克良！盧豫川跟梁少寧這陣子走得很近，梁大膿包可是和三教九流都有交情！有梁少寧的關係，再有董克良的銀子，難保不會半路劫了豫海！糟了糟了，我得立刻去開封府找曹利成！曹家跟盧家是親家，曹利成又剛升上臬臺，得請他趕緊忙活了！」

陳葛氏聽得一愣一愣的，見陳漢章慌張不已，奪門就要往外走，忙追上去叫道：「別著急，多帶些銀子！官府就認個錢！」

陳漢章的擔憂不幸言中。盧豫海離開煙臺時走得匆忙，只帶了苗象林一個人。兩人還沒走出登州地界，就被田老大領著幾個人追上了。田老大剛從天津回來，他一直惦記著盧豫海的病，特意從天津達仁堂老藥鋪買了一大堆的藥。可他一進門就聽說大相公剛走，回神垕老家了，當下就是一驚。清末光緒年間，天下大亂，匪盜橫行。從煙臺到神垕一路跋山涉水，真遇上劫路的，苗象林就不用說了，就算盧豫海有兩下子，卻剛剛生了場大病，一個帳房先生、一個病漢，又手無寸鐵，這不是百歲老漢上吊——找死嗎？

想到這裡，田老大嚇出一身冷汗，回頭對孫老二道：「咱還有多少槍在煙臺？」孫老二一愣，摩拳擦掌道：「回老大，一共二十把西洋快槍，十把跟著船隊出海了，家裡還有十把！怎麼，有人找麻煩嗎？」田老大罵道：「去你娘的蛋！帶著十把槍，子彈帶夠了，就跟我走！」孫老二好久沒跟人打架了，興沖沖叫上七八個弟兄，一個個騎了快馬，跟著田老大一路追了上去。一行人直追到登州邊境，才追上盧豫海二人。盧豫海不願招搖，執意要田老大回去，苗象林一路上提心吊膽，哪裡還敢由著他的性子行事。兩個人一番苦勸，才說動盧豫海，帶了五把槍，由田老大親自擔任保鏢踏上行程。

一行人在山東境內倒還順暢，不日就走到了魯西南和豫東交界處。田老大讓幾個弟兄擦槍提防，苗象林笑道：「老田，前面進了河南就到家了，用不著這麼小心！」田老大搖頭道：「山東各路好漢多少都給我個面子。可這是兩省交界，又是三不管地帶，我從來沒在這裡蹚過路子，小心駛得萬年船。」

盧豫海心裡牽掛父親的病，一路上沉默不語，只是催著趕路。七人一路日夜兼程，實在累了才找個地方歇一陣。進入河南當天，走到鹿邑縣境內，前面一片林子擋住了去路。田老大叫住眾人，騎馬在前轉了一圈，道：「不好，前頭林子裡有人，你看，路邊還躺著個死人，這是擺明了跟咱爲難呢！」苗象林吃驚道：「我們離開河南才一年，怎麼亂成這個樣子？」盧豫海冷笑道：「就是因爲匪盜橫行，朝廷一氣之下才罷免了前任臬臺。原來的禹州知州曹利成大人，剛上任臬臺還不到兩個月呢！」苗象林笑道：「這就好辦了，曹大人是咱大小姐玉婉未來的公公，還怕他們強盜嗎？」

田老大顧不上跟他們說話，命令手下的人把槍檢查一遍，自己則策馬上前，朝林子裡的人大聲喊道：「梁子土了點的，里腥啵，把合著合吾！」

盧豫海露出微笑道：「老田這是對春點[1]呢！『梁子』指的是大路，『土了點的』是說有死人，『里腥』是說假的，『合吾』是說大家都是江湖中人。他們江湖上的規矩就是多！」

說來也怪，地上躺的那個「死人」一聽到田老大的春點，居然把蓋在臉上的破草帽摘了，一骨碌爬起來，朝林子裡吹了聲口哨。霎時間一隊人馬衝出林子，足有上百人，一個個頭纏紅布持刀弄棒，把盧豫海等人團團圍住。田老大不慌不忙道：「神湊子掘梁子，把合

1 意指江湖上的黑話。

著，合吾！」

土匪頭提著大刀走出人群，衝田老大拱手道：「你支的是什麼桿？你靠的是什麼山？」

「我支的是祖師爺那根桿，我靠的是朋友義氣重如山！到了啃吃窯內我們搬山，不講義氣上梁山！」

土匪頭笑道：「得罪了！我是豫東拉捻子討飯吃的張大豁子，手下兄弟一千多人！敢問兄弟尊姓大名？」

田老大也吹開了，「我是山東十八路海老合、八路陸老合的頭領田老大！改日諸位到了山東，塌籠裡啃個牙淋，碰碰盤，過過簧吧。」

「田老大，今天沒您的事，您就一邊歇會兒，我們兄弟要的是後面騎馬的那個票！」

「那是我親兄弟！」田老大咧嘴一笑，又對上了春點，「朋友，祖師爺留下了這碗飯，朋友你能都吃遍嗎？兄弟我才吃一線，請朋友留下這一線讓兄弟走吧。既有支桿的在此靠山，你就應當重義，遠方去求，如若非要在這裡取，可就是你不仁，莫怪我不義了！你要不扯（不走），鼓了盤兒（翻了臉）寸步難行！倒埝（東方）有青龍，切埝（西方）有猛虎，陽埝（南方）有高山，密埝（北方）有大水，你若飛冷子（弓箭）飛青子（刀），我青子青著（刀子砍上），花條子滑上（槍扎上），也是吊索（疼痛）！若是朝了翅子（引來官府的人），大家都抹盤（臉上都不好看）！張大豁子倒吸了一口涼氣。這樣的老江湖他還是頭一回見到，滿嘴爛熟的春點調侃竟是滴水不漏！旁邊二當家的，也就是剛才那個「死人」猶豫道：「大哥，怎麼辦？這裡離山東就一步路，真惹惱了山東的土匪，就咱們這百十個人，一兩枝土銃槍，怎麼夠使喚！」

張大豁子一咬牙道：「他娘的，拿了人家的錢，就這麼放了他們，往後還怎麼做買賣？說什麼也得過過招！老二，你領幾十個人，從右邊摸過去！」

田老大見他們的隊伍一陣騷動，看出了張大豁子的意圖，便冷笑道：「朋友，梁子你堵了，青子你亮了，看來老田我不露個尖掛子是過不去了！弟兄們，洋條子給我抖起來！」

「洋條子」指的就是盧豫海他們帶的槍，一共五枝，全是正宗的德國毛瑟槍，可以連珠發射。田老大在煙臺一見這槍就喜歡上了，非要盧豫海買個幾十枝。盧豫海拗不過他，以每枝近千兩的高價買了二十枝，沒想到今天真派上了用場。田老大率先開火，五發子彈齊落在土匪隊伍前，激起一陣塵土。

張大豁子臉色蒼白，兀自逞強道：「他們來不及裝子彈！弟兄們上啊！」

土匪們一聽大當家發話，一個個硬著頭皮嚷道：「天惶惶，地惶惶，大災大難沒處藏呀！」亂哄哄地衝了上來。嚇得苗象林抓住盧豫海道：「二爺，咱怎麼辦？」盧豫海斜他一眼道：「急什麼？咱有槍呢，連珠槍！」話音未落，田老大等人砰砰地放起了槍，衝在最前面的幾個土匪應聲倒地。田老大手下的人訓練有素，兩人開槍，另兩人裝彈，配合得天衣無縫。轉眼間又是七八個土匪倒了下去。田老大瞄準了張大豁子身旁的一個土匪，只聽見砰一聲，那個土匪摀著肩膀叫了起來，聲音慘得嚇人。田老大冷笑道：「誰還想嘗嘗這連珠槍，就上來吧。張大豁子，我這槍不長眼睛，剛才打偏了，下一個就是你！」

張大豁子見情況不妙，對面如死灰的二當家道：「兄弟，扯吧。」二當家心驚膽顫道：「扯！這還打什麼！銀子不要了，命要緊哪。」張大豁子揮手道：「弟兄們，風緊了，扯！」一夥土匪連地上受傷的人都不管了，四散逃竄。田老大瞄準了二當家的腿，一槍過去，二當家的哀叫一聲倒在地上。田老大催馬上去，用槍抵住他胸口，叫道：「張爺留步！」

張大豁子見兄弟受傷，也急紅了眼睛，大叫道：「別殺我兄弟！大不了就是個死！老子拚了！」

田老大笑道，「我不殺他，我只想討個明白話，是誰跟我兄弟過不去？」他盯著張大豁子，大聲道，「大家都是江湖中人，我不讓你吃虧！」說著，從懷裡掏出一張銀票，「一千兩銀子，買兄弟你一句話！」

張大豁子猶豫不決，焦躁地跺腳。二當家的只想保命，還管什麼江湖道義，失聲嚷道：「是姓梁的牽線，姓董的出錢！」田老大把銀票扔在地上，收起了槍，大吼道：「都滾吧！」

幾個土匪壯著膽子上前，扶起二當家的回到隊伍裡，張大豁子氣得咬牙切齒，伸手就是兩個耳光道：「你他娘的瘋了嗎？以後還怎麼做生意！」二當家的只是哀號，一點反應都沒有。剛才趁亂，田老大和兩個弟兄留在原處斷後，盧豫海和苗象林在另外兩個弟兄的護衛下，早穿過林子走遠了。田老大他們這會兒才縱馬追趕上去。等走進了鹿邑縣城，眾人總算鬆了口氣。盧豫海笑道：「大哥真是好手段！豫海知道這毛瑟槍的厲害了，回頭再買他娘的二十枝！」

田老大面色鐵青道：「不成，這麼走絕對不成！這才剛進河南，不知道那姓董的在前頭還有多少埋伏。他們要是人再多點，咱們根本對付不了！盧家的親家不是臬臺嗎？咱們現在就去縣衙報官！」

盧豫海皺眉道：「大哥，咱有毛瑟槍，怕什麼啊？我這次是祕密回家，不想弄得……」

「連命都保不住了，還回個鳥家！告訴你，上次花銀子在海上要你命的，也是這個姓董的！如今又冒出來個姓梁的，真他娘的一團亂！江湖有話，不怕賊偷，就怕賊惦記。你們兩家究竟有什麼血海深仇，董家為什麼非要殺了你才肯罷休？」

盧豫海神色一變。董盧兩家的恩怨糾葛，豈是幾句話能夠講明白的？看來自己的行蹤已被董克良察覺了，他為了給父兄報仇，什麼事情做不出來？只是梁少寧為何也參與其中？他是關荷的親爹啊，難道要活活看親生閨女守寡嗎？當下他已是方寸大亂，便不再多說，搖頭嘆道：「也罷，報官就報官吧。」

鹿邑知縣李秉年早得到本省臬臺曹利成的急電，一旦盧豫海等人在鹿邑縣內出現，立即保護他們。李秉年也不知道這個盧豫海是什麼人物，只當天神一般供在縣衙裡，讓人馬上通知省裡。曹利成和陳漢章在開封府臬臺衙門裡都快急瘋了，直收到李秉年電報，兩人才安下心。曹利成特意調了一棚綠營兵，以巡察地方治安為名直奔鹿邑縣。陳漢章已聽說了梁少寧聯絡土匪的事，一見盧豫海就得意道：「如何，我這個老岳父比你那個老岳父強多了吧？一個要你的命，一個卻煞費苦心來救你！」苗象林等人回想起九死一生的險狀，都覺得如同噩夢一般。

盧豫海跟曹利成見了禮，剛想說話，曹利成就冷下臉道：「你就老老實實地跟著我們回神垕去！一個是你親岳父，一個是你親妹妹未來的公爹，兩個人加在一起，還壓不住你？」盧豫海本想勸他撤回那一棚綠營兵，見曹利成動了氣，也不敢再說。一路上陳漢章和盧豫海坐進了曹利成的八抬大轎，老漢滔滔不絕地把神垕最近的事情告訴盧豫海，尤其是盧豫川跟苗象天反目成仇，跟梁少寧一起圖謀家產的事情。以他舉人出身的性子，自然少不了添油加醋一番。盧豫海做夢也想不到大哥會變成今天這個樣子，梁少寧勾結土匪，難道哥哥也要自己的命？直聽得他心頭突突亂跳。曹利成扼腕嘆道：「本來我想送你們到禹州就行了，看來我非得親自去神垕不可！老盧萬一真的等不到咱們回去就走了，那個亂攤子誰來收拾？我看張大豁子背後除了董克良，也少不了盧豫川！豫海，你莫要再有半點猶豫，這個大東家的位置本來就是你的！」盧豫海哪裡還聽得進去，只想生出一雙翅膀立時飛回家去。

張大豁子劫路失敗的消息，很快就傳到了梁少寧那裡。盧豫川得知消息後眼前一黑。梁少寧一共給了他上中下三策，下策和中策他全都用了。那天他在盧維章面前懺悔，可謂聲淚俱下，發自肺腑。但盧維章只是默默搖頭、流淚，一句話也不說，不久又昏迷過去。他以爲是功夫不到，還打算再接再厲，可從那次之後，只要是蘇文娟在病房伺候，不是關荷就是陳司畫，必有一人也在場，勸也勸不走，轟也轟不走。盧豫川肯定是被陳司畫看出破綻了。既然此計不成，他便把希望寄託在梁少寧那些黑道朋友身上。張大豁子是豫東巨寇，梁少寧說要想請動姓張的得花銀子，他就毫不猶豫地交給梁少寧整整五萬兩。可這個巨寇竟然如此窩囊，眼睜睜看著盧豫海他們過去，連根頭髮都沒留下。不但如此，還驚動了官府，眼下曹利成調了整整一棚綠營兵保護盧豫海，浩浩蕩蕩地衝自己而來！

梁少寧見盧豫川失魂落魄地坐著，苦笑道：「是老漢辦事不力，有氣你就朝我發好了。」

盧豫川眼珠子都快瞪出來了，沙啞道：「五萬兩啊！那是我私自挪用的銀子！總號月底合帳，我無論如何也瞞不過去！老梁，你說什麼也得把銀子要回來。陳漢章派老相公羅建堂來找我，張口就要前十個月的料錢，一共十萬兩！五日內不繳齊，他就撤股，收回地皮！要是鈞惠堂砸在我手裡，別說是做大東家，光窯場那幫人就會活活吃了我！」

梁少寧搖頭道，「唉，我早提醒你注意陳司畫和陳漢章。結果呢？陳司畫壞了你見盧維章這條計策，陳漢章那個老不死的不僅落井下石，還親自去迎接盧豫海！」他見盧豫川一直死死盯著他，心虛道，「至於羅建堂那邊，你大可不必理他，他只是故意亂你陣腳，害你首尾不能兼顧而已，陳家的閨女是盧豫海的姨太太，他們不會做這麼絕。」

盧豫川撕心裂肺道：「我的銀子！你去跟張大豁子要回我的銀子！」梁少寧知道瞞不過去了，只得吞吞吐吐道：「這個……張大豁子說了，只要是進了他嘴裡的銀子，再想吐是吐不出來的。那五萬兩你就當掉水裡了吧。」盧豫川氣得一躍而起，指著梁少寧道：「你們私下怎麼分的？老實告訴我！」梁少寧大呼冤枉道：「我要是拿了一兩銀子，我不得好死！人家董克良也出了五萬兩，卻只是笑笑，說沒關係，就當交個朋友。瞧瞧人家！」

盧豫川駭然道：「怎麼還有董克良？你不是說，只是扣留豫海，不殺他嗎？」

「我也不想我閨女做寡婦啊，可董克良一心要報仇雪恨，我能擋得住董克良嗎？」

「天哪！」盧豫川痛心疾首道，「我竟然幫著仇人去殺我弟弟！」他狠狠地捶著頭，宛如瘋了一般。梁少寧嘆息道，「豫川，時至今日，你再沒有回頭的路了。張大豁子跟他們老二火拚了，百十個人死的死，傷的傷，折騰得七零八落，說不定有些落在官府手裡。曹利成專管豫省刑名官司，若是真狠了心，你殺弟的罪名一旦暴露出去，這天下還有你立足之地嗎？如不出我所料，明天，最遲後天，盧豫海就能到神垕了！那時候內有他娘和陳司畫接應，外有陳漢章給他撐腰，還有曹利成，他的兒媳婦是盧豫海的親妹妹，自然也是要幫盧豫海說話的。」梁少寧看著目光呆滯的盧豫川，大聲道，「是死是活，只能靠你自己去把握了！我給你的上策，現在是唯一的出路！」

盧豫川痴傻般地看著他，喃喃道：「上策？」

「對，就是那包藥！」梁少寧目露凶光道，「盧維章今天晚上必須死！你搶在盧豫海之前控制大局，得到你們盧家的三樣傳家寶，你就是名正言順的大東家！你就說是盧維章臨終之際傳給你的，他病重沒法寫遺書！盧豫海就是再有本事，後臺再硬，你一是兄長，二是掌門人，只要你搬出家法，就可以制伏盧豫海，制伏了盧豫海，盧家老號兩處堂口，就統統唯你是從！曹利成也管不到家法上，他官再大也不能放個屁……」梁少寧斟了一杯酒，遞到他面前，厲聲道，「喝了它！過了今天晚上，盧家就是你的了！」

盧豫川布滿血絲的眼睛裡，忽然勃發出如炬的烈焰。

拾捌

天意如此，豈在人為

今天晚上戌時、亥時，又輪到蘇文娟在盧維章房裡伺候。盧維章病情惡化以來，每天清醒兩三個時辰，多半就是在亥時和辰時，故而此刻除了盧豫川和蘇文娟夫婦，盧王氏、關荷、陳司畫、盧豫江、盧玉婉等人都齊聚在此，期盼盧維章能多清醒一會兒。盧王氏已經跟大家說了，今晚只要盧維章清醒過來，哪怕只是片刻功夫，也要讓他當眾立下遺囑。這句話從盧王氏嘴裡說出來，就等同於向眾人宣布盧維章命在旦夕了。眾人聽了雖然覺得難以接受，但盧維章的病情大家都看在眼裡，誰也不敢擔保他今天閉上眼睛，明天還能再睜開。能趁著他清醒時留下隻言片語，對盧家老號上上下下近萬名窯工夥計的將來也好有個交代。

眾人圍坐在病榻前苦苦等待。時間彷彿凝滯了一般，宛如冰封的河水不再流淌。桌上的自鳴鐘滴滴答答地走著，眾人的心跳也隨之突突直跳。到了子時，就在他們覺得今夜無望之際，盧維章的胳膊緩緩地動了一下，盧王氏身子一顫，差點哭出聲來。她忙俯身到盧維章耳畔輕聲喚道：「老爺，你醒了嗎？」

盧維章喉頭顫了幾下，肺部傳來一陣異響，像是一個破舊的風箱在抽動。盧王氏回頭大聲道：「老爺要吐痰了，老爺快醒了！」蘇文娟慌忙端了個痰盂過來，含淚跪倒在床頭。盧王氏吃力地扶著盧維章坐起，輕輕捶打他的後背。盧維章雙目緊閉，胸口劇烈起伏。盧王氏啜泣道：「老爺，吐啊，吐出來就好啦。」盧維章彷彿聽到了妻子的呼喚，喉頭的顫動更加急促，忽然伴隨著一聲悶重的咳嗽，一口漆黑的濃痰吐在痰盂裡。眾人如釋重負地喘了口氣。盧維章微微睜開雙目，吃力地看著眼前的人，慢慢道：「你們，都在啊。」盧王氏扶著他靠在床頭，擦了眼淚道：「老爺，除了豫海不在家，廣生和廣綾年紀小，熬不住睡下了，盧家其餘的人都在！」

盧維章已經連說話的力氣都沒有了，粗重地喘息著，道：「讓豫海回來吧。我快不行了，最後一面是見不上了，得讓他給我送終摔瓦盆啊。」

關荷和陳司畫一起小聲哭了起來，接著就是盧玉婉。盧豫江攥緊了拳頭，強忍眼淚。盧維章喘了好半天的氣，好像在積蓄最後一點力量，道：「我快不行了，既然都在，家裡的事，就囑咐給你們。」剛說到這裡，他又是一陣劇烈的咳嗽，呼嗤呼嗤喘著粗氣，臉憋得紅中透紫。盧王氏回頭大聲道：「止咳袪痰的藥呢？快端上來！」盧豫川推了一把蘇文娟，低聲道：「快去端藥！」

蘇文娟臉色蒼白，似乎裝了滿腔的驚懼和恐慌，出門時還被不高的門檻絆了一下，幾乎摔倒。盧豫川驚出一身冷汗，好在眾人的注意力都集中在盧維章身上，並沒有人留意到她的失態。盧豫川悄悄擦了擦汗，暗中平息心中的巨浪狂瀾。盧維章咳得越發厲害了，盧王氏急得叫道：「二少奶奶，妳去催催，怎麼這麼慢！邱媽不是一直在熬著嗎？告訴邱媽，多熬些備著！」關荷和陳司畫互相看了一眼，關荷輕輕點頭，轉身出去了。盧豫川心裡一驚，不由自主地看著關荷走出門，一回頭，卻正好碰上陳司畫犀利的目光。盧豫川忙將眼神移開，這才發現自己已汗流浹背。

關荷走到廊下，蘇文娟雙手顫抖地端著藥碗過來，兩人正好打個照面。關荷滿臉驚惶道：「大少奶奶，這藥我送進去，夫人要妳再多備一些！」蘇文娟一愣，道：「今天我輪值，還是我親手去送吧，別換手了。」

關荷兩手已經伸了出去，蘇文娟卻不肯放手，雙方竟僵了起來。這時陳司畫從走廊一頭的病人房間走出來，一副心急如焚的模樣道：「妳們還愣什麼？夫人都發火了！非要我再過來催催！」

蘇文娟不由自主地把托盤遞給關荷，陳司畫不容她再有絲毫猶豫，伸手接過托盤，沒好氣道：「妳們快去催催邱媽，平時俐落得很，今天怎麼慢吞吞的？我倒白白挨了夫人幾句！」說完端著托盤朝病房走去。關荷推著蘇文娟，低聲道：「司畫是大人家出身的小姐，脾氣大了些，大少奶奶別怪罪啊！」蘇文娟還想回頭去看，卻被關荷連推帶扯地出了小院。陳司畫見她們二人離去，目光落在碗裡黑糊糊的藥湯上……

陳司畫進了病房，將藥碗遞給盧王氏。盧王氏低聲斥道：「怎麼弄好半天？怎麼伺候長輩的？」陳司畫眼圈一紅，垂頭退到一旁。盧王氏親手餵盧維章喝了半碗藥，見他咳嗽終於好了些，便試探道：「老爺，好點了嗎？」盧豫川強迫自己鎮靜下來，死死地盯著他。盧維章慢慢點點頭，良久道：「好些了，你們都靠近些，我有話要說。」盧豫江再也忍不住了，道：「爹，你還是好好休息，等二哥回來，你的病就好了！」盧維章輕輕搖了搖頭，道：「等不及了，我這病怕是今天明天──」

盧維章的話還沒說完，只見他忽地張大了嘴巴，圓睜雙目，直直看著天花板。盧王氏失聲道：「老爺！老爺！你怎麼了？」盧維章一動不動，兩隻眼睛裡說不清是憤怒還是哀傷，一顆豆大的眼淚從眼角滑落。盧王氏搖晃他的身子，也不見他有絲毫反應。盧豫江大叫道：「爹！你怎麼了？」盧玉婉嚇得捂住了嘴，連哭都忘了。盧王氏的手顫抖著放在盧維章的鼻前，頓時身子一軟，放聲哭道：「老爺，你怎麼說走就走了，連個話都沒留下啊！你一定有話對我說，對豫海說，是不是啊？老爺！」陳司畫忍不住號啕大哭起來，盧玉婉偎在她懷裡，也是泣不成聲。盧豫江卻擦了眼淚，大聲道：「爹沒死！爹的眼還睜著呢！」

盧家高薪聘來的豫省名醫孟老就在院子裡候著，只是剛才盧家自己人要說話，他便知趣地退了出來。此刻聽到哭聲，孟老推門進來，大步直奔盧維章床前，抓起他的手腕。半晌，孟老鬆開了手，呆滯地盯著盧王氏，長嘆道：「夫人，老爺他……去了。」

盧豫江衝上去抓住孟老的衣襟，高聲道：「你放屁！爹還睜著眼呢！」

「那是老爺還有心事未了，死不瞑目啊！」見多了因親人離去而悲愴得理智全失的人，孟老只是微微搖頭，推開了盧豫江的手。他對盧王氏道：「夫人，請您讓老爺瞑目吧。」

盧王氏哪裡還能動彈，陳司畫上前攙著婆婆的胳膊，艱難地扶了起來。盧王氏的手在盧維章臉上一滑而過，盧維章的兩眼終於閉上。盧豫江撲通跪倒在病榻前，大哭道：「爹，你就這麼走了，怎麼不等二哥回來看你一眼哪！」關荷和蘇文娟一前一後進來，見狀也是悲泣難抑。屋裡哭聲四起，積聚了多日的壓抑氣氛就在這放縱的哭聲裡一點一點地釋放出來。

盧豫川知道大功告成了，此刻不出面更待何時？他騰地站起，厲聲道：「大家都不要吵！」

在場人都被他的聲音驚住。盧豫川鎮定了一下，冷冷道：「這些日子孟老多費心了，去老平那裡領賞吧。」孟老知道人家要料理後事了，這是換個方式要他走，便朝盧王氏一拱手，快步離開了屋子。

沒有一個人說話。空氣彷彿凝結了一般，連門外秋風颳下一片樹葉的聲音都聽得一清二楚。盧王氏駭得愣在原處，幾個女眷都止住了悲聲，膽怯地看著他。只有盧豫江衝他怒目而視道：「大哥，你這麼大聲，不怕驚動了我父親的亡靈嗎？」

盧豫川微微一笑，「你不要開口閉口拿『我父親』壓我，他也是我親叔叔！而我是你哥哥！」說著，他快步走到病榻前，朝盧王氏雙膝跪倒，磕頭道，「請嬸子節哀！叔叔已然仙逝，眼下第一要務，就是穩住局面，盧家亂不得！」

盧豫江不待母親回答，大聲道：「你說，怎麼個穩法？」

盧豫川並沒看他，繼續道：「豫川斗膽請嬸子屏退所有女眷和孩子，豫川有話對嬸子說！」

盧王氏直直地看著他，點頭，一字一頓道：「這麼快就要說事了嗎？好吧，你們全都給我退下！」

陳司畫拉著盧玉婉，和蘇文娟、關荷一起退了出去。盧豫江昂首站在母親身邊，一點都沒有要離開的意思。盧豫川不動聲色道：「嬸子，請您讓孩子也退下。」

盧王氏此刻已恢復了往日的神態，冷笑一聲道：「這裡沒有孩子。要說孩子，盧家現在只有廣生和廣綾還是孩子。」

盧豫川指著盧豫江道：「那三少爺呢？」

盧豫江狠狠地看著他，朗聲道：「我今年一十六歲，按照盧家家法，我已經成年，不是孩子了！」

盧豫川暗暗咬牙，怎麼千算萬算，偏偏忘了這個三少爺！事已至此，他再也沒有別的選擇，便道：「嬸子在上，請受豫川一拜！」

「慢著！」盧王氏厲聲叫道，「你這一拜，是以什麼身分來拜？是盧家大少爺，還是鈞惠堂的東家，還是我的姪兒？」

盧豫川毫無畏懼地看著她，道：「都不是！豫川現在是以繼任盧家老號大東家的身分，給前任大東家的夫人叩拜，這是盧家的家法！」

「你是大東家？這倒奇了！既然你說到了家法，那盧家傳家的三件寶物何在？請拿出來看看！」

「豫川眼下還沒有，正要請嬸子將三件寶物，按家法傳給豫川！」

「我要是不給呢？」

「妳不能不給！」盧豫川索性站了起來，背手道，「叔叔仙逝，舉家哀號，眼下大變在即。內有人心惶惶之患，外有仇家尋釁之憂。論家族地位，豫川身爲盧家長房長子；論產業股份，豫川自領鈞惠堂，還有鈞興堂的一半股份！就是叔叔在的時候，也從來沒有說過要剝奪我繼承人的身分，叔死姪繼，這是叔叔生前定下的！敢問嬸子，豫川可有半句虛言？」

盧王氏氣得手腳冰冷，指著盧豫川道：「你、你叔叔屍骨未寒，你弟弟尙在回家的途中，你就如此迫不及待嗎？」

盧豫江衝到盧豫川跟前，大叫道：「盧豫川，你不配做我大哥！你若再敢對母親無禮，我就跟你拚了！」

盧豫川看著比自己低了一個頭的弟弟，輕蔑道：「你跟我鬥，再等十年吧。」盧豫江舉起拳頭打過去，盧豫川倒退了兩步，他這一拳落了空。盧豫川從懷裡忽地掏出一枝火槍，指著盧豫江道：「嬸子，請妳讓豫江出去吧，我這槍可是會走火的！」

盧王氏沒想到他會帶凶器，驚得站起身道：「豫川，你太放肆了！豫江，你給我滾出去！」

盧豫江咯咯一笑，不知從哪裡來的勇氣，豪邁道：「娘，妳就讓我跟他拚了！他只要開槍，全鎮都會知道盧豫川殺了自己的弟弟！就讓他這個殺人凶手去做大東家吧！盧豫川，你來打我，你朝老三這胸口上打！」盧豫江刷地甩掉衣服，露出了帶著幾分稚嫩的胸膛，一步步朝盧豫川逼去，高聲叫道：「門外的人都來看吧，看看這個衣冠禽獸是怎麼威脅嬸子的，是怎麼親手殺了我盧老三的！」

盧豫川萬萬沒有想到，盧豫江竟然和盧豫海一樣，也是個敢拚命的狠角色，自己的全盤計畫竟毀在一個不諳世事的毛頭小子手裡！他說得一點不假，真要開了槍，在這子夜時分肯定會驚動整個鈞興堂，而他就成了不折不扣的殺人犯，殺的還是自己的手足兄弟！他的手不由自主顫抖起來，厲聲道：「你再上前一步，我就顧不得兄弟之情了！」

「你眼裡還有兄弟之情嗎？」盧豫江大聲笑了起來，仰天叫道，「二哥！誰都知道你是有名的『拚命二郎』，兄弟也不要命了，就做個『拚命三郎』！你要爲我報仇雪恨哪！」盧豫川就在他仰天大叫的瞬間，猛地出手擊中他的太陽穴。盧豫江瞪大了眼睛，像一根木樁般倒了下去。盧王氏慘聲道：「豫江！」

幾個女眷並未走遠，就在門外守著。她們聽到盧豫江的叫聲，一擁而入，正好看見盧豫川出手擊倒盧豫江。蘇文娟摀住胸口，身子一軟癱倒下去。盧玉婉不顧一切地衝過去，哭道：「大哥，你爲什麼打三哥，三哥有什麼錯，你非要他死？」陳司畫一把拉住她，眼裡迸出怒火道：「他瘋了，他不是妳大哥！」

「放心，他死不了！」盧豫川旁若無人地看著幾個女眷，惡狠狠道，「妳們都出去，我要跟嬸子一個人說話！」

關荷和陳司畫護住了盧玉婉，兩人一起道：「你休想！」

盧王氏呆呆地看著他們，這樣的場面是她始料未及的。她一時不知該如何是好，哀婉地坐在病榻上，喃喃道，「老爺，你都看到了嗎？這就是咱們養大的姪兒，這就是你疼愛一生的姪兒！你屍骨未寒，他就拿著火槍，逼我給他傳家的寶物啊！」她說完這些，抬頭對關荷和陳司畫道，「妳們和玉婉先下去吧，沒見這個畜生拿著火槍嗎？連弟弟都敢下手，連嬸子都不要了，妳們以爲他還有半點人性嗎？」

陳司畫拉了關荷一把，低聲道：「先保護玉婉要緊，別逼急了他。」關荷已是手足無措了。盧玉婉趴在她懷裡啜泣著。關荷輕聲道：「別怕，咱們走。」陳司畫扶起了蘇文娟，朝盧王氏深深看了一眼。盧王氏見她們都出去了，對盧豫川道：「豫川，你究竟想怎麼樣？」

「我只想按照叔叔的遺命，繼任盧家大東家！」

「你叔叔死前並無遺言留下，你怎麼知道他會把盧家大東家之位傳給你？」

「叔叔是沒有遺言，可留世場建窯之際，叔叔當著全鎮人立誓，我是盧家老號唯一的繼承人！」

「這番話，你敢對整個鈞興堂的人說嗎？」

盧豫川不卑不亢道：「言之鑿鑿，豫川有何不敢？只是，嬸子敢嗎？」

「那就好！」盧王氏站起來大聲道，「老爺殯天，想必此刻鈞興堂所有的人都在院門外守候了。你若是當著眾人的面說出這樣的話，我就把三件寶物給你。你要是還有半點良心，半點人情，我就不信你說得出口！你做了這麼多忤逆不道之事，你不怕話一出口，就遭天打雷劈嗎？」

「都什麼時候了，嬸子還拿老天來威脅我？」盧豫川不屑地一笑，收起了槍，做了個請的手勢。盧王氏顫巍巍走出房門，盧豫川緊隨其後，院中幾個女眷難以置信地看著他們。小院門外，鈞興堂上下百十個人聽到了大東家房裡的哭聲，都趕過來在門口站著，有的哭泣，有的木然，場面淒涼而混亂。他們一見盧王氏和盧豫川出來，都明白是來宣布盧維章遺命的，便立刻安靜下來，一道道目光投在二人身上。

一陣冷風吹過，激得盧豫川顫抖了一下。他雖有自信已控制了整個局面，卻還是有些顧慮，便把最後的底牌也亮了出來。他附在盧王氏耳邊道：「孀子，豫川今天既然敢這麼做，必定是籌畫得萬無一失了！一會兒若是孀子有半點反悔，你的寶貝孫子盧廣生，怕是要隨他爺爺去了。」

盧王氏的身子劇烈搖晃起來，她再想說什麼已經來不及了，只聽見盧豫川高聲說道，「各位，我叔叔盧維章已於今晨丑時仙逝。按照叔叔的遺命，豫川正式接管盧家，繼任大東家！」然後，他謙恭地對盧王氏道，「孀子，妳說話吧。」

盧王氏但覺眼前一黑，一口氣沒上來，居然昏了過去。人群裡一陣騷動，盧豫川扶著盧王氏，急中生智道：「孀子傷心過度，人事不省了！豫川剛才說的話，大家都聽清楚了嗎？」

眾人不約而同地保持沉默。這裡不是鈞惠堂，他們又都是盧維章、盧豫海父子使喚了幾十年的人，對他們父子的忠心非同一般。故而一個個冷眼看著他，像是看著陌生人在唱獨角戲。盧豫川怒道：「你們都是聾子嗎？」

有人高喊道：「三少爺呢？怎麼不見三少爺！」

「還有二少奶奶和姨太太呢？」

「夫人昏倒了，應該馬上請大夫！」

盧豫川心裡一陣慌亂，聲嘶力竭道：「你們到底聽不聽叔叔的遺命？」

忽然，一個聲音幽幽從他背後響起：「我的遺命是什麼，你要聽聽嗎？」

盧豫川毛髮直豎，像是被人施了定身法一般愣在當場。人群裡一片譁然，「是大東家！」「大東家沒死！是盧豫川胡說的！」……

關荷和陳司畫一左一右扶著盧維章，擦過盧豫川的身子，來到眾人面前。四周再一次安靜下來，眾人紛紛跪倒在地，全都哭泣不止。死而復活的盧維章彷彿秋風吹來的一片落葉，靜悄悄站在盧豫川面前。盧維章看著他，輕輕道：「豫川，扶你嬸子回房休息吧。今天大家都累了，我也累了。」盧豫川顫慄不已，緩慢地搖頭道：「叔叔，這都是你安排的嗎？」

盧維章苦笑道：「人之將死，其言也善哪。我是將死之人了，可你還年輕，往後還要好好過日子呢。」盧豫川彷彿巨大的冰塊，而盧維章的話語猶如烈日當空，融出他的兩行眼淚，「叔叔，過了今天，我還能活下去嗎？」「活啊，好好活下去。聽叔叔的話，什麼也別想了，文娟在房裡等你呢。就當是一場夢吧。蘇東坡說得好，人生如夢啊。」

遠遠的，老平快步跑了過來，在盧維章耳邊低聲說了幾句。盧維章點頭，道：「好生招呼他們，豫川的客人，不要怠慢了。」老平憤憤地看了盧豫川一眼，退了下去。盧維章回身，朝早已看得呆若木雞的人群道：「大家都散了吧。今晚的事，誰都沒看見，誰都不知道，記住了嗎？」

下人們見大東家發話，便壓住狂亂的心跳，一個個站起來悄然離去。盧維章拍了拍盧豫川的肩頭，嘆道：「你莫怪叔叔對你用計。真金拿火才能試出來……不過剛才那會兒，我差點真的一命嗚呼了。你這孩子就是太頑皮，哪有對弟弟動刀動槍的？哥哥教訓弟弟，打一頓、罵兩聲就行了。就跟你爹以前教訓我那樣。」說著，他一邊搖頭，一邊朝小院裡走去。盧王氏已悠悠醒來，給陳司畫和關荷扶著，聞言無不驚愕。她們不敢相信眼前的一切，盧維章真的就這麼放過盧豫川了嗎？

盧維章蹣跚地走到小院當中，停下了腳步。他慢慢揚起頭，看著頭頂上濃黑如墨的蒼穹，他的臉色又灰又暗，刀刻似的皺紋裡，滲著不知是血還是淚。盧維章閉目良久，才睜開眼睛道：「天意如此，豈在人爲。大哥，你讓維章跟你一起走吧，你何苦要我留在這個世上，看著自己的親人骨肉相殘！」

他的聲音並不大，就像是跟對面的人在閒聊。但這些話語卻如同隆隆巨雷，深深震撼著在場的所有人。蒼穹無邊，夜幕低垂，星子黯淡，明月當空。世間的一切彷彿在這一刻統統靜止下來，萬事萬物都在靜靜地看著這個傷心欲絕的老人，呢喃著緩緩倒在地上，宛如深山幽谷中轟然倒下的一棵老樹，如同浩渺大海上，一道高高捲起，又重歸海洋的巨濤。

含笑而逝

天色大亮，苗象天和往常一樣來到總號，見原本應該熙熙攘攘的總號大院冷冷清清，不由得一愣。門房老漢跑出來急道：「老相公，你還不知道吧？鈞興堂的人跟鈞惠堂的人幹起來了！總號的人都去鈞興堂勸架了，連楊老相公都去了！」

苗象天這才知道盧家昨晚發生大變，暗叫一聲「糟了」，立即對身邊的心腹小相公道：「你這就去禹州，請衙門趕緊派官兵過來，就說：晚了，曹利成大人的兒媳婦性命難保！」小相公嚇了一跳，立刻策馬直奔禹州。門房老漢見苗象天朝鈞興堂方向疾馳而去，唉聲嘆氣道：「這大東家病了，二爺又不在，只剩下個夫人能幹什麼？盧家行了一輩子的善，怎麼弄得自己人動起手來？這不是讓別家看笑話嗎……」

盧豫川沒有回到鈞惠堂，四個家丁奪了他的槍，把他架到一個偏房裡，關上了大門。盧豫川並無半點反抗，只說了一句：「好好照顧大少奶奶。」老平怕他尋短，特意讓兩個家丁寸步不離地伺候著。天亮後，盧豫川在鈞惠堂豢養的那些心腹下人見他一夜未歸，也沒有半點消息傳來，都圍在鈞興堂門口叫嚷不絕，口口聲聲要鈞興堂交出盧豫川，否則便破門而入。老平奉了盧維章之命，領著鈞興堂的家丁守住大門，幾枝火槍也架在門口。老平等人個個如同石雕般一語不發，任鈞惠堂的人破口大罵，就是寸步不讓。雙方形勢劍拔弩張，隨時都有動手的可能。神垕鎮人剛睜開惺忪的睡眼，就聽說這一齣家族內鬨的戲碼，不多時便引來數千人的圍觀。盧家老號兩個堂口鬧內鬨，盧維章生死不明的消息霎時傳遍了全鎮。

苗象天趕到的時候，鈞興堂外已是人山人海。鈞興堂和鈞惠堂本就是隔街相望，此時整條大街都被堵得嚴嚴實實。楊建凡領著總號的人擋在兩幫人中間，苦口婆心勸了半天。鈞惠堂的家丁頭目叫李二來，人稱李二癩子，是神垕鎮最有名的地痞流氓。也不知盧豫川給了他多少好處，楊建凡七十多歲的人了，又是點頭又是哈腰地說了半晌好話，卻是水潑不進。李二癩子惡狠狠地朝老漢叫道：「老東西，滾一邊去！老子找的是盧維章，他要是不把豫川大爺給我完整地交出來，我就要鈞興堂雞犬不寧！」

楊建凡氣得渾身打顫，他的三個兒子楊伯安、楊仲安和楊叔安見老父受辱，當下便一擁而上，要跟李二癩子動手。李二癩子嘿嘿冷笑著，從腰間拔出一把尖刀，指著他們道：「你們找死啊！再敢囂張，老子白刀子進去，紅刀子出來！」圍觀的人一見亮了刀子，紛紛驚叫起來，場面越加混亂。

苗象天在馬上看得真切，放聲大叫道：「誰敢在鈞興堂撒野？就不怕豫海二爺回來，把你們一個個活剝生吃了！」

鈞惠堂的人一聽見「二爺」兩個字，都是一陣哆嗦。盧豫海不到二十歲就被冠上「拚命二郎」的名號，十幾年來神垕鎮裡誰敢跟他叫囂？李二癩子對擠進人群的苗象天道：「你少拿盧老二來壓我！告訴你，盧老二早他娘的一命歸西了！」

苗象天臨危不亂，平靜地笑道：「李二癩子，你說二爺死了，是誰告訴你的？」

「這個你別管！反正盧老二就是死了！」

「諸位都聽見了吧？」苗象天朝四周喊道，「李二癩子說二爺已經死了！人命關天，我是盧家老號的二老相公，東家死了人，我不能袖手旁觀！李二癩子，你敢跟我一起，現在就去報官嗎？」

「人不是我殺的，我去報什麼官？」

「人是誰殺的，自然由官府去查。你既然知情，為何知情不報，反倒來這裡逞凶滋事？難道殺二爺的人跟你有關係？難道是你親眼所見？難道二爺就是你親手殺死的？」苗象天上前兩步，咄咄逼人地質問。

「你放屁！」李二癩子終於明白中計了，惱羞成怒道，「老子不管什麼盧老二，我就要盧豫川東家！」

「你心虛了！」苗象天迎著刀尖又上前一步，大聲道，「你勾結土匪，謀財害命！我要是你，哪敢在這裡露面？早逃得遠遠的！可眼下，你是逃也逃不掉了！我告訴你，禹州衙門的官兵馬上就要到了，盧家的事有他們來辦，你還是先想想你自己吧。」

李二癩子鼻窪鬢角都冒出了冷汗。他到盧家老號鈞惠堂是董克良主使的，盧豫海的死訊也是董克良告訴他的，可他怎能當眾供出董克良呢？董老二雖然不如盧豫海的名聲響亮，但殺起人來也是一點都不心軟！何況他又沒有真憑實據，就是到了官府也奈何不了董克良！鈞興堂的人紛紛叫嚷起來：「苗老相公，你現在就去報官！讓官府先抓起李二癩子這個王八蛋！」李二癩子心下慌亂，虛張聲勢道：「你們仗著人多嗎?好，你們等著，老子再叫一群弟兄來，非踏平了你們鈞興堂不可！」說著，他揮刀逼人群讓出一條路，大步溜走了。

苗象天見「擒賊先擒王」的計策告成，便對李二癩子的手下道：「老大都跑了，你們還留在這裡幹什麼，等官府來抓嗎？」那幫手下這才大夢初醒，一個個扔了傢伙，狼狽不堪地四下逃竄。苗象天吁出一口氣，對圍觀的人道：「諸位鄉親，我苗象天是誰，大家都知道吧?我奉了大東家盧維章之命，來向各位鄉親說句話，大東家好好的，盧豫川大少爺也好好的，他正跟大少奶奶在鈞興堂裡伺候呢！這是一場誤會，又有小人趁機來搗亂而已。大東家要我代他感謝各位鄉親對盧家的關心，大東家還說，待他病體痊癒，一定當面答謝鄉親們！該上工了，大家都散了吧。」

眾人雖還有許多疑惑不解，但苗象天的話毫無破綻，只好一個個離開了。楊建凡上前拉著苗象天讚道：「老苗，你比你爹強多了!老漢真是老了，要不是你急中生智……唉，大東家怎麼樣了誰也不知道，二爺又沒回來，真要出了亂子，誰來穩住這個局面啊?」

苗象天忙低聲道：「象天剛才是迫不得已，不然怎敢假借大東家的名號?咱們快去堂裡瞧瞧吧。」兩人走到門口，老平拱手道：「多謝二位老相公爲盧家解圍，要不是大東家有命，不能動手，我早一槍打死那個李二癩子!二位老相公快跟我來，大東家吩咐只見你們兩個。」

盧豫海一行直到午飯過後才到達神垕。禹州新任知州錢九章是曹利成一手提拔上來的，親自護送他們到鈞興堂。此時的鈞興堂大門外站著兩隊衙役，曹利成知道他們是奉了錢九章之命前來保護的，便滿意地含笑點頭。盧豫江頭上纏著白紗，和老平一起在門前恭候。盧豫海一見到弟弟，再也顧不得什麼禮數，撒腿便跑上去道：「爹怎麼樣了？你這傷……」

盧豫江熱淚連連道：「總算見到二哥了！爹一直撐著口氣，就等你回來。我的傷沒大礙，盧豫川一槍沒打死我，算我命大！」盧豫海驚懼道：「大哥他、他怎麼會——」盧豫江推著他往裡走，急道：「他什麼事幹不出來？快走吧，爹娘都等著呢，就在祖先堂裡！」

盧豫海離家這一年來，盧維章的病情反覆發作，體弱身虛。盧王氏為了讓他祭祀方便，便把祖先遺像和先人的牌位都請到家裡，在後院新建了這個祖先堂。盧豫海進去的時候，盧維章夫婦、盧玉婉和自己兩個妻子，還有楊建凡、苗象天兩個老相公都在場。盧豫海跪倒在地道：「父親、母親，兒子未經請示私自返家，請父母大人恕罪！」陳司畫和關荷深情地看著他，心情蕩漾起來。

「罷了，回來就好。我已經跟你母親，還有兩位老相公商議過了，不追究你這個罪過。你聽好了，我有話問你。問你一句，你答一句。」盧維章一刻也不容他考慮，便道，「你大哥背叛祖宗，忤逆作亂，你若是盧氏族長、盧家老號大東家，你會如何處置他？」

盧豫海不假思索道：「剝奪他在老號的一切權利，保留他在鈞興堂和鈞惠堂的一半股份，從此按股分紅，不得過問盧家的生意。」

「那你大嫂蘇文娟呢？」

「大哥與大嫂不同。大嫂凡事都聽大哥的，何況罪人不孥！大嫂還是盧家的大少奶奶。」

「如果你手裡有盧家和董家兩家的宋鈞燒造祕法，你會如何處置？」

「這個……孩兒都聽爹的意思！」

「我若是要你將盧家宋鈞燒造祕法送給董家，你肯嗎？」

「宋鈞燒造技法本就不該由一家一戶獨得！孩兒以爲，父親此舉深明大義，孩兒一定照辦！」

「我若是要你有朝一日，將盧家祕法大白於天下，你肯嗎？」

「肯！」

「你身爲盧家子孫，不覺得這是背叛祖宗嗎？」

「爹爹此言差矣！孩兒在外這一年，飽嘗國祚衰微之痛，深感華夏亡國之憂！國運凋敝，洋人橫行，朝廷懦弱，黎民不堪其苦！就像遼東，俄國人在那裡建了關東省，百姓還是大清的百姓，卻在洋人的統治下，給洋人交糧納稅！」他越說越激動，「豫海是盧家後代，但更是炎黃子孫！宋鈞燒造技法理應是天下人共有的，若是神垕各大窯場都能燒造宋鈞，不但能富了神垕一鎮，更能讓全天下得利！民安則國泰，民富則國強。可惜如今時局動蕩，列強虎視眈眈，大有亡我國滅我種之野心！此刻斷不能公開宋鈞技法，一旦土地為外人所占，技法為外人所用，中華神技神器為外人所有，這才是真正背叛了祖宗！」

盧維章靜靜聽他說完，道：「你敢當著祖宗遺像、列祖列宗的牌位，還有你的親人、恩師之面，立下誓言嗎？」

盧豫海重重磕了三個響頭，朗聲道：「如豫海有生之年不能按上述行事，願上天降罰，五雷轟頂，死無葬身之地！」

盧維章看著他良久，緩緩道：「好了，從今天起，你就是盧家老號的大東家了，也是我盧氏一門的族長。」盧維章說完這些話，便彷彿一匹負重千里的獨行老馬，終於卸下了背上的重擔。他的目光逐一掃過在場的眾人，道：「夫人，妳帶兩個兒媳婦去召集鈞惠堂和鈞興堂所有的下人；象天，你去總號；楊哥，讓豫江陪你去盧家各處窯場。你們三路齊發，今晚掌燈收工之前，盧家老號所有的人都要知道這件事情！」

盧王氏、苗象天和楊建凡等人異口同聲道：「是，大東家！」

「不是大東家了。」盧維章顫巍巍站了起來，笑道，「閒淡之人盧維章而已。三十多年啦，我真的是老了。豫海，你來攙我一下，咱倆去你房裡瞧瞧。我好些日子沒見廣生和廣綾了，你也是一年多沒見了，想壞了吧？老漢我幹不動生意了，從今往後就抱抱孫子孫女，看看書，打打拳，了卻殘生。含飴弄孫，也算是人生一大幸事啊。」

盧豫海忍住眼淚，扶著他慢慢走出祖先堂。堂裡的人屏息肅立，目送他們父子二人遠去。

曹利成和陳漢章得知盧家大局已定，盧豫海順利地做了大東家，此行的目的已達成，便不肯再多待，任盧豫海再三挽留也沒留下。是夜，盧王氏、苗象天和楊建凡、盧豫江等人相繼辦完了差事，回來跟盧維章匯報。這時，盧維章還在盧豫海的房中跟廣生、廣綾玩，老少三人笑聲連連。眾人好久不見他這麼開心了，便都坐在一旁含笑陪著。盧維章頭也不回道：「差事都辦完了？」

盧王氏笑道：「兩個堂口的下人都說老爺英明。」

盧維章淡淡道：「總號，還有十處窯場呢？」

苗象天滔滔不絕道：「總號上下都歡欣鼓舞，只有幾個原本跟大少爺交情好的相公，一時想不開要辭號，被我勸住了，現在都表示會留下來繼續幹。其餘的相公都稱讚大東家功成身退，祈願大東家頤養天年！」

楊建凡笑道：「窯場的夥計沒相公們的學問大，說不來那麼多好聽話。鈞興堂和鈞惠堂的夥計都說二爺做大東家，他們心裡服，盼大東家你長命百歲！」

「我不是大東家，大東家是廣生他爹！」盧維章淡然一笑。盧廣生又來纏著爺爺，「爺爺，給我畫個大老虎！」盧維章笑著拿起毛筆，在盧廣生額頭上寫了個「王」字，道，「虎爲百獸之王，先寫個『王』。」他又端詳一陣，在盧廣生嘴角畫了幾撇鬍鬚，開懷大笑道，「好啊好啊，我盧家又出了一隻猛虎！哈哈哈，想不到不做大東家了，還有如此樂趣，早知道我早早就不幹了！」笑著笑著，他的手一鬆，毛筆落下。盧廣綾撿起筆，噘嘴道：「爺爺，你給哥畫了大老虎，也得給我畫，不然我告訴奶奶，說你偏心！」眾人聞言皆是一樂。盧維章笑容滿面，卻不回答。盧豫海身子一震，搶步上前道：「爹，爹，你說話啊？」

盧維章慈目猶張，笑容宛在，只是瞳孔微微散開，沒有了剛才的神采。盧豫海輕輕抓起他的手，脈息已無。此刻眾人都明白發生了什麼事，一個個跟釘子似的坐在原處，難以置信。昨晚的驚濤駭浪都過來了，卻沒挺過今天的舉家團聚！盧豫海默默放下他的手，朝眾人道：「父親他、他已經駕鶴西歸了。母親，請您發話吧。」

盧王氏擦了擦眼淚，道：「你是大東家，盧家所有人都聽你的。」

盧豫海彷彿沒聽見似的，重新看向父親的臉龐，這或許是他有生以來第一次距離父親的臉龐如此之近。盧維章還是剛才開懷大笑的模樣，臉頰還略帶潮紅。比起一年前，顯得消瘦許多，頭髮鬍鬚皆白，顴骨高聳，滿臉刀刻斧鑿般的皺紋。他就那樣靜靜坐在那裡，似乎只要輕喚一聲「父親」，就能聽到他熟悉的回應。盧豫海喃喃道：「父親，您別走……從小到大，您都對我那麼嚴苛，三十多年了，我還沒見過您開懷大笑的模樣呢！您笑一個給我看看，讓我聽聽，好不好？讓我少活十年、二十年、三十年都行，只要您能對我再笑一笑，好嗎？」

這段發自肺腑的哀喚讓眾人難以自持。盧王氏由陳司畫和關荷扶著，慢慢來到他跟前，「豫海，你爹一直說『天意如此，豈在人為』……他能撐著見你最後一面，如今又是含笑而逝，已不枉此生了。你莫要再說傻話，盧家老號兩處堂口，一萬多個相公夥計，還等你主持呢！」

「孩兒方寸已亂，請母親給父親主持喪事吧。」

盧王氏搖頭哽咽道，「也罷。豫江和象天，你們傳我的話，鈞興堂和鈞惠堂的人都換上孝服。楊哥，明天請您通知十處窯場，停火三天給老爺守靈。老平，你去布置靈堂。」眾人聞言紛紛應聲，她又轉向關荷和陳司畫道，「咱們女眷也別閒著，給老爺換上靈衣吧……」

盧維章出殯那天，董克良果然按照當初的承諾，在路邊設棚祭奠。董家的輓聯寫道：

六百年神技舊魂消，猶不離不棄，所行維中庸留餘；

四十載天賜玫瑰紫，待功成功就，其志在行商無疆。

這副輓聯，被譽爲盧維章生平最佳寫照。上聯說的是宋鈞燒造技法失傳六百多年，盧家人始終堅守神垕一鎮，數百年未曾離開，爲的就是復興宋鈞技法。下聯說的是盧維章首創鈞興堂，研求出宋鈞「玫瑰紫」燒造技法，縱橫商界四十年戰無不勝，所向披靡，最終功成名就。而上聯的「維中庸留餘」與下聯的「在行商無疆」對仗工整，一語雙關，不但是豫商古訓，更點出盧家老號鈞興堂、鈞惠堂十處窯場的名稱，可謂妙筆生花。神垕人無不感慨良多。盧維章老爺子崛起於草根之間，創業在窩棚之內，靠著一口染著兄長鮮血的窯，憑藉一把泥一把火，竟燒出盧家老號如此龐大的產業！而失傳六百多年的宋鈞神技，也在他手上重現世間。要對這樣波瀾壯闊的一生作出評價，本就是難事，何況董家跟盧家幾十年恩怨糾葛，能以如此平常之心、公道之念來給仇人作結，更是難能可貴。所謂知己，莫過於斯。

盧維章入土後，接著又是頭七、三七的祭奠，直過一月有餘，盧家的喪事才算結束。這也是人們最後一次在公開場合見到盧豫川。喪事結束後，盧豫川搬出了鈞惠堂，在以前的盧家祠堂裡悄然住下。身邊除了蘇文娟，只有一個老僕伺候。鎮上的人都說盧豫川看破了紅塵，專心在家禮佛誦經，再不問凡塵俗事。不過盧家老號的人都知道，盧豫川雖然不得過問生意，卻還保留著鈞興堂、鈞惠堂一半的股份，盧豫海以大東家之尊，也不過如此。盧家祠堂終日大門緊鎖，偶爾有木魚聲、誦經聲隔牆傳出，並未見有人往來。據說梁少寧曾叩門求見一次，被蘇文娟拿一盆髒水潑了出來，從此再無人登門。

盧豫海按家法守孝三年，不離神垕。而董克良趁盧豫海不能外出的機會，全力開拓董家的生意，董家老窯的分號大江南北遍地開花。盧家北方四大分號裡，煙號的生意在新任大相公、楊建凡的大兒子楊伯安的主持下，照舊是有聲有色。有盧豫海打下的良好基礎，又有楊伯安細心維持，董克良幾次想插手進去都無功而返。說來也怪，不管是海路還是陸路，居然沒一家船行、車行敢運董家老窯的貨！董克良不甘就此放棄，索性自己僱人運貨，可剛出了河南就被山東的土匪劫掠一空，董家十幾萬兩的貨損失殆盡，而從天津啓程的兩艘商船也被海盜劫得乾乾淨淨。董克良一氣之下報了官，可河南、山東兩省的臬臺衙門竟像商量好似的，彼此推諉，誰都不願管這樣的閒事。董克良不由得回想起大哥要他經營官場的教導，明知這是盧豫海搞鬼，卻也無可奈何，從此打消了插手煙臺生意的念頭。

除了煙號一枝獨秀外，盧家北方其他三處大分號卻是江河日下。在董克良凌厲的攻勢下，京號還能苦苦支撐，津號、保號都是瀕臨崩潰的局面。津號大相公張文芳七十多歲的老漢了，居然被董克良逼得走投無路。向總號提出辭號不許，提出換將又不許，他自感愧對盧維章、盧豫海父子的期望，一時想不開，竟一杯毒酒尋了短見。盧豫海後悔莫及，從東家每年的紅利中撥出三萬兩銀子撫恤張家。在南方，董克良也是寸土必爭，聯合了白家阜安堂排擠盧家老號的景號，做起了青花瓷的霸盤生意。幸虧景號大相公蘇茂東精明過人，及時抽身，沒有深陷其中，卻也賠了不少本錢。經此番大戰後，景德鎮瓷業損失慘重，對一手挑起霸盤的董家老窯恨之入骨。盧豫海從這個消息裡看出了敗中求勝的機會，一方面派苗象天親赴景號坐鎮，說服瓷業同行公開抵制董家老窯，而白家阜安堂也因分配不均對董克良深為不滿，竟主動加入抵制的陣營。另一方面，盧豫海委託岳父陳漢章出手，哄抬煤、柴等燒窯必不可少的用料市價。陳家是神垕煤場和林場的執牛耳者，當下煤、柴市價暴漲，但老岳父陳漢章跟女婿盧豫海私底下還是老價錢交易，造成董家老窯工本居高不下、嚴重減產的局面。董克良腹背受敵，只得放棄南方的生意，帶著滿心的不甘回到了神垕。

這一南一北兩場大戰，差不多持續了大半年，盧家和董家損失都不小。盧家北敗而南勝，董家北勝而南敗，算是打了個平手。這是盧豫海和董克良在做了大東家後第一次交手，兩家的恩怨世仇幾十年來經眾口相傳，已如傳奇一般。兩個年輕大東家又是同年同月同日生，為這個傳奇平添幾分神祕的色彩。

哀莫大於心死

轉眼已是光緒二十三年夏末，初秋的氣息已在神垕鎮醞釀。盧豫海在給父親過了週年忌之後，再也擋不住總號上下一致的呼聲，向母親提出提前結束守孝，巡視各分號生意的想法。盧王氏對此左右為難，想了半晌，才道：「你這麼想，自然有你的道理。總號的楊建凡、苗象天來我這兒也說了好幾次。這一年裡你不出神屋，生意眼看著就困難起來了。我是你娘，你那個『坐不住』的脾氣我還不知道嗎？」

「多謝娘的體諒！」

盧王氏嘆道：「本來也不是非你守孝不可，但豫江被你派到景德鎮學生意去了，老三那脾氣跟你一個樣子，刀架著脖子也拉不回來！廣生不到十歲，家裡主事的男丁就你一個，要是你也出了門，盧家上下就沒子孫給你爹守孝了！這要是傳出去可是件不大不小的醜事啊，對老號的名聲也不利。」

盧豫海笑道：「娘，我想過了，讓大哥代我守孝。您看，大哥是你跟爹從小帶大的，眼下他又整天『阿彌陀佛』地念經，也不管別的事，正好給爹超渡守孝嘛。實在不行，就讓他和廣生一起守孝，一個姪兒一個孫子，這總夠了吧？」

盧王氏一愣，沒好氣道：「你怎麼還打他的主意？他拿槍打老三，拿槍逼著我的模樣你沒看見，活脫脫就是個殺人魔王！你爹也被他氣壞了身子……你讓他給你爹守孝，這怎麼成啊！」

「大哥這一年來跟個和尚似的，我看他已經悔改了。您整天念經誦佛的，自己親姪兒還記仇嗎？爹說過，只要大哥心魔去了，還是盧家的好兒孫。」

盧王氏想了半天，終於鬆口道，「這事你別管了，我去找他說。說成了，你走你的，說不成，就讓老三回來。」一提起盧豫江，盧王氏便忍不住嘮叨，「就是學生意嘛，哪裡不能學，非去什麼景德鎮！守著總號跟著苗象天就不是學生意了嗎？當初我就不贊成你讓他去那麼遠的地方，這下可好，你自己辦砸了，還得娘給你擦屁股……」

盧王氏雖然年紀大了，嘴巴碎了些，但辦事還是跟往常一樣俐落。盧豫海剛告退，她就吩咐下人叫來關荷和陳司畫，一見面便道：「妳們家男人的心又野了，非出門不可！」關荷笑道：「夫人是要去請大少爺替二爺守孝吧？」盧王氏奇道：「妳怎麼知道的？」陳司畫一直抿嘴笑著，關荷指著她道：「這是司畫出的主意！」盧王氏素來疼愛陳司畫，見她能給兒子分憂，心裡歡喜得很，嘴上卻道：「好妳個丫頭，原來是妳出的餿主意！妳怎麼不跟老二說，讓老三回來？我正想老三呢，這麼好的藉口，給妳弄壞了！」

陳司畫笑道：「娘，我知道您嘴上這麼說，其實也想讓三爺在外頭闖蕩闖蕩，多長點見識，不是嗎？我若真說服二爺，讓他把豫江召回來，那才是違背了您的意思，背地裡還不知道怎麼挨您罵呢！到時候，把婆婆得罪了，小叔子也得罪了，我在盧家還怎麼待呀！乾脆您老人家發句話，讓二爺休了我，還比較痛快。」

陳司畫的話句句說到了盧王氏的心坎裡，彷彿小手抓撓般，抓到哪裡，哪裡舒服。盧王氏呵呵笑道：「妳可真是伶牙俐齒！我哪裡敢讓老二休了妳啊，廣生和廣綾在我面前一哭一鬧，我就嚇得魂飛魄散了！好了好了，咱們去盧家祠堂吧，你們倆去跟大少奶奶說話，我去跟豫川好好說說。」

陳司畫盈盈上前，扶著盧王氏朝門外走去。關荷半天沒插上話，見她們婆媳倆有說有笑，親熱無比，心裡已不是滋味，而盧王氏一提到孫子孫女，那溢於言表的寬慰喜悅，更是觸動了關荷心中最脆弱的部分。關荷臉上依然含著笑，跟在她倆身後，心裡的酸楚卻難以形容。本來在盧豫海做了大東家後，她曾當著陳司畫的面提出讓她做二少奶奶。盧豫海還沒聽懂，陳司畫卻勃然變色，說什麼也不肯，甚至說要是關荷再提這個，她在盧家就待不下去了，乾脆讓盧豫海把她休了拉倒。等盧豫海明白過來，也是斬釘截鐵地否決了關荷的提議。在跟關荷耳鬢廝磨的時候，盧豫海再三跟她說，不要再提什麼二少奶奶、姨太太之類的，在他心裡，兩個妻子都是一樣的，甚至關荷比陳司畫更加重要。盧豫海又講了半天「家和萬事興」、「妻妾和睦，五穀豐登」的話。關荷被他的話打動了，從那以後處處讓著陳司畫，拋開了大房、二房的禮數。但久而久之，卻讓下人們覺得彷彿她成了姨太太，陳司畫倒是二少奶奶了。

公公盧維章去世以後，盧王氏一天天衰老，脾氣也不如從前那麼溫和。關荷總是回想起當年伺候她的情形，心裡暖暖的，而盧王氏卻好像忘得一乾二淨了。有次盧王氏無意中提起脖子疼，關荷剛說了句：「我給您揉揉吧。」陳司畫就搶話道：「姐姐不用忙了，讓廣綾去孝順奶奶。」說著就把盧廣綾抱到盧王氏背後，教她去揉。盧廣綾不過是個六歲的孩子，哪懂得什麼是揉？哪知道奶奶究竟是哪裡不舒服？可盧王氏樂得歡天喜地，才揉了幾下就讓她停下來，生怕累著寶貝孫女，脖子再疼也不說了。接著她又誇盧廣綾孝順懂事，又誇陳司畫會教孩子，嘮叨個沒完，把關荷晾在一旁。水靈在一邊氣得七竅生煙，回房後埋怨關荷不懂得討好老太太。可關荷又有什麼辦法？人家有孩子，在盧家這樣的大家子裡，除了生養孩子，還有什麼能讓女人揚眉吐氣呢？

其實，關荷始終參不透陳司畫的真實想法是什麼。若說陳司畫要的是名分，那次自己主動提出讓出二少奶奶的位置，卻被她嚴詞拒絕了；若說她不是覬覦二少奶奶的位置，那她又何必有意無意地拿孩子來壓自己，又何必處處不忘在老太太面前邀寵呢？陳司畫這麼做，無非是要博得老太太歡心，壓自己一頭。難道陳司畫是念念不忘當初自己跟盧豫海成親，壞了她的姻緣？可她現在已經如願以償地嫁過來了，自己也情願讓出二少奶奶的名分，她又爲何拒絕呢……。這樣的不解慢慢變成了心病，日夜縈繞在關荷心頭。俗話說「心病還須心藥醫」，自己的心病了，但心藥在哪裡呢？這樣的事情是沒辦法對盧豫海講的，就是講了，又能如何？無非是徒增愁情。而水靈只是個丫頭，也只能陪自己生生氣，替自己罵罵人，到頭來難過依舊，心頭鬱結得更深了。舉目四望，身邊竟沒有一個可以傾訴之人。那顆原本屬於自己一個人的心，如今是兩個人分享，可日子一長，自己怕是連那半顆心也無法留住了。

直到陳司畫叩門，關荷這番無邊無際的思緒才被打斷。好半天，盧家祠堂的門才打開。一個老僕透過門縫看了看，一見是盧王氏，立刻打開房門，語帶哭腔道：「老太太，您怎麼來了？」

陳司畫正色道：「老太太來看看大少爺和大少奶奶，他們兩口子在嗎？」

「在，在，整天都在。」老僕擦了擦眼淚，道，「從住進來之後，大少爺就沒出去過，已經一年啦。」

盧王氏今天心情不錯，一跨進門檻便笑罵道：「你是原來鈞興堂馬房的老姚吧？在盧家也幹了幾十年了。你哭什麼！這麼大歲數了，大少爺是打你，還是罵你了，讓你委屈成這樣！」

老僕陪笑道：「老太太是尋老姚開心了。我進鈞興堂的時候，二少爺豫海還滿地亂爬呢！大少爺也只是個十來歲的孩子……唉，都不一樣啦，大少爺跟大少奶奶整天吃齋念佛，兩口子跟廟裡的石像似的，一整天也不說一句話，我還盼著大少爺能發發脾氣呢，哪怕是踢我一腳也好！有次我實在憋不住了，故意連著兩頓沒做飯，可您猜怎麼著？大少爺跟大少奶奶連問都不問，硬是兩頓飯都沒吃！這不是造孽嗎……」

盧王氏心裡頓時一沉，臉上的喜色也消失不見。盧豫川畢竟是大哥大嫂的親骨肉，就算沒吃過盧王氏的奶，也是她一手拉拔大的。如今聽說他們兩口子日子過成這樣，她怎能不難受？老僕許是真的好久沒跟人說話了，跟江河決口般滔滔不絕，「老太太，您發發慈悲把我調回去吧。在這裡跟蹲大牢似的，自己不出門，還不許人進來！這都一年了，除了被大少奶奶趕走的那個梁大膿包，您還是頭一個進來的活人！您就是讓我回鈞興堂養馬都行，好歹那牲口還通人性，能跟人玩玩，叫兩聲呢……」

陳司畫黑了臉斥道：「越發沒規矩了！有你這樣的下人嗎？梁大東家是咱們二少奶奶的父親，你是怎麼稱呼的？還有，你打的是什麼比喻？把大少爺跟馬比，你是越老越糊塗了！掌嘴！」

老僕說「梁大膿包」的時候，關荷就站在陳司畫旁邊，臉色立刻變得蒼白，勉強裝作沒聽見的樣子。陳司畫卻像生怕她沒聽見似的，故意點了出來。關荷又羞又憤，一時忘了自己的身分，上去啪啪給了老僕兩個耳光，打得老僕摀著臉張口結舌。連盧王氏也沒想到關荷的反應竟會如此劇烈，當下沉了臉道：「二少奶奶，妳忘了嗎？盧家的規矩是東家不打下人！妳以前在我身邊伺候時，我何嘗打過妳！他的歲數都能當妳爹的爹了！」

陳司畫忙勸道：「娘，您別生氣，姐姐也是一時氣急。她平時對下人可好了！」說著趕忙給關荷使眼色，讓她認錯。關荷也被自己的舉動嚇到了，她惶然無措地垂著頭，不知該如何是好。盧王氏兀自生氣道：「二少奶奶，妳生誰的氣？有氣衝妳爹出去！我聽人說了，豫川一心要謀大東家的位置，都是妳爹教唆的！我可從來沒認過這個親家！」說著，怒氣沖沖地朝裡走去。陳司畫一邊扶著她，一邊帶著同情的眼神回頭看看關荷。關荷的眼淚撲簌簌地掉了下來，快步跟上。

盧王氏和陳司畫走到盧豫川臥房門口，還未進門，就聽見裡面有人誦經道：「如是我聞。一時佛在忉利天，爲母說法，爾時十方無量世界，不可說不可說一切諸佛，及大菩薩摩訶薩，皆來集會，讚嘆釋迦牟尼佛，能於五濁惡世……」

陳司畫悄聲道：「娘，是《地藏菩薩本願經》。」

盧王氏的氣早消了，奇道：「是啊，我聽出來了。妳也讀經嗎？」

陳司畫笑道：「我那個老爹爹，您還不知道嗎？聽也聽會了。」

陳漢章老來信佛，有一次跟陳葛氏不知爲了什麼事吵起來，老兩口簡直要翻臉了，氣得陳漢章差點剃度出家。這個笑話全禹州誰人不知？盧王氏笑道：「就妳腦袋瓜靈光！我那個老親家呀，真是有趣得很！咱進去吧。」關荷恍恍惚惚地跟在後面，聽見她們的話，心裡越發難受。陳漢章和梁少寧都是盧家的親家，人家的爹就能給閨女撐腰長臉，可自己的爹除了隔三差五來要錢還債，還會幹什麼？盧王氏剛才一口一個「不認」，現在又一口一個「有趣」，關荷聽在心裡宛如刀割，只想放聲大哭一場，但此刻她只能把淚水都嚥到肚子裡。

她們婆媳三人進了屋子，多少都有些愕然。屋子裡只有一床、一桌、一椅，再無別的擺設，桌子上零散地放著筆墨紙硯，還有一把裁紙刀、一個小瓷碗，碗裡的東西殷紅黏稠。蘇文娟粗布衣衫，丫鬟打扮，髮髻雖整潔，卻一點飾物也無，正埋頭寫字。而床上半躺著一個人，黑帕纏頭，面如白蠟，氣息虛弱，形容憔悴。見她們進來，那人的誦經聲戛然而止，兩目中微光一閃，愣了一下，臉上不知是哭是笑，半晌說不出話。他扶床下來，給盧王氏做了個揖，繼而左顧右盼，結結巴巴道，「是、是嬸子呀。還有倆弟妹，快坐，快坐。」可屋子裡哪有坐的地方？他又恍然道，「對，嬸子來了，我得跪著。」說著便撲通跪倒，磕頭道，「嬸子在上，不孝姪兒盧豫川給嬸子磕頭了。」蘇文娟傻傻地看看盧豫川，又看看盧王氏，這才明白過來，也離座伏地道：「文娟給、給嬸子磕頭！」

盧王氏三人互看了一眼，眼裡都帶了淚光。盧豫川和蘇文娟久沒見人，居然連話都說不流利了。盧王氏上前扶起他們，心酸得幾要落淚，忍著悲痛道：「你們起來，起來。」盧豫川和蘇文娟攜手起來，攙盧王氏坐下。盧豫川彷彿想起什麼，忙跌跌撞撞去到床邊，從枕下取出一疊銀票，雙手舉過頭頂，跪在盧王氏面前道：「嬸子，這是一年來，豫海讓人按月送來的紅利銀子，豫川一兩都沒動過，請嬸子轉交給豫海。」

盧王氏強忍悲淒道：「你……這是你應得的，你留著吧。」

盧豫川惶恐道：「嬸子還記恨我嗎？這一年來，每看一眼這銀票，我的心就跟刀扎一樣。嬸子，這不是銀票，是折磨豫川的冤孽啊！求嬸子手下留情，放過豫川吧！」

蘇文娟只是默默陪著他跪，並不說話，但從她不住顫抖的雙肩可以看出，她正壓抑著極大的悲哀。盧王氏心裡一酸，道：「司畫，妳收了這銀票，讓豫海替他好好存著。妳們跟大少奶奶去隔壁，我有話跟豫川說。」

盧豫川聞言一怔，猛地扯住蘇文娟的衣袖，慌亂道：「嬸子，不能讓文娟走，我一刻也離不開她，她就是我的心，我的魂，看不見她，我活不了的！」

蘇文娟的眼淚終於噴湧而出，一邊無聲地哭著，一邊撫著盧豫川的頭，溫柔地哄著他道：「豫川，乖，別怕，我哪裡也不去，就陪著你，好不好？」盧豫川死死抓著她的衣袖，驚恐道：「嬸子，您是來問罪的嗎？問罪就好，千萬不要對我好，千萬不要把我接出去，我見不得人，我手上有血……」

盧王氏再也忍不住了，垂淚道：「文娟，他怎麼變成這個樣子？」

蘇文娟輕聲道：「回夫人，他從搬進來之後，就成了這個樣子。要是你們不來，他還不至於如此失態，每天就是念經、抄經。您瞧那碗血，是他割破自己的手，流出來的。他蘸了血和墨，抄《地藏菩薩本願經》，說是給叔叔的亡靈超渡。都放在床底下，抄了整整一箱子……」

盧王氏失色道：「可憐的孩子啊……讓嬸子瞧瞧你的手……」盧王氏抓過盧豫川的手來看，果然刀傷密布，不見一塊完整的皮膚。蘇文娟繼續道，「這些日子他實在抄不動了，我好說歹說他才讓我替他抄，又怕我抄錯，他背一句，我寫一句……嬸子，您別難過，這是我們倆的命。」她見盧王氏臉色難看至極，安慰道，「嬸子，其實豫川很清醒的。他總跟我嘮叨，說豫海送來的銀票越來越多，他就知道老號的生意越來越好。您看，他是不是很清醒？

就是猛地一見您，有些驚惶失措，您千萬別見怪啊。」

「你們不動豫海送來的紅利錢，平常怎麼過日子？」

「嬸子寬宏大量，我現在每月還有十五兩月錢。豫海讓人每個月都送來，足夠了。嬸子，我們是有罪的人，平常也無顏去鈞興堂探望，今天您來了，我求您把這箱豫川抄寫的《地藏菩薩本願經》帶回去，在叔叔墳前燒了，也算是讓我們倆贖一點罪，請嬸子務必收下……」

關荷再也控制不住自己的情緒，摀著嘴哭了起來。盧王氏久久不能言語，最後嘆了口氣道：「你們……有什麼難處，記得告訴嬸子。以後我會隔三差五過來。」蘇文娟深深點頭，朝陳司畫道：「姨太太，廣生和廣綾還好嗎？豫川老惦記他們，給他們刻了小木人，妳拿回去吧。豫川，你的小心肝呢？」盧豫川臉上露出喜悅的神色，從懷裡掏出來兩個小木人，一個還沒刻好，他痴痴笑道：「這個給廣生和廣綾拿去，這個快刻好了，要是廣生和廣綾喜歡，我天天給他們刻。」陳司畫顫著手接了過去，眼淚連連滑落。

盧王氏緩緩站了起來，對關荷和陳司畫道：「妳們倆聽好了，以後沒事多來看看，把廣生和廣綾也帶上，陪豫川兩口子說說話。」說罷，盧王氏臉上已是老淚縱橫，她再也待不下去，快步走了出去。陳司畫和關荷扶他們倆起來，也含淚告辭出去了。盧豫川怔了一會兒，忽然想起什麼，跑到門口道：「嬸子，慢點走！」

盧王氏已經快到祠堂門口了，聽見盧豫川的聲音，卻連頭也不敢回，生怕再看到他的模樣，不住低聲道：「好好的孩子，怎麼會成這樣了？怎麼會成這樣了？幸虧還有文娟照顧他，他們倆真是……」關荷情不自禁看了陳司畫一眼，卻發現陳司畫也在看著她。兩人不約而同地苦笑一下，移開了視線，扶著盧王氏離去。

是夜，盧豫海在總號處理事務澈夜未歸。夜深了，關荷兀自睜著眼睛想心事。她做夢也想不到盧豫川，那個曾經叱吒風雲的盧家大少爺，竟會變成如此模樣，和從前簡直判若兩人。而蘇文娟似乎沒有多少改變，她是那樣的坦然，那樣的平靜。的確，對一個女人而言，不管日子風光體面也好，落魄不堪也罷，能守著自己心愛的男人過一輩子，而這個男人也深深愛著她，須臾離不開，這就是福氣了。看看自己，丈夫在外人人敬仰，二少奶奶的名號響亮無比，生活也是錦衣玉食，可為什麼自己就沒有那分坦然，那分平靜呢？一股鋪天蓋地的空虛籠罩她的全身，壓得她喘不過氣來。回想起鈞興堂遭難，住在盧家祠堂的那段時光，日子過得雖然艱難，但有盧豫海的貼心，盧王氏的關懷，一家人心繫在一起，倒也不覺得有多苦，日後回憶起來竟帶著絲絲甘甜。如今盧家事業如日中天，可盧豫海的心被分走了一半，盧王氏也不似以前那般慈愛，今天她還聲色俱厲地說了自己一頓。這在以前根本無法想像。做丫鬟的時候，她偶爾做錯了事，盧王氏也僅僅是瞪一眼，笑罵說：「不識趣的笨丫頭。」即便是與盧豫海的私情敗露，盧王氏也沒有如此苛責她，只是任她跪在身邊，痛心疾首地連聲道：「死丫頭，妳要氣死我啊。」可今天呢，老太太居然當著陳司畫的面，把自己深以為恥的父親搬了出來，還口口聲聲說「從來不認這個親家」，那無異於是說「從來不認這個兒媳婦」了！見過盧豫川之後，老太太怕是會生氣父親梁少寧的教唆，而遷怒於自己，可這一切跟自己毫無關係啊。婆婆容不下自己，丈夫顧不上自己，姨太太的心思又琢磨不透，連下人們都瞧不起自己，還怎麼在鈞興堂生存下去……

水靈不知何時醒了，見關荷睜著眼睛發呆，驚叫道：「二少奶奶，您一宿沒睡嗎？」關荷轉動著酸澀的眼睛，道：「怎麼，天亮了？」

水靈下了床，道：「雞都叫了，您沒聽見？」

關荷無力道：「妳開個窗戶吧，我想透透氣，快慾死了。」

水靈推開窗子，外面果然是朦朦朧朧的晨光。水靈趴在窗臺上看著對面，忽而叫道：「二少奶奶，二房裡也亮著燈呢！難道姨太太也一晚上沒睡？」

關荷只覺得陣陣倦意襲上心頭，苦笑著想，或許陳司畫也想著相同的事輾轉反側，難以成眠。天下女人的心都是一樣的，想來她也是爲蘇文娟的幸福而感慨、而震撼，並體會到悲涼和失落吧。盧豫海昨晚一夜未歸，聽老平說是在總號交代各項事宜，爲他外出巡視各地分號做準備。看來盧豫海這次遠行是不會改變的了，這一去不知何年何月才會回來。商家婦對聚少離多的日子並不陌生，但盧豫海這麼一走，連那半顆心也隨著他走了，陳司畫還有婆婆寵愛，有兒女繞膝，自己又有什麼呢？長夜猶在，孤燈未熄，只怕今後無人相伴，徒有淚落千行。

拾玖

萬事起頭難

盧豫海離開神垕的第一站就是煙號。他畢竟還在守孝期內，所以沒有大肆宣揚，隨從也僅僅帶了苗象林和七八個心腹家丁。一行人在汴號上了自家船行的太平船，直接來到黃河入海口。田老大早得了書信，親自駕駛「興字五號」在港口等待。盧豫海跟田老大闊別一年，再次相會自然少不了開懷暢飲。酒宴散後，兩人來到甲板上，海闊天空地聊了起來。「興字五號」是田老大新近督造的兩艘商船之一，裝備了洋人的蒸汽機，走起海路又快又穩，是田老大的得意之作，自然少不了炫耀一番。盧豫海對「興字五號」也是讚不絕口。田老大得意道：「有次從天津出海到煙臺，路上遇見了兩艘日本商船。我一見小日本的膏藥旗就一肚子火，讓夥計們開到全速，結果你猜怎麼著？兩艘日本船眨眼功夫就不見影子了！德國人的機器就是他娘的好，這錢花得值得呢！」

「日本原是個偏僻島國，他們從明治天皇維新以來，大興實業，比大清強得多了！可是論底子，還是不如英、法、德這些國家。對了，咱們的船行生意如何？」

「兩個字，火紅！」田老大笑道，「咱煙號的大相公楊伯安是個精明人，給船隊招徠了不少大生意！別看咱只有五條船，三條還不是機輪船，那找上門來的商伙多得應付不過來呢！」盧豫海起了興致，道：「伯安是怎麼弄的？」田老大笑呵呵道：「還是讀書識字好！煙臺有一家洋人的報館，叫他娘的《芝罘快郵》，都是洋文，沒一個中國字！伯安見在煙臺的洋人幾乎人手一份，又瞧咱船隊光鈞瓷生意吃不飽，就動了心思，在上頭打了個告示……」盧豫海笑道：「那哪裡叫告示，叫廣告！」「對，廣告，伯安也是這麼說。洋人真他娘的黑，巴掌大的地方，要三千兩銀子！三枝毛瑟槍都搭進去了！我問他寫了什麼，他也不告訴我，只是一個勁地笑，說：你等著吧，洋人的生意很快就來了。我知道他是大相公，嫌我是開船的大老粗，跟我說了我也不明白。我一惱，就說要是十天內沒生意，我就把洋人的報館砸了！」

盧豫海笑罵道：「你可別犯糊塗，掙洋人的錢比砸他們的報館過癮啊！」

「三千兩啊！就那麼幾行洋文，比我以前當海盜下手還毒辣！我一氣之下，連煙號也不回了，跑到船上蒙頭就睡。第二天一大早，孫老二把我拽起來，說是洋人求見。我這輩子還沒跟洋人打過交道呢，趕緊讓人把伯安找來，洋人嘰哩呱啦說了半天，讓伯安請來的翻譯樂得要命。原來洋人要包下咱們三艘船運貨！你猜運什麼？英國的琉璃燈罩！」

「大哥又弄錯了，那不叫琉璃，叫玻璃！」

「管他娘的叫什麼，我當下樂壞了。從寧波運到煙臺，再轉送天津，除了夥計吃喝拉撒，你猜有多少銀子的工錢？」這件事楊伯安早給總號匯報過了，盧豫海當然清楚，但他不想敗了田老大的興致，道：「你說多少？」田老大伸出一個巴掌，來回一翻，驕傲道：「兩個五千兩，一萬兩銀子！這還只是開頭，以後每月運兩次！契約一簽就是半年！臨走前我讓翻譯問他們，咱船行就三條船，多少大船行都得不到的生意，怎麼落在老子手裡？洋人掏出那份報紙，指指點點了半天。翻譯說，貴船行的廣告洋人們看到了，廣告上寫得明白，盧家老號船行有三不怕：一不怕貨物易碎，二不怕貨物貴重，三不怕海盜搶劫。」

「伯安的計策高明，這『三不怕』一點都不誇張！」盧豫海忍不住放聲大笑道，「不怕貨物易碎，因為咱的宋鈞、粗瓷就是易碎的，瓷器都運了，還怕什麼？不怕貨物貴重，那是咱們煙號家大業大，真碎了幾件也賠得起！至於不怕海盜搶劫，大哥你就是老海盜一個，真碰上那些小海盜，還不知道誰搶誰呢！」

「就是這個道理！」田老大笑得直擦淚花，「咱有毛瑟槍呢，現在整整有四十枝！」盧豫海搭著他的肩道：「改天再弄幾尊炮，咱他娘的就成軍艦了！」兩人一起開懷大笑。「興字五號」行駛在茫茫大海上，偶爾遇見一兩條商船、漁船，也是頃刻間就被拋在後面。船破浪前行，撲上船舷的浪花把他們的褲腿打得透溼。兩人向北方極目遠眺，盧豫海眼睛一亮道：「那不是大連灣嗎？」田老大道：「兄弟眼力不錯，那就是大連灣！」

「原本是咱們的國土，現在卻成了老毛子的關東省。」盧豫海的表情暗淡下去，眼裡說不清是悲憤還是痛心。田老大安慰道：「兄弟，我知道你在家給老爺子守孝，有件事沒告訴你，怕你聽了消息又出不來，給活活急死。」盧豫海驚喜道：「難道是老毛子准許通商了？」「正是！老毛子建了外務局，已經在大連灣設口通商了！我也是上個月從匯昌洋行那裡得來的消息。跟伯安商量了一下，沒敢往總號匯報。」

盧豫海眉頭皺起，雙手按著船舷，盯著遠處海面上碧浪濤天，沉思許久，猛地一擊船舷，激動不已道：「大哥，亂世出英雄！我開闢遼東商路的大計，終於可以實現了！」

田老大料到他會這般興奮，怕他一時衝動就掉頭去大連灣，忙潑冷水道：「你先別急，伯安說了，開闢遼東商路是大事，咱幾個得好好商量商量再動手。通商是通商了，你知道他們通的是什麼商嗎？軍火、棉花、土貨，西洋那些玩意兒！別說做鈞瓷生意，就連大清的商人也沒幾個敢去！你現在是大東家了，凡事都想清楚再做，聽大哥的準沒錯！」

盧豫海遙望著大海對岸的大連灣，默然良久，終於道：「先回煙號吧。」

盧豫海在煙號一待就是十幾天。各處洋行聽說盧家老號的大東家回來了，都下帖子請客。盧豫海無可奈何，只好跟這些洋人又是喝酒又是逛什麼夜總會，光是卡皮萊街那個茲莫曼夜總會就去了好幾次。洋人請客之後自然又得回請。這番折騰讓一心想去遼東的盧豫海煩惱不已，倒是田老大和楊伯安趁機瞧了不少稀奇。豫商有嚴規：外出駐號跑碼頭的人，無論是大相公還是跑街夥計，一律不得帶家眷、不得喝花酒、不得捧戲子、不得逛妓院。田老大早把老婆孩子接到煙臺了，平時有老婆看著也不敢亂來；楊伯安一向被父親楊建凡嚴加管教，如今又是大相公，哪裡有膽子帶頭壞規矩？可跟著大東家盧豫海出面應酬，就是另一番說詞了。這天從茲莫曼出來，送走了那幾個洋人買辦，盧豫海憋了一肚子火，沒好氣地看著他們倆道：「我說你們怎麼非要我先來煙號？這下好了，你們大洋馬也摸了，洋酒也喝了，要不要我招呼幾個大洋馬跟你們回去，涮涮洋肉啊？」

田老大和楊伯安都紅了臉道：「大東家！」

「我可是待不下去了，我出門不是逛洋窯子的，我是來掙洋鬼子錢的！告訴你們，我明天就走！」

「大東家要是去遼東，我跟著！」田老大一挺胸脯道。盧豫海邊走邊道：「我都盤算好了，我跟大哥、象林，帶上幾個兄弟打頭陣，先摸摸情況再說。銀子不多帶，五萬兩夠了，多了也顯眼。伯安這邊就當沒這回事，千萬別讓我娘知道了，悄悄給苗象天發個密電就行。對了，翻譯找好了嗎？」

楊伯安正琢磨著他的話，聽見他問自己，忙道：「大東家，已經找好了，是個山西老鄉，以前在西幫的茶莊票號做夥計，專跑蒙古買賣城那條線，老毛子的話都懂！」

「『買賣城』？是恰克圖吧？」盧豫海思索著，「茶葉生意不行了，老毛子跟朝廷打了一仗，朝廷又敗了。眼下老毛子在湖北買了茶山，自己種自己運，晉商的財源只剩票號了。

不過山西出商人，眼光都很準，他們的好手都跑到煙臺來了。煙臺離遼東這麼近，證明晉商也想著開闢遼東的商路啊……」他猛地停下腳步，對楊伯安大聲道，「這麼說明天我還不走，你把晉商票號在煙臺分號的大掌櫃給我請來，我請他們喝酒！」

「又要喝洋酒嗎？」田老大嘿嘿笑著，不好意思道。

盧豫海瞪了他一眼，「都是中國人，喝咱中國的酒！我帶了杜康大曲來呢！告訴你們，從今往後立下規矩，洋人的什麼夜總會，盧家老號的人不准進！發現一次，減身股一釐！還有你們倆，真憋不住了，也別去涮洋肉，白花花的銀子給了那些大洋馬，還不如給咱中國的窯姐呢！又便宜又實惠！」他回過頭去，看著卡皮萊街上林立的洋行，惡狠狠道，「朝廷賠洋人款，老子掙洋人錢！」田老大和楊伯安想笑又不敢笑，只得答道：「知道了！」

盧豫海的判斷果然沒錯。第二天，他跟西幫票號的大掌櫃們見了面，雙方一拍即合。盧豫海跟他們約定，一旦在遼東的分號建起來，往來總號的銀子匯水打兩成折扣，爲期三年。楊伯安在一旁聽得佩服至極。這個買賣可謂順手牽羊，就算票號不給這個優惠，遼東商路早晚也得開闢，不過是自己無心一句話，在盧豫海手裡就成了真金白銀的生意！

一切安排妥當後，盧豫海和田老大、苗象林等人又登上了「興字一號」船，乘風破浪朝對面的大連灣駛去。一進大連灣海域，就發現港口裡停的都是洋人的船，商船、軍艦，爲數眾多。中國的商船沒幾艘，軍艦更是想也別想。盧豫海黑著臉嘆道：「這是咱大清的國土啊……咱們經商的人，交了那麼多銀子，怎麼就看不見一艘自己的軍艦呢？多好的港口，硬生生給老毛子奪去了，朝廷連個屁都不放！」

眾人以爲他終於得償夙願，應該興高采烈才是，卻見他不但毫無喜色，還發出這樣一番感慨，都深感意外，搖頭嘆息。盧豫海留了兩個夥計守在船上，自己領著眾人過了關。俄國人有規定，往來的中國老百姓一人繳納保證金五兩，經商的繳納保證金一百兩。翻譯老齊拿了幾張文書，替盧豫海他們寫好，交了銀子，這才踏上遼東的土地。

盧豫海讓田老大他們去找地方落腳，自己領著苗象林四處遛達。盧豫海每到一個新地方，便先四處遛達，多年來已成習慣了。在俄國人統治之下的旅大地區，分成了金州、貔子窩、亮甲店、旅順、島嶼五處，商業區就在臨近旅順口的海關附近，兩條大街上各國洋行林立，中國店鋪卻少得可憐。盧豫海走進幾家中國人開的鋪面，一打聽，都是賣東北的土產，諸如煤、大豆、高粱之類，不然就是東北三寶。盧豫海跟一個老掌櫃聊了起來，聽口音帶著河南腔，一問才知道他祖上是河南歸德府柘城縣人，跟著他爺爺遷徙到山東，之後他爹舉家闖關東來到了東北，在此落戶三十多年。盧豫海便滿口河南話道：「叔，這在大連的中國商號不多啊？這是怎麼回事？」

老掌櫃嘆道：「中國字號的生意不好做，總受人欺負。唉，洋人開的就不同了。你別看這滿大街商號都掛洋人的國旗，其實十家有七家都是叫了個洋名字，裡面還是中國人在幹！」

盧豫海一愣，笑道：「叔，那你怎麼不換個洋人牌子？」

「我這字號是爺爺取的名，傳了多少年了，捨不得……河南人戀家啊！」

「既然都是掛羊頭賣狗肉，幹嘛不聯合起來，跟洋人談條件降稅呢？」

「折騰過一回，心不齊，都只想著自己的生意，沒弄起來就散了。老毛子也不是傻子，你瞧街對面那個聖彼得洋行，說是俄國人開的，其實是個假洋鬼子在張羅，叫朱詩槐，專替老毛子打聽中國商號的消息。之前搞了幾次碰頭會，過不了幾天，凡是開會的商號都有老毛子去把門站崗，誰還敢登門？這麼一攪和，事情就黃了[2]。大家都清楚是姓朱的在搞鬼，給老毛子通風報信，背地裡都叫他『朱使壞』。」

「朱使壞的洋行，做什麼生意？」

「什麼都做，只要是賺錢的都插一腳！唉，仗著俄國人撐腰，欺負起中國人來了，比洋人還可惡！後街上賣人參的喬家老鋪，多少年的生意了，不知怎地惹惱了他，買通洋人天天去搜查，說是轉賣軍火，過沒兩個月，鋪子就倒了。喬掌櫃一氣之下上吊，剩下孤兒寡母沿街要飯！去年，老毛子給他們沙皇加冕舉辦慶典，中國人就朱使壞一個主動送禮，還得了把

2 意指事情沒有辦成，店家關門大吉也可用此說法。

什麼軍刀，掛在店門口，耀武揚威得很呢！」

盧豫海氣得呼呼直喘，從懷裡掏出一包茶葉，道：「叔，咱都是河南老鄉，這包茶葉是咱河南頂尖的，你拿去吧。回頭我們家夥計從關內來，我再讓他們帶點柘城的牛肉給你！」老掌櫃再三道謝，送他們兩個出門。盧豫海走到大街上，看著「聖彼得洋行」的招牌，惡狠狠道：「象林，你記住，二爺在大連第一個開刀的，就是這個『聖彼得洋行』！」說完，大步走開。苗象林身子一哆嗦，趕緊跟了上去。

聖彼得洋行經理朱詩槐是外務局的常客，那天他一聽說盧家老號來註冊，還是大東家盧豫海親自坐鎮，就做好了接請帖赴宴的準備。大連是俄國人的天下，他的聖彼得洋行又有俄國人撐腰，占了大連出口生意的大頭。歷來凡有新字號開張請客，沒人敢漏了他。可他一連等了好幾天，聽說別的洋行都得了帖子，唯獨他沒有，立刻氣不打一處來，怒道：「老子給他面子，他就騎到頭上了！老趙，你去警察署找幾個熟人，攪了他的飯局！」

買辦趙仁天勸道：「經理，你別跟他一般見識。盧家老號名聲響亮，在煙臺也有咱的生意，何必一來就翻臉呢？也許是他初來乍到，聽了別人胡說，對咱們有成見。這也難怪，同行是冤家，咱的生意那麼好，誰不眼紅？」

「我只想本本分分做個生意人，亂世之下，好人難做啊！」朱詩槐搖頭嘆道，「在哪裡做生意，都得跟官府打好關係，這裡的官府是俄國人，我跟俄國人走得近有錯嗎？他們不理解我，又眼紅我，就說我是『朱使壞』，壞了他們的生意，這真是天大的冤枉！」趙仁天心裡暗笑他如此給自己開脫，卻道：「經理，你也別生氣，不去就不去，大連出海的生意咱占著大頭呢，早晚他們得上門來求！」

「非也，非也。」朱詩槐抓起桌上的帽子，戴在頭上道，「不管他有沒有帖子，明天咱們都去！咱們去了，就是給他面子，讓他欠著咱們，以後做了合作夥伴也好說話。走吧，我跟瓦西里上校還有個約會。」

次日就是盧家老號連號開張大喜之日。旅順、大連灣一帶飽嘗戰亂之苦，商業還在百廢待興之際，有名氣的中國字號本就不多，加上這兩年盧家老號在煙臺的生意做得風生水起，誰不想看看這個盧家老號的大東家是什麼模樣？接到請帖的洋行經理、買辦差不多都來捧場了。盧豫海正忙著招呼客人，苗象林急匆匆跑來道：「大東家，朱使壞也來了！」

盧豫海氣道：「你怎麼還把他請來？想幹什麼！」「我沒請，他自己來的！」苗象林委屈不已。田老大在一旁低聲道：「要不然，我去叫他滾蛋？」盧豫海強壓住怒火，搖頭道：「今天是開張大吉，別爲了這個弄冷了場子。他要是來道喜算他識相，要是來搗蛋，我今天跟他沒完！」

朱詩槐還真是來道喜的，順便看看盧豫海究竟有什麼手段。俄國貴族對奢侈品的喜愛舉世間名，宋鈞又是價格不菲的緊俏貨，其中大有油水可賺。而宋鈞生意他以前沒做過，如果盧豫海是個識相的，說不定還能交個朋友，做成幾筆生意。夥計接了他的禮單，大聲道：「俄羅斯帝國聖彼得洋行經理朱詩槐先生到，請盧家老號大東家迎接啦！」

大廳裡頓時一片寂靜。在座的人都露出鄙夷的神色。朱詩槐見盧豫海就站在不遠處，便走上前去笑道：「盧家老號如雷貫耳，朱某慕名而來，多有冒昧！」盧豫海負著兩隻手，臉上掛滿冰霜道：「豫海剛到大連，滿耳都是朱先生的英雄事蹟。請朱先生入席，一會兒豫海給朱先生敬酒！」

盧豫海這幾句話一語雙關，不卑不亢又合乎禮節，還帶了些嘲諷揶揄。眾人都覺得他處事得體。朱詩槐不動聲色地迎向眾人的目光走進大廳，挑了個位置坐下。同席的人面面相覷，如坐針氈，不多時竟一個個都找藉口溜了，偌大的席面只剩下他一個人。朱詩槐剛開始還能裝出平靜的神色，但時間一長，周圍的竊笑聲、議論聲不斷傳來，越來越肆無忌憚，而盧豫海竟聽之任之，並無打圓場的意思。他再也坐不下去了，不等盧豫海宣布酒宴開始，就氣得拍案而起，在眾人矚目之下離開了大廳。盧豫海見狀冷笑一聲，朝眾人拱手道：「各位商伙，我們河南有句老話，叫正月十五殺豬，有它過年，沒它也過年！沒想到在大連，這句話也能派上用場！」大廳裡頓時爆出哄堂笑聲，只有老齊帶著幾分擔憂的神情。朱詩槐剛走出去不遠，盧豫海的話他聽得清清楚楚，不由得羞憤交加。剛才滿心的得意早已煙消雲散，此刻他心裡被憤怒充斥著，低聲罵道：「盧豫海，你等著吧，我要你死無葬身之地！」

盧家老號的連號開張了半個月，基本上沒做成什麼生意。這多少讓雄心勃勃的盧豫海等人有些失望。連號與煙號雖然隔海相望，又都是銷售宋鈞和粗瓷，但生意環境迥然不同。煙臺開埠多年，各國都有勢力涉足。盧豫海在那裡「以洋制洋」，讓各國洋行彼此牽制的手段，到了大連就玩不動了。旅順和大連灣被俄國「租借」之後，俄國人的勢力一家獨大，其他各國在大連的洋行僅僅是中轉運輸，並不做買賣。這麼一來連號就只能走俄國人開的洋行。可盧豫海這半個月裡，讓苗象林領著幾個夥計登門拜訪，全都碰了一鼻子灰。人家一聽見「盧家老號」幾個字，就跟見了瘟神似的，連勸帶推地朝外送，唯恐他們多待一刻。苗象林自作主張故技重施，裝成日本人，帶了老齊去碰運氣。孰料出門沒多久，連洋行都沒進去，就被兩個跟上來的俄國水手痛打了一頓。苗象林和老齊運氣沒碰上，倒碰上一堆麻煩，灰頭土臉地跑回了連號。氣得盧豫海破口大罵道：「你們他娘的沒長眼嗎？日本人跟俄國人都想霸占遼東，兩國的軍艦在海上動不動就開炮！你們裝成日本人去逛街，那不是找打是什麼？」

老齊拿了個雞蛋敷著被打黑的眼睛，苦笑道：「大東家，我跟苗爺說了，他不信！」苗象林自知理虧，一句話也不敢說。田老大給他上了藥，嘆道：「唉，沒想到連號的生意這麼難辦。咱來了個把月，一兩的生意都沒做成，光是這門面的租金，一個月就是幾千兩呀！」

盧豫海不無愧色地搖頭道：「不光你們著急，我也著急啊……」

田老大從懷裡掏出張紙，道：「我見大連也有洋人的報紙，就去街上找了兩個人，一個是替人寫狀紙的刀筆先生，一個是茶館裡說書的，每人寫了幾句。象林，你給大東家念念。」

苗象林半邊臉被打腫了，拿起紙苦哈哈地念道：「嗚呼！昔趙宋一朝，創立於太祖陳橋之變，敗亡於欽宗靖康之恥，茲有神垕一地，天賜神像，地蘊異常……」

盧豫海不耐煩道：「換！」

田老大一愣，又塞給苗象林厚厚一疊紙。苗象林看了看，自己都憋不住笑了起來，連聲道：「這個不成，不成！」田老大怒道：「二兩銀子買回來的，就不能念念嗎？我聽了，說得挺好！」苗象林笑得渾身打顫，遞給老齊道：「你、你念吧，我、我……」老齊莫名其妙地接過去，看畢也是捧腹大笑，繪聲繪色道：「各位看官聽真！話說當年盤古開天闢地，天日高一丈，地日厚一丈，盤古大帝呢？身子日長一丈！哎，這位看官說了，爲何偏偏是一丈，不是兩丈呢……」

盧豫海聽到這裡再也忍不住，爆出一陣狂笑，一掃臉上的陰霾。田老大納悶道：「你們笑什麼？說得多好！底下就會講到鈞瓷了……」盧豫海強忍住笑，拍了拍田老大的肩膀道：

「我謝謝大哥的用心良苦！盤古、鈞瓷，這是什麼跟什麼啊？差得也太遠了！」田老大這才明白過來，撓了撓後腦杓道：「也是，伯安寫的廣告，就那麼兩行字，我弄來兩大篇，這要是都見報了，得花多少銀子啊？」盧豫海大笑道：「沒關係，你再給那個說書的二兩銀子。告訴他，每天說書開場之前，先把這段詞說一遍，一個月後再給他二兩！」

幾個人聽見盧豫海這番話又是一陣笑。老齊蹙眉道：「這個法子倒也可行，就是一時半刻起不了作用啊！」苗象林好半天才止住笑，道：「二爺，我瞧那些俄國洋行和中國商鋪都跟串通好了似的，難道真是那個朱詩槐搞鬼？他可不是個省油的燈！」老齊緊盯著盧豫海的臉，似有話要說。

一片愁雲又襲上盧豫海的臉龐，他沉吟道，「我的確小瞧了朱詩槐，沒想到他的勢力這麼大！不但控制了俄國洋行，連中國商鋪都不敢不聽他的……不過咱也不後悔，姓朱的靠的是老毛子，咱要是巴結他，這滿大街的商號誰還會跟咱交往？唉，都怪我太心急，想拿在煙臺的辦法來這裡使喚，可地方不同，法子也不靈了。這就像小孩喜歡吃年糕，可老太太一吃，滿嘴牙都給黏掉了！」說著，他站了起來，在屋子裡來回踱步，臉色深沉，「不瞞大夥說，我七八天沒睡了，也出去晃了四五天……不成，咱得想新招！」

田老大、苗象林和老齊知道大東家在想對策，便靜靜地看著他，誰也不敢打斷他的思路。盧豫海轉了幾圈，忽然道：「象林，朱詩槐的洋行裡，什麼買賣是大宗？」「我打聽了，聖彼得洋行插手的生意很多，東北特產、土貨就不說了，從俄羅斯本土運來的毛皮、糖、鐵器、鐘錶是大宗。對了，我聽說他們剛到了一船貨，全都是瓶瓶罐罐，據說是酒。」

「酒？」

老齊插話道：「這不稀奇。俄國人生性好酒，他們的酒叫伏特加，烈得很！眼看就是冬天了，朱詩槐的應景買賣肯定是伏特加。俄國人在冬天沒這個東西，就跟咱大年夜沒餃子、八月十五沒月餅一樣，過不下去！」

「你等會兒！」盧豫海狠狠拍了拍腦門，大聲道，「如今在東北，有多少俄國人？」

老齊笑道：「可多了。在大連灣裡，光是軍隊就有一兩萬，聽說還要在東北修鐵路，從他們的西伯利亞一直修到海參崴，又是移民又是工人，全部加起來差不多五六萬吧。」

田老大聽出了點玄機，「兄弟，你是想打酒的主意吧？交給我去辦！」

「你怎麼辦？」

田老大殺氣騰騰道：「哼！老子招呼一幫弟兄，劫了他的船，砸了他的貨！」

盧豫海頭搖得跟撥浪鼓似的，「那不成！大哥，朱詩槐能買通老毛子，你那幫兄弟能跟老毛子的軍艦打嗎？萬一事情敗露了，大家都活不成！」他轉向老齊，「這伏特加酒，是從哪裡運過來的？」

「這酒是俄國的特產，咱這裡弄不出來。全是從他們本土運到海參崴，再轉到大連送到內陸。」

盧豫海不解道：「幹嘛非走大連，從海參崴直接走陸路不行嗎？」

老齊怔怔地看著他，好半天才苦笑道：「大東家，東北的情況您還是不熟啊！俄國人跟朝廷簽了條約，打算以哈爾濱爲中心，西起滿洲里、東到海參崴、南到大連，建一條『丁』字型的鐵路，叫中東鐵路，也叫東清鐵路，才剛剛開工。如今東北的陸路交通還是以馬車和人力爲主。海參崴是俄國在遠東的重要港口，但苦於沒有鐵路，尤其是冬季陸路交通極爲不便，大宗的貨物必須從大連中轉，才能輸入東北內地啊。」

苗象林奇道：「老齊，你一個山西人，哪知道這麼多？」

「晉商有兩個好處，一個是嘴利，一個是腿長！嘴利能說，腿長能跑。這些都是來遼東之後，我慢慢打聽出來的。」

盧豫海聽得入神，喃喃道，「知己知彼，百戰百勝。我敗就敗在不『知彼』啊！大清和俄國通商，一直是走恰克圖的陸路，運酒不便……對，他們肯定是走海路！走海路，走海路……五六萬人，一半喝酒，每天二兩，一天就是五千斤……」他眼睛一亮，大聲道，「有了！」

三人嚇了一跳，怔怔地看著他，道：「怎麼辦？」

「大哥，你跟老齊現在就回煙號，告訴伯安辦兩件事：第一、從神垕總號緊急調來粗瓷五千件，不，八千件！只要罈子，成色無所謂，總號來不及就從津號、保號和京號調，務必十五日內送到煙臺。第二、想方設法到海參崴買伏特加酒，要比朱詩槐的好，卻不能露出是盧家買的。至於多少，把罈子裝滿就行了。」

田老大和苗象林聽得迷迷糊糊，老齊卻已聽明白了，興奮道：「大東家，您是要做伏特加的霸盤生意嗎？」

「對！就許你們晉商做霸盤，我們豫商就做不得嗎？象林，你明天就去老毛子的外務局，註冊一個商號，就叫吳家商號，名字寫成吳賜仁，專營酒水生意，本錢寫小點，能多小就多小，千萬別引起旁人注意。還有，明天你和幾個夥計分頭去聖彼得洋行，不要著急，每天買一點他的伏特加酒，數量不要太大，輪流去買，就買一萬斤，多了用不著！要是讓朱詩槐看出破綻，我就把你扔到海裡餵鯊魚！」盧豫海越說越快，苗象林和田老大已經快跟不上他的速度了。盧豫海轉向田老大道，「大哥，你認識的弟兄裡，有幹走私這條路的嗎？」

田老大呵呵笑道：「朋友多的是！東三省鬍子頭左老大是我拜把兄弟！」

「那就好！伯安弄來的酒，讓你的弟兄走私進來，操他娘的，這是咱大清國的地方，給他娘的洋人交什麼關稅！」盧豫海掃視了一下三人，道，「所有事情二十天內必須全部給我辦好！你們辦完差事，就看我盧老二怎麼宰那隻豬！」

老齊想了一陣，道：「大東家，我在晉商的時候霸盤生意見得多了，我能說幾句嗎？」

盧豫海盯著他道：「你快說！」

老齊嚴肅道：「霸盤是把雙刃劍，要考慮兩點：一個是貨能否供給得上，一個是到最後能否進退自如。買貨就得花銀子，可有銀子未必能買到貨！商路、供貨的相與——豫商叫商伙——還有銀子，三者缺一不可。請大東家提醒伯安大相公一定要留意這個。霸盤做到最後，往往是兩敗俱傷，即便得勝也是慘勝！能全身而退的寥寥無幾。剛才大東家讓象林相公註冊的那個吳家商號，可謂『李代桃僵』的神來之筆。霸盤生意也有兩種，一種是熟霸盤，就是把價錢炒熟了，炒得居高不下，並把所有的貨源都壟斷在自己手裡——」老齊見盧豫海目不轉睛地看著他，田老大和苗象林更是聽得瞠目結舌，猛地察覺到自己話多了，便戛然而止。盧豫海卻迫不及待道：「老齊，接著說下去！」老齊鼓足勇氣道：「還有一種是生霸盤，就是把價錢壓低，壓得對手不得不跟著低價賤賣。熟霸盤也好，生霸盤也好，拚的是貨、銀子和商路！」

盧豫海鼓勵他道：「那你說說，這次伏特加的霸盤，做生的還是做熟的好？」

「生霸盤！」老齊毫不猶豫道，「盧家老號是做宋鈞和粗瓷生意的，伏特加不是主業，棄長就短只是一時之計，不能長此以往！大東家跟朱詩槐鬥狠，主要是想打破聖彼得洋行一家獨大的局面，讓他服服貼貼的，並樹立起盧家老號的威名，好開拓咱們自家的鈞瓷生意。馬上就入冬了，伏特加生意賺頭最大，聖彼得洋行所有的流動銀子怕是都壓在伏特加上。大東家不出手則已，一出手務必把朱詩槐打得翻不了身，再不能欺行霸市！此計一成，就立即抽身而退，千萬不能在這上頭跟朱詩槐糾纏。不過要想進退自如，還得在鋪貨上下功夫。貨不能留，走私的貨留在手裡更是禍害，一定得趕緊出手！請大東家即刻就聯繫鋪貨的事宜，田爺送進來一批，立即轉手一批。老毛子的衙門跟中國的衙門一樣，貪汙受賄盛行，千里迢迢來這裡的官員，都是打算『狠撈一筆回家過年』的。大東家不妨略施好處，打通他們的關節。不然七八萬斤伏特加酒送進來，中轉、存儲都是大問題，一旦走漏了風聲可就前功盡棄……」

盧豫海聽得連連點頭，待他說完了，激動道：「老齊，你今年多大了？」

老齊面帶愧色道：「唉，四十六啦。」

「在票號做到哪一級？」

「慚愧，幹了三十年的票號生意，還是個夥計。」

盧豫海拍案道，「從現在起，你就是盧家老號連號的大相公了！頂三釐的身股！這件大事就由你和伯安去辦，事成之後加身股一釐！你在票號三十年沒能得到的，我讓你一夜之間就得到，你看行不行？」他見老齊傻了似的呆在那裡，便咯咯一笑道，「話說回來，要是差事辦砸了，連號完了，你也就什麼都沒有了！一頭是榮華富貴，一頭是流落街頭，你自己琢磨吧！」

老齊不知是驚喜，還是欽佩，哆嗦著嘴唇，一時間竟找不出話來應對。苗象林推了他一把，不無豔羨地笑道：「老齊，今晚你是大綵頭！我苗象林在盧家幹了二十年，還只是個相公呢！你才入號一個月，就是領東大相公了，還不快謝謝大東家！」

「大東家……」老齊一下子伏身在地，痛哭不止，「豫商裡有規矩，大相公只有幹二十年以上的夥計才能做，我……」

「規矩是人定的，就得因人而變。」盧豫海上前攙起他，誠摯地道，「你比我大十歲，要是都按年頭來算，我到鬍子白了才能做大東家！你是老天爺賜給我的，老天爺也看不慣洋人在咱家裡耀武揚威！我一直有個心願，洋人從朝廷那裡要地要賠款，咱們不管是豫商還是晉商，都得替大清把銀子掙回來！如今連號生意慘澹，眼看要不行了，你要是能幫我把連號救活，你就是盧家老號的大功臣！」

老齊擦了擦眼淚，道：「大東家，您放心吧！朱詩槐得意不了幾天了。大東家，您千萬聽我一句勸，咱畢竟是在洋人的勢力範圍內，要想完成您掙洋人銀子的心願，就得學會彎彎腰，陪個笑臉，針鋒相對地幹不是咱商家的本色，咱得學學蘇武，給匈奴人牧羊十年，只要本色不改，忠心不變，沒人說他不是大英雄……」

老虎能奈小虎何

吳家商號悄無聲息地在海關北大街掛出了招牌，不但鋪面不起眼，招牌也不起眼。大連商業初興，像這樣抱著一夜致富的夢想來闖碼頭的小商號，每天都有好幾家，幾乎沒人注意到它。朱詩槐的目光自然也不會落在這個芝麻大小的字號上，他的精力全都在伏特加生意上了。天氣一冷下來，東北幾萬個俄國人都嚷著買酒喝。尤其是中東鐵路護路軍的那幫老毛子士兵，一天一個電報來催促。護路軍一共有一千多人，司令是沃龍佐夫上校，對朱詩槐供給不力深爲不滿，揚言若再不給他的弟兄送酒，便到大連砸了聖彼得洋行。電報是趙仁天送過來的，朱詩槐正皺著眉頭看著什麼東西，聽了他的匯報，眼珠子轉了起來，道：「老趙，咱手裡還有多少銀子？」

「七八萬兩現銀，要是貨物都脫了手，還有個四五萬。」

朱詩槐沉思道：「都脫了手也不保險。老趙，你說這筆買賣能做嗎？」

「我看成！伏特加本來就是這個節氣的緊俏貨，以前在東北的俄國人不多，現在滿大街都是！咱試水溫的那船伏特加，每天都有人來買，供不應求啊。」

「報上也說了，去年他們沙皇尼古拉二世登基，李鴻章李大人親自去道賀，兩國的關係不一般啊！」朱詩槐站起來，踱步道，「這是從東京傳來的日本報紙，我找人翻譯了一下，上面有遠東局勢分析，很可能俄國聯合朝廷一起跟日本人鬥！這個節骨眼上，東北的俄國人只會越來越多……好生意不能就這麼放了，老趙，你立刻把所有的現銀提出來，再以手頭的貨做抵押，跟俄國人的銀行借點銀子，湊成十萬兩。銀子一到手，馬上啓程去海參崴！」

「俄國銀行全是短期貸款，利率高得嚇人，還是不借爲好啊。」

「咱不怕！行裡的貨眼下不值錢，等開了春就不同了！你別說了，快去辦吧。」

老趙見經理發話了，便下去照辦。足足過了半個月，趙仁天才帶著整整六船的伏特加酒，在大連灣靠了岸。俄國人治下的大連海關，名義上採用的是歐洲規範的管理章程，進出口貨物按章徵稅，實際上卻也是人治大於法治，全憑海關官員說了算。朱詩槐對此了如指掌。爲了快速過關，他早早就揣了賄賂官員的銀子，在海關等著。俄國人也不是笨蛋，一見船上裝的是伏特加，知道這是眼下東北三省最走俏的貨，有意刁難，居然提出加收兩倍的關稅。朱詩槐急得團團轉，只好狠下心上下打點。俄國人久聞他出手大方，一見果然不虛，越發捨不得放他走了，打著「嚴防舞弊」的招牌，什麼申報、查驗、估稅、審核、徵稅、交款，直至驗放等各個環節一個都不少，每個環節都讓朱詩槐蛻了一層皮。一邊是沃龍佐夫暴跳如雷地催貨，一邊是海關層層盤剝，苦得朱詩槐唉聲嘆氣，卻毫無辦法。

這番折騰下來，送禮花了不少銀子，加的關稅也沒減，平白無故耽誤了十幾天不說，毛利也是損失慘重。等伏特加進了倉庫，朱詩槐終於放下心來，回到聖彼得洋行寬大的辦公室裡，他恨得牙癢癢，直罵老毛子祖宗八代。他正陰沉著臉，卻見趙仁天滿頭大汗地進來，苦哈哈道：「經理，我大致算了算，要是照咱以前定的價錢，咱可就是平進平出，沒多少賺頭了！」

「漲價！錢都給老毛子盤剝走了，讓他們高價買酒！沒錢就喝西北風去！」朱詩槐破口大罵道，「這群狗娘養的王八蛋，比大清的官員還他娘的黑！正經生意不好做啊。逼急了老子，老子也走私！」

趙仁天囁嚅道：「漲價倒是沒什麼，反正市面上咱生意盤子最大，市價還不是咱定的？就怕奉天府裡那幫老毛子士兵，個個都有槍，萬一惹毛了他們怎麼辦？」

「那也不行！海關加稅了，我有什麼辦法？你把海關加稅的印花貼在酒箱上，讓他們都知道，是海關提的價！他奶奶的，又圖便宜又想剝皮，甘蔗哪有兩頭甜的？」

「這麼一來，走私的酒就好賣了，會不會衝擊咱的生意？」

「老毛子的軍艦就在外頭守著，能走私進來多少？一點點貨，衝擊不了咱的生意！有點走私也好，讓洋鬼子自己看看，多出來的錢都他娘的去哪裡了！」

趙仁天見他真的動了氣，也不敢再待下去引火燒身，正打算溜出去，朱詩槐卻叫住他道：「你給那個沃龍佐夫打個電報，問什麼時候來提貨。他娘的洋鬼子，前些天還刀架脖子地來催，這幾天怎麼連個屁都不放了？」

其實這才是朱詩槐最擔心的地方。朱詩槐不惜借貸弄來了整整十萬兩銀子的貨，不知不覺已是往霸盤的路上走了，眼下要是不能馬上賣出去，可就慘了。俄國銀行提供的是短期貸款，三個月必須還本付息，這可是要命的事！趙仁天也深知其中利害，當天就給沃龍佐夫發了電報，報了價錢，又問他們何時來人取貨。不料沃龍佐夫的回電遲遲不來，朱詩槐和趙仁天苦等了四天，才盼來一紙回電，居然是說已經有酒喝了，你們要是送貨上門，再把價錢降四成，或許還能考慮。

趙仁天一見電報兩條腿就站不住了，哆嗦著身子來找經理。朱詩槐正急得要撞牆，看了電報不禁一屁股坐在地上，直盯著趙仁天，好半天才擠出幾個字道：「中計了！」

趙仁天也看出是有人精心設局，只是不知道是何方高人，苦笑道：「經理，咱別傻等了，我帶一批貨去趟奉天，看看究竟是怎麼回事！」

朱詩槐有氣無力道：「咱倆都去，我還能坐得住嗎？三萬兩的貸款啊，三個月一過去，銀行的人會摘了那把軍刀，砍我的頭！」

兩人不敢耽誤片刻，帶了一批貨日夜兼程趕往奉天。不料遇到入冬以來第一場大雪，路上溼滑難行，帶的又是易碎的貨物，一路上走得極其緩慢。兩人窩在馬車裡，不知是冷還是心裡著急，都是臉色蠟白。好不容易到了營口，一行人在路旁的客棧裡打尖歇息。朱詩槐和趙仁天坐在桌邊，看著一桌子酒菜，卻誰也沒心思吃飯。朱詩槐勉強吃了半個包子，一顆心早飛到奉天了。趙仁天勸道：「經理，過了營口路更不好走了，您好歹吃點！」

「我吃不下啊！一路上我想了不少事情。在大連這幾年，捫心自問，我替洋人做了不少缺德事，同行也都得罪光了。走私這麼多貨，動靜肯定不小，怎麼就沒一家商號來跟咱提醒呢？眾怒難犯啊！難道這就是老天的報應嗎？唉！人在屋簷下，不得不低頭啊……你知道我也不願當亡國奴，這不都是世道逼的嗎？」說著，朱詩槐不禁落淚道，「我想明白了，洋鬼子沒一個好人！別看我現在跟他們喝酒聊天，關係挺好，可那都是銀子餵出來的！一發生事情，他們會照顧我嗎？本來好端端的生意，又是加稅又是盤剝，害得價錢不得不漲上去，還耽誤了時間，硬是讓別人乘虛而入了！還是中國的衙門好啊，拿了錢還能給你辦事……」

趙仁天聽著心裡也不是滋味，朱詩槐是有名的「朱使壞」，他跟著朱詩槐這幾年，沒少挨別人冷嘲熱諷。他剛想說什麼，視線卻被旁邊那桌的人吸引過去了。他的心頓時劇烈跳動起來，顫聲對朱詩槐道：「經理，你看！」朱詩槐不經意地看過去。鄰桌是三個腳夫模樣的人，不是自己帶來的那些，一個個穿得寒酸，破棉襖上露出棉絮，腳上的棉鞋也是溼漉漉的，可這並不影響他們喝酒的興致。一個年輕的腳夫道：「二叔，您給我倒一碗洋人的酒，就一碗，讓我嘗嘗吧？」

老腳夫瞪了他一眼，道：「哪裡涼快去哪裡，別打這酒的主意！過年就指望這個呢！」

中年腳夫笑道：「爹，給他嘗點嘛！運了十來天了，價錢又不貴，就倒一碗大家都品品，也當一回洋人嘛！」

老腳夫搖頭道：「全是他娘的敗家子！一罈酒六斤，轉手就有快一兩銀子的賺頭，你們都傻了嗎？咱年年送貨，哪裡見過這麼好的生意？都給我老老實實的，想喝，就喝咱本地的人參酒吧。」

朱詩槐身子震了一下，他朝趙仁天使了個眼色。趙仁天會意，端了壺酒過去，滿臉含笑道：「老哥哥，我們掌櫃的說了，請你們爺三人喝壺酒。」

老腳夫一怔，忙笑道：「這怎麼成，哪能讓大兄弟破費呢？」

「一壺酒而已，交個朋友嘛！」趙仁天拉椅子坐下，給他們三個斟了酒，裝作若無其事道，「老哥，你們爺三個怎麼稱呼呀？」

「我姓牛，這是我兒子，這是我姪子。我們是拉車的，來回送貨。」

「哪個車行的？」

「大兄弟笑話了，我們平常種地，入了冬沒活幹，做點小買賣好過年嘛。今年東北的洋人多，伏特加生意好，我們屯子裡的男人都出來拉貨了。」

趙仁天一驚，道：「你們拉的都是洋酒嗎？從哪裡拉的貨？」

「大連！」老腳夫神祕地左右看看，道，「走私的，便宜！人家洋行裡走海關進來的酒，提貨價一斤要一兩八錢，到了市面上就是二兩，有的還更高！可這走私的酒，我們提貨才一兩一，送到奉天的店鋪裡就是一兩三！真他娘的過癮。」

趙仁天大汗淋漓，道：「老哥，你們拉幾趟了？而且提貨得有本錢啊，您這本錢哪來的？」

中年腳夫喝了碗酒，笑著低聲道：「不瞞老哥說，這是東三省鬍子頭左大爺的買賣！左大爺說了，頭一趟提貨先賒著，拉到奉天掙了錢再還。要不然，就我們這樣的窮人家，哪有本錢做洋人的生意啊！」

「沒有人捲了貨跑嗎？」

「誰敢跑啊？左大爺是什麼人物，誰提的貨，住哪裡都登記了，窮人誰敢得罪左大爺？再說了，這玩意也就前幾趟是白跑，底下再拉貨就是白花花的銀子！我們這是第七趟了，一天都捨不得歇！咱窮人有的是力氣，在家閒躺著不也得吃飯？連本錢都不用出，這沒本的生意去哪裡找？」

年輕腳夫喝得滿臉通紅，道：「上回拉到奉天，沒來得及送進城去，人家俄國人等不及了，直接穿著大衣在雪地裡等呢！來一車收一車，我們趕得晚了，早去的聽說賣到一兩四一斤，老毛子真有錢！」

趙仁天還想再問，一旁的朱詩槐緩緩站起，幽幽嘆道：「老趙，別問了。咱該走了！」

趙仁天跟那三人拱了拱手，快步隨朱詩槐走出了客棧。兩人站在風雪中，好半晌誰也沒說話。凜冽的寒風刺骨，朱詩槐呆呆立在雪地裡，眼淚隨著大片的雪花滑落。趙仁天從沒見過經理掉眼淚，一時間不知說什麼才好。良久，朱詩槐默默擦了淚水，道：「老趙，聖彼得洋行完蛋了！」

趙仁天安慰道：「或許他們也快撐不下去了，他們弄不來那麼多伏特加的！」

「我真他娘的不甘心，怎麼會連對手是誰都不知道？糊里糊塗就敗了！」朱詩槐哀嘆道，「真狠啊！提貨價一兩一，咱們是一兩八，人家到市面上也比咱的提貨價低！這生意還能做嗎？」

「經理，咱報官吧？讓官府收拾左老大！」

「咱們洋行是在洋人的地盤上，左老大是在朝廷的地盤上，你去哪個衙門報官？誰搭理你！左老大在東北經營多年，現在又辦實業、開礦山，做正經生意了，你能扳倒他嗎？何況這根本不是左老大的計策！」

趙仁天吃驚道：「經理，您看出來是誰跟咱過不去了？」

「我不知道他是誰，但我知道他肯定是個商界奇才！你看咱們這車隊，花大錢僱的，沒走二十里地就要歇息，要討賞錢，不給就故意倒一輛車碎兩瓶酒，這得多少銀子才能運到奉天！可人家憑一招提貨賒帳，讓全東北的人都給他送貨！寧可自己摔倒，也不讓貨有個閃失。這個『取天下力爲我所用』的計策，左老大他一個土匪頭子能想出來嗎？」

「咱也別去奉天了，這就回大連，請老毛子查走私，斷了他的貨源！」

朱詩槐面帶愧色，搖頭嘆道：「晚了……他們既然敢這麼做，必定是囤積了一大批貨，故意要整垮我朱詩槐啊！再說了，老毛子都是視錢如命的，他們走私的酒從海參崴過來，又不用過海關，一斤的成本也就七錢，他們賣一兩一，稍微給洋人點好處……寒冬臘月裡，你以爲老毛子肯出海查走私？一個個抱著酒瓶子窩在家裡喝酒呢！」

趙仁天真的急了，「那咱也不能等死啊！銀行只給三個月，這都過去一半多了！」

「沒辦法，降價吧。咱的提貨價也降到一兩一！」

趙仁天目瞪口呆道：「可咱是過了關交了稅的，一兩一連本錢都回不來！」

「還回他娘的本呢，能收一點是一點吧……我只怕左老大威脅這些老百姓，不讓他們運咱的貨！要是那樣，咱可就一兩銀子都回不來了。關稅？哼！大清國的地界，給洋人交關稅！他娘的還讓不讓人活！」朱詩槐說到這裡，不知從哪冒出來一股氣勢，指著奉天方向罵道，「老毛子！我操你們八代祖宗！從今往後，老子要是再給你交一文錢的關稅，老子不姓朱！」

朱詩槐委託一個買辦繼續帶隊去奉天，再三囑咐他平價賣出，得多少算多少，自己則帶著趙仁天從營口連夜趕回大連。大連畢竟是朱詩槐起家的地方，三教九流都打過交道，沒費多少力氣就打聽出了底細。走私伏特加確實是左老大一手操辦的，在大連中轉的地方叫吳家商號，但貨物在大連並不久留，甚至不過夜就運出去了。朱詩槐立刻趕到外務局，塞了幾張銀票，輕易地就查到了吳家商號的登記簿子。朱詩槐看了看，慘笑一聲道：「好手段！」

趙仁天不解道：「經理，這個人叫吳賜仁，就是他給咱設局的嗎？」

朱詩槐咬牙切齒道：「你再念念，吳賜仁，無此人！這根本就是他娘的耍咱們呀！」

趙仁天明白過來也是跌足長嘆。朱詩槐想了想，道：「不成，我估計吳家商號裡還有貨。你帶點銀子，去請警察署查走私的人，就說咱們發現有人走私！」

「還花錢？」趙仁天實在不忍，「帳上可沒多少銀子了！俄國銀行又催了，問能不能按時還本付息呢！」

「花！」朱詩槐孤注一擲道，「就是得斷了他的貨源。只有走私的路子斷了，咱的貨才有希望。」

趙仁天想，既然是走私，又有左老大插手，豈是滅一個吳家商號就能堵住的？可他見朱詩槐歇斯底里的神情，也不敢再說，只得從帳上取了最後一筆銀子。爲了萬無一失，趙仁天一邊說服朱詩槐等上一天，一邊讓一個心腹夥計在吳家商號門口日夜守候，一有消息立刻來報。不過一頓飯功夫，夥計興沖沖回來，說吳家商號又進了一大批貨！兩人大喜過望，立刻到警察署請人。他們好話說盡，才總算請來一個上尉，帶了三五個人跟他們去吳家商號。

上尉一路趾高氣揚地對朱詩槐道：「本國政府最討厭的就是走私，你們要是舉報有功，政府會給你們嘉獎！可你們要是報錯了案子，害我們白跑一趟，哼！帝國的法律也是無情的！」朱詩槐笑道：「上尉先生，我的人一直在這裡盯著，今天上午他們剛剛進了一批走私的伏特加。您就準備抓人吧！」

他們幾個來到吳家商號門口，見大門緊鎖，上尉皺眉道：「怎麼回事？你不是說上午還有人嗎？」朱詩槐一時也搞不清楚，兀自嘴硬道：「上尉先生，一定不會白跑的，走了人也走不了貨！」

上尉一揮手，一個士兵上前踹開了門。吳家商號裡一派倉皇撤離的景象，到處一片狼藉。朱詩槐和趙仁天興奮地跑前跑後幫忙尋找私貨，果然在一個地窖裡發現了大批的伏特加。上尉也是精神一振，讓手下把私貨都抬出來，對朱詩槐道：「按法律，這批私貨要全部充公！朱先生，你們立了功，我國政府一定會嘉獎你們！你看這樣好不好，我們就把這批伏特加賣給你們，一斤按照你們清朝庫平銀一兩八錢計算，據我所知，你們聖彼得洋行提貨價也是這個數字，你要好好感謝我喲。」說著，他還對朱詩槐眨了眨眼睛。

聖彼得洋行走海關進來的伏特加，成本是一兩五錢，這個狗屁上尉居然開口就是一兩八錢，還一副朱詩槐得了他多大好處的模樣，要他「感謝」！朱詩槐有苦難言道：「敝行本小利薄，盡量，盡量吧！」還沒等他說完，趙仁天張大嘴巴，驚叫道：「經理，你看！」

吳家商號囤的這批貨足有四五千斤，全是伏特加酒，而且每箱酒上，都赫然打著「聖彼得洋行專銷」的字樣！朱詩槐神色大變，跟大白天見鬼沒兩樣，難以置信地撲了上去，一箱箱細細查看，無一例外全是自家的酒。上尉和幾個士兵也是愕然，繼而幸災樂禍地湊到一起議論。上尉朝朱詩槐呵呵冷笑道：「朱先生，你不是舉報走私嗎？沒想到，是你的聖彼得洋行公然走私！眼下證據確鑿，你跟我回警察署吧！」

朱詩槐嚇得魂不附體，道：「上尉先生，您好好看看，這上面都有海關的關稅印花，這不是走私啊！」

「不是走私？」上尉勃然大怒道，「既然不是走私，那就是你舉報不實，尋我開心了？」朱詩槐被他逼得走投無路，語帶哭腔道：「上尉先生，你、你說怎麼辦？」

「我們都是老朋友了，這點事情很容易解決。」說著，上尉笑咪咪地湊過來，拍拍他的肩膀道，「我也很樂意幫你這個忙。這裡一共是一百箱，五千斤的伏特加，每斤伏特加酒二兩銀子賣給你，取個整數也好計算。如果你肯答應，我們就當沒這回事。如果你不答應，要不承認是聖彼得洋行走私，要不承認舉報不實，你隨意選一樣吧，我們是講民主的，給你選擇的權利。」

朱詩槐萬萬沒想到會是這個結局。分明是自己付了關稅進口的酒，還得高價再買回來！趙仁天見幾個士兵有意無意地擦著刺刀，慌得手足無措，把朱詩槐拉到一旁道：「經理，這、這可怎麼辦？」朱詩槐強裝鎮定道：「給他們銀子！」趙仁天擦擦額頭上冒不停的冷汗，道：「帳上沒錢了！」

「賣貨！把手頭所有的貨都賣出去！」

「那也得好幾天啊！再說咱的貨都是上等貨色，開春再賣就是大賺，現在賣本錢都沒了！」

「賠本總不會死人啊！我要是落在警察署裡頭，不一樣得花錢出來？」

「可咱立時拿不出錢啊！」

「寫個借條吧……算是咱欠人家的。」

朱詩槐已經說不出話了，跟個傻子似的站在那裡，一會兒傻笑，一會兒發呆。趙仁天鼻子一酸，掉下淚來，「經理，也只能這麼辦了！」

俄國上尉到底是不放心，帶著士兵跟押犯人似的把朱詩槐和趙仁天押回了聖彼得洋行，看著朱詩槐顫抖著寫了借條，拿過來得意地吹了吹，笑道：「恭喜發財！」這才歡天喜地地走了。朱詩槐像麵條般癱軟在大沙發上，突然哇哇大哭起來，「天哪！好好的生意，怎麼做成這樣了？想搞壞人家的生意，自己反倒賠了一萬兩！完蛋了！澈底完蛋了……」他忽然直直盯著前方，「你是誰？你究竟是誰！你把我害死了，就不能讓我死得明明白白嗎？可憐我朱詩槐經商一輩子，死在誰手裡都不知道，我死得真窩囊啊！」接著又是掩面大哭。

趙仁天實在不忍再看，拿了條毛巾遞給他。朱詩槐擦了擦眼淚，道：「老趙，你琢磨出是誰了嗎？」趙仁天其實在路上已經想到了是誰，可他怎麼敢說？只得裝糊塗道：「好像是、是……」

「是盧豫海！只能是盧豫海！」朱詩槐猛地昂起頭，「俄國人不會這麼幹，原本在大連的人沒這樣的能耐，只有盧豫海了！我不該壞人家的生意，是我要所有的店鋪不許收鈞瓷，是我太傻！我把一頭老虎惹急了，現在它非要咬死我啊！」

趙仁天心裡盤算清楚了，嘆息道：「經理，現在挽救還不晚！」

「你說下去。」

「咱頭一船的貨，估計一半都是盧豫海讓人買走的，足有一萬斤。可在吳家商號裡只有五千斤，剩下的一半哪裡去了？如果盧豫海一心置咱們於死地，為何不把一萬斤伏特加全放在吳家商號？足見盧豫海給咱留了後路，就看咱們肯不肯向他屈服……」

朱詩槐喃喃道：「服，我服了……我能不服嗎？」

趙仁天繼續道：「他手裡有走私的船，要是把剩下那五千斤故意送到抓走私的官手裡，光是罰金就不下幾十萬兩，他是在等咱們求饒啊，錯過這幾天，他真會這麼幹了！經理，大丈夫能屈能伸，咱的命在人家手裡呀。」

朱詩槐深深垂下頭，「都說盧豫海在煙臺把洋人哄得團團轉，我還不以為然……老趙，你替我約一下盧豫海，我朱詩槐給他賠禮認罪！求他放我一條生路。」他緩緩揚起臉，對著天花板嘆道，「盧豫海啊，盧爺爺！你這不是害死我嗎？」

沒等到趙仁天去找盧豫海，盧豫海自己一個人便找上門來了。朱詩槐正像個死人一樣躺在沙發上，默默地流著淚。盧豫海一進門就笑道：「朱經理，你這是練什麼功呢？」趙仁天點頭哈腰地跟在盧豫海後面，聽見這話苦笑了一聲。朱詩槐活魚般一躍而起，萬分緊張道：「盧、盧大東家，你這麼快就來了？」

「我再晚兩天來，你這聖彼得洋行怕是沒了吧？」盧豫海笑吟吟地拉了把椅子坐下，對招呼他的趙仁天道，「你們坐你們的，我坐不慣洋人的椅子！」朱詩槐聽他的話音，好像真沒趕盡殺絕的意思，便慚愧道：「盧大東家的手段，朱某領教了，領教了！大家都是生意人，我這張老臉也不值幾個錢，我就斗膽問大東家一句，打不打算讓聖彼得洋行活下去？」

「活！」盧豫海斬釘截鐵道，「不但活，還得好好活！我們盧家老號還指望朱經理幫我們賣東西呢！」

「大東家的意思是……放我一馬？」

盧豫海爽朗一笑道：「朱經理，用不著我放，你們自己就能翻身！我幫你們算算吧。欠了銀行三萬兩，連本帶息是三萬五千兩，對不對？你們手上的貨物全出手，有三四萬兩，本來還夠，但給洋鬼子訛詐了一筆，怕是有些不夠了。你也別埋怨我設局，要不是你存心領洋人搗我的吳家商號，洋人也訛詐不到你頭上！不過你手上還有整整十萬兩銀子的伏特加酒，現在全部賤賣，還能回個五六萬，賠是賠了，但還有翻身的希望啊！」

朱詩槐聽得越來越糊塗，道：「那、那你來幹什麼？」

「我是來求和的。」盧豫海語出驚人，誠懇道，「我們豫商管這種生意叫霸盤。霸盤不是好事啊！大連的生意盤子這麼大，誰家霸得了？說實話，盧家老號這次沒賠錢，但也沒掙著錢。而你的洋行損失慘重，幾年之內恢復不了了吧？當然，你的生意可以繼續做，可以繼續和盧家打這場霸盤生意，盧家也絕對奉陪。但你覺得這樣做生意有意思嗎？大家都圖個賺錢才經商的，鬥來鬥去，要不賠錢要不打平，這不是竹籃打水一場空嗎？」

朱詩槐肅然道：「聽大東家的意思，是不打了？」

「不打了，我本來就沒想打！朱經理當初要是和和氣氣的，肯做我的鈞瓷生意，我又何苦如此？你一家不做也就罷了，非要強迫其他店鋪也不做，這就有點太霸道了吧？唉！以前的事不說了！說說眼前吧。如果朱經理肯同意講和，盧家給你三個好處：第一、立即停止走私，現有的貨脫手之後，再不做伏特加的生意；第二、我手上還有五千斤貴行的伏特加，白送給你個人情，算是物歸原主；第三、貴行如果缺銀子還債，盧家老號願意借給朱經理銀子，利息分文不要。你看這些夠不夠？」

朱詩槐使勁掐了自己一把，疼得吸一口氣道：「大東家，我不是做夢吧？你這是來救我的？不，你肯定還有條件，生意沒這麼做的！」

盧豫海呵呵笑道：「朱經理不愧是商界老手，盧家不會做賠本的生意。」

「請大東家明說吧，只要不趕盡殺絕，什麼條件我都答應你！」

「我只有一個條件：從今往後，不再仗著老毛子的勢力欺壓其他店鋪，永不做欺行霸市之舉。」

「就這麼一條？沒別的了？」不但朱詩槐難以置信，趙仁天也是一臉意外和不解。

「對，就這一條！」盧豫海莞爾道，「朱經理，做人得老實，做生意得憑本事。豫商有古訓，叫『留餘』。我不把事情做絕，給朱經理留些餘地。其實我這麼招搖，根本瞞不住人，滿大街的商號早就知道了，可為什麼沒有一家給你朱經理通風報信呢？一句話：沒朋友啊！我們豫商還有句話，『自不概之，人概之；人不概之，天概之』。什麼意思呢？你把事情做絕了，有人收拾你；就算沒人敢收拾你，老天爺也會收拾你！朱經理，你今年快六十了吧？按道理，我得喊你聲大叔。朱老叔，人要臉樹要皮，活了這麼大歲數，到了走投無路的時候，連個幫忙的朋友都沒有，你心裡不覺得難受嗎？當然，這是在老毛子眼皮底下，有時候不得不委曲求全，但再委曲求全也得有個底線，那就是不能欺負自己人！尤其是不能仗著洋人的勢力欺負自己人！我是個粗人，沒讀過幾天書，也不懂什麼道理，就這麼點見解，希望朱經理，朱老叔你好好琢磨琢磨。」盧豫海站起身來，朗聲道，「朱老叔，豫海多有得罪了。我給你兩天的時間，想好了，到連號來找我。」

朱詩槐見他要走，忙叫道：「請留步！」盧豫海笑道：「不用兩天了？」朱詩槐擦汗道：「聽君一席話，勝讀十年書啊！盧大東家，我想好了。唉，我這一跤跌得慘啊，不怪你，都是我以前自作孽，遭報應啊！沒等到老天爺收拾我，你盧大東家就來收拾我了……那句老話是怎麼說的，『替天行道』啊……」

朱詩槐真動了感情，慢慢起身來到窗前，看著遠處船帆林立的港口，嘆道，「你說得對，我都快六十的人了，連個朋友都沒有，空負一身罵名，還有什麼意思？我老家在寧波，拋妻別子千里迢迢來到這裡，不但沒掙到錢，連老臉都賠進去了……這回慘敗，我算是清醒了，無奈眾怒已犯，名譽已毀，再幹下去還有什麼意思呢？」說到這裡，他猛地轉身，對盧豫海道，「盧大東家，你不是一心想開闢遼東商路嗎？好，我就把聖彼得洋行賣給你，所有的夥計、貨、商路都給你，你開個價吧，多少都是你一句話！」

這倒是盧豫海始料未及的，他直直看著朱詩槐道：「朱老叔，你要是這麼說，我就瞧不起你了！」

「你是瞧不起我一蹶不振吧？」朱詩槐淡然一笑，「唉！盧大東家，你是少年得志，一路順順利利地過來了。而我一個行將就木的老頭子，就算把生意恢復了，又得耗費多少心血，花多少時間？我要是年輕二十歲，或者我那兒子像你這樣有出息，你就是開出天價我也不會賣，我一定捲土重來，跟你大戰一場，一雪前恥！」朱詩槐越說越激動，臉漲得通紅。

盧豫海拍掌道：「好！這才是商界前輩的胸襟！」

朱詩槐微微搖頭道：「晚了……人過五十而知天命，我都快花甲的人了，只想拿點銀子，回家跟老伴一起抱抱孫子、釣釣魚、餵餵鳥，頤養天年哪。盧大東家，大連灣裡容不下兩隻老虎，你這隻老虎還年輕，我這隻老虎老得牙都沒了，鬥不起啦。」他指了指趙仁天，「這個老趙，是我從寧波帶來的，跟我幾十年了，陪我一起挨了不少罵。不過聖彼得洋行裡，老趙就是支柱！物盡其用，人盡其才，盧大東家接手之後，務必好好對待老趙……」

趙仁天聽得心酸，黯然垂淚道：「經理，你說這個幹什麼？我陪你一起回寧波老家吧。」

盧豫海深吸了一口氣，道：「朱老叔，生意是你的心血，我一個後生晚輩怎麼能說買就買？要是傳出去，我盧豫海成什麼人了，乘人之危、搶人鋪子嗎？這樣吧，我不買你的生意，我入股！朱老叔以聖彼得洋行所有的夥計、貨物、商路，當然還有這位老趙入股，我以十萬兩現銀入股，都算一半股份，從此兩家年年按股分紅！朱老叔你想繼續做也好，想回老家享受天倫之樂也好，每年一半的紅利少不了你的份！你看這樣成不成？」

趙仁天眼睛一熱，對盧豫海的欽佩溢於言表。朱詩槐想了想，笑道：「罷了，老頭子我還能說什麼？大連來了你盧大東家，就跟《封神演義》裡說的那樣，『姜子牙一出，諸神退位』。我真的不幹了，幹不下去！要是盧大東家信得過，讓老趙留下來幫手吧，你看好不好？」

「好！老趙從今往後就是聖彼得洋行的經理了。我們盧家老號在大連有連號，讓大相公老齊來兼做個二經理吧。」

趙仁天連連搖頭道：「敗軍之將豈敢言勇？盧大東家年輕有爲，這段時間把經理和我折騰得上天無路，入地無門，就差尋死了。我老趙天生就是給人跑腿的命，上不了檯面！聖彼得洋行的名聲其實並不好聽，朱經理，你要是聽我一句勸，乾脆跟連號合併了！都是中國人，中國人的鋪子，叫個洋名算什麼？以前是爲了唬人，今後還想唬人嗎？」

朱詩槐此刻儼然已置身事外，無所謂地微笑道：「我只想好好做我的股東，名號之類的，你看盧大東家的意思吧！」

這筆買賣其實還是盧豫海占了大便宜。聖彼得洋行現存的貨都是好貨，那些囤積的土貨就不說了，一開春脫了手就是好幾倍的毛利，而等走私的伏特加一賣完，還不是聖彼得洋行的天下？不但如此，還有一群訓練有素的買辦、夥計，跟洋人客商經營了多年的關係，這可是花多少錢都買不到的！朱詩槐敗就敗在一時大意，把全部能流通的銀子都砸到霸盤生意上，弄垮了龐大的產業。一招不慎，滿盤皆輸，朱詩槐能分到一半股份，年年還有紅利銀子已是萬幸，還能再奢望什麼？

兩方商定完畢，當下就簽了合股經營的契約。過沒幾天，盧家老號的連號正式搬進了原來的聖彼得洋行，那塊寫了洋文、中文的牌子也摘了下來，換上「盧家老號連號」的招牌。盧豫海也沒有食言，讓老齊做了大相公，趙仁天做了老齊的副手，洋行原有的買辦、夥計一律加薪留用。掛牌那天照例又遍請大連各大商號。盧豫海來大連不過三個月，奇計迭出，頭一次出手便大敗朱詩槐，兼併了聖彼得洋行，這樣的大手筆轟動了整個大連商界。酒宴上，朱詩槐當眾謝罪，宣布從此退出商界，結束經營。眾人見他失敗之後憔悴不堪，態度又相當誠懇，還主動給被他逼破產的喬家人參老鋪的孤兒寡母一筆銀子，也就不再計較他往日的不是，紛紛給他敬酒，祝賀他榮休。

酒至半酣，盧豫海提出了建立大連華商會的想法，把所有中國人開的字號聯合起來，跟洋人談條件降稅，並主動拿出白銀一萬兩當作會費。其實在盧豫海來大連之前，商界同仁早有了這個想法，只是苦於無人起頭，大家又各有各的算盤，就始終沒有辦成。如今起頭的有了，會費也有了，盧豫海又是大連當之無愧的商界翹楚，眾人當下便群情激昂，紛紛響應。盧豫海也不再推辭，自己做了大連華商會的總董，又不拘商號大小，公推了四個德高望重的董事。盧豫海來大連一共有兩個心願：一個是掙洋人的銀子，一個就是建華商會。這下兩個心願都實現了，他自然是帶頭開懷暢飲。席間有人問盧豫海，原來掛在聖彼得洋行大門口的那把軍刀哪裡去了？盧豫海笑道：「今天這頓飯，就是拿那把軍刀切的菜！」眾人一聽無不哈哈大笑，都覺得揚眉吐氣。

貳拾

一朝反目自成仇

連號在老齊和趙仁天的主持下，生意經營得有聲有色，接連做了幾筆大買賣。盧豫海見他們做得順手，自己也樂得清閒，便帶著苗象林在大連、奉天、齊齊哈爾、哈爾濱、海參崴等處遊歷了一陣子。盧豫海深知連號專營俄國商路，而自己剛到遼東，對俄國知之甚少，《海國圖志》上對俄國的介紹也是五十多年前的，很多地方都用不上了。所以此行他不僅是遊玩，還處處都留了心思。倒是苗象林從未來過東北，對俄國充滿了好奇，大大飽了眼福。兩人這天來到了海參崴，盧豫海照例先到商業區轉了一圈，見不少俄國店鋪都有盧家老號的貨，高興不已道：「老齊和老趙幹得不錯，這可是俄國在遠東的大本營啊！只要在這裡站住了腳，就不愁打不開俄國的市場！象林，等咱在俄國本土也有了分號，我跟你去彼得堡、莫斯科瞧瞧！」

苗象林笑道：「那我可得多帶點乾糧。俄國人喜歡吃肉、喝奶，多大的人了還喝奶，羞不羞！咱吃不慣洋飯，還是燴麵好！連湯帶水的，多實惠。」盧豫海剛想笑罵他幾句，旁邊一個老夥計笑道：「這兩位客官說得不對，俄國人是離不開肉，可一年裡有幾天不能吃肉呢！」盧豫海掏出一包煙草，遞給老夥計道：「老哥哥，你來兩口？」

東北男人沒有不抽煙的，這也是盧豫海最近的一大發現。老夥計果然笑咪咪地摸出煙袋，笑道：「這位老闆客氣。」當下點了火，頗有滋味地抽了起來。盧豫海並不抽煙，問道：「老哥哥，據我所知，俄國人信的是東正教，又不是回回，怎麼也有忌諱？」

「你說得不假，看來你對老毛子的事知道不少！是生意人吧？」老夥計悠悠地噴了口煙，「老毛子每年除了新年，四季都有節日：送冬節、樺樹節、豐收節和迎冬節。我在海參崴是老人了，自從海參崴歸老毛子管後，年年都過這幾個節。這是民間的節，書本上可找不著！」

「那是哪些日子不吃肉呢？」

「送冬節以後，就是他們的大齋期。所以送冬節也叫謝肉節。洋人過節跟咱不一樣，人家一連過七天，每天都有名號。頭一天叫迎春節；第二天是始歡節，沒成親的姑娘小伙子湊在一起，媒婆就在一旁，看誰跟誰有意思就撮合；第三天是老丈人請女婿吃飯；第四天呢，洋人都擁到大街上喝酒跳舞，男男女女摟摟抱抱，摔盤子打碗，劈里啪啦好熱鬧呢；第五天，女婿請老丈人吃飯；第六天，妯娌之間串門；第七天，親戚朋友串門……」

「這節是鄉下人在過的吧？」

「城裡鄉下都過，可俄國地方大，大多數還是鄉下人。這海參崴大多數是在俄國待不下去的人，跑到這裡來發財轉運。眼下他們剛過完新年，陽曆的二月底三月初就是送冬節。」

盧豫海把煙草包塞給老夥計，笑道：「領教了！這點煙你拿著吧。附近有電報局嗎？」老夥計吃驚道：「這是上等煙草，值一兩銀子呢！」苗象林笑道：「老哥哥，您就收下吧。我們二爺問您電報局呢！」「出了這門，沿大街走到底，路北就是了！這煙草……」盧豫海衝他一笑，掩不住滿臉喜色，對苗象林道：「快走，去電報局，老齊和老趙又要忙了！」

老齊接到了盧豫海從海參崴打來的電報，要他從總號進一批粗瓷盤、碗、碟子，用不著多好的成色，沒破損裂口的就可以，只是務必要快。電報說得簡略，但看樣子是大東家認準的事情。老齊和趙仁天商量過後，立即照辦了。沒兩天，神垕總號復電說，眼下總號一共有庫存粗瓷碗碟六千多件，合五十多萬只，是否統統發過去。老齊和趙仁天見數量雖大，總共也就兩三萬兩的生意，就復電確認下來。又過了幾天，盧豫海帶著苗象林滿載而歸，一見老齊就問：「總號的貨過來了嗎？」

「不出十日就到了。」老齊陪笑道，「只是一下子弄來這麼多東西，又賣不到好價錢，不知大東家打算怎麼處置？」

盧豫海笑道：「我這次在海參崴，買了一本無名氏著的《歐遊筆抄》，如果我沒看錯，應該是出自跟曾紀澤曾大人出使英法俄三國的一個師爺之手。裡面有這麼一章，專寫俄國人的風俗趣聞。象林，你給老齊瞧瞧。」老齊翻到夾著書籤的那頁，讀道：「有俄一國，風俗迥異於華夏。如計數之字，惡『十三』而喜『七』；如褻玩之物，惡黑貓而喜白馬；如慶宴喜樂之際，惡鏡裂而喜盤碎，蓋因鏡裂如魂魄滅，而盤碎爲孽障消耳。如此林林總總難以概述也……」

盧豫海笑道：「明白了吧？馬上他們就要過什麼迗冬節了，這點東西咱這裡不值錢，運到俄國去，讓他們過節的時候摔著玩圖吉利，一轉手，起碼是三倍的毛利！」老齊佩服得五體投地，笑道：「這麼說，咱就讓煙號把貨直接送到海參崴吧，老趙在那裡人頭熟，省得在大連灣過手，又省了一筆銀子！」「就照你說的辦。總號那裡還有別的消息嗎？」

「總號倒沒什麼消息，對了，苗老相公來信，楊建凡老相公病重，已經回家靜養了。還有您一封家信，是夫人來的，我們沒敢拆。」老齊說著，把信遞給盧豫海。

盧豫海見信封上寫著「豫海夫君親啓」，是陳司畫的筆跡，也不急著拆看，對老齊和苗象林道：「你們先下去吧，我一個人歇會兒。那批貨盯緊點，別誤了洋人的節氣。實在趕不及，就乾脆從滿洲里上火車，一路走一路賣，走海路還是耽誤事！」老齊知道「家書抵萬金」，何況兩位夫人隨貨一起上路，不日就到了。這樣的事他不敢直接告訴盧豫海，既然夫人都來信了，想必信上說得明白，又何須自己解釋？裝糊塗就是。當下便滿口應承著下去了。苗象林見有神垕來的家書，倒不願走了，陪笑道：「二爺，您看看信上說了什麼？我那老婆不會寫字，不知道姨太太信裡頭有沒有提到我家的事？」

盧豫海一笑拆了信，看畢突然臉色一變，道：「她們來幹什麼？兩個娘兒們不好好在家待著，跑到這冰天雪地的地方幹嘛？來就來，還跟著貨物一道，公私不分，成何體統！真他娘的沒家法了！」

苗象林嚇了一跳，忙道：「二爺，兩位夫人要來遼東？」

「不但來了，還說要在大連一起過年！這麼大的事情，竟然連個招呼都不打，來個先斬後奏！」盧豫海越說越氣，一巴掌砸在桌子上，茶杯彈得老高。

陳司畫的信是她跟關荷一起商議著寫的。信上說：

妻關荷、司畫啟豫海夫君安好。初秋一別，半年有餘，妻等思夫，日以繼夜。母體康泰，朝夕侍奉，不敢有失，夫君勿念。大哥大嫂，終日誦經，代夫守孝。廣生、廣綾，年紀雖幼，讀書不倦，思念父親。妻等聞夫君宏圖大展，開創有成，喜不自勝。自夫君赴遼，妻等晝夜思盼，聞即日有商隊前往夫君處，妻等擬隨隊同往。年關日近，但求與夫君共度除夕。妻關荷、司畫字。

來大連過年的主意是陳司畫琢磨出來的，關荷起初並不同意。陳司畫勸了她半天，關荷只是道：「豫商有規矩，駐外的不管是大相公還是夥計，一律不能帶家眷。咱倆這一去，別的夥計會怎麼想？大東家過年能舉家團聚，夥計們難免有非議。再說了，神垕到遼東好幾千里地，還要乘船過海，咱們都是女流，拋頭露面的總歸不好。」

陳司畫一直抿嘴笑著，聽她說了那麼多，便揶揄道：「姐姐，難道妳不想念豫海哥哥嗎？」

關荷一愣，苦笑道：「自然是想念了，可是豫商的規矩……」

陳司畫見她又來了，趕緊道：「好了好了，我耳朵都聽得長繭了！這樣吧，我明天去跟老太太說，姐姐妳在旁幫腔敲個邊鼓，這總可以了吧？」

關荷想了想，道：「我勸妳也別討這個沒趣。老太太肯定不答應！妳這麼冷不防提出來，老太太一個『不許』就把妳頂回來了，那不是兩方尷尬嗎？」

陳司畫笑道，「這個姐姐別管，反正我在老太太那裡整天挨罵，多挨這一頓也不打緊。姐姐，咱可就這麼說好了！」說著，站起身道，「廣生和廣綾該睡了，白天兩人爭姐姐做的香囊，廣生臉上被廣綾抓了一道血印子，哭了一天！沒辦法，求姐姐再給他們做一個吧？」

關荷鬆快地笑道：「我還怕他們不喜歡呢！這個沒什麼，明天就做出來。」

水靈在旁邊聽著，臉上不住冷笑。待陳司畫走了，她把門關好，回頭對關荷道：「二少奶奶，妳千萬別做什麼香囊，讓廣生和廣綾去打吧，讓她也為難為難！哼！就看不慣她的作風，凡事都要您出頭，挨罵的是您，得便宜的是她！也就您老實厚道，上多少回當了！明天您千萬別給她幫腔，讓她挨老太太罵！」

「妳以為老太太真是在罵她嗎？」關荷陰冷一笑，表情跟剛才大不相同，「打是親，罵是愛，老太太疼她疼得很呢……去遼東，我怎麼沒想到去遼東？」水靈驚道：「難道老太太會答應？」

關荷思忖道：「老太太年紀大了，整天惦記著二爺，兒行千里母擔憂啊！那裡兵荒馬亂的，不但我和陳司畫想去，老太太也想去呢！這回陳司畫一定會說是代老太太去的，我瞧老太太會答應！」

「那剛才二少奶奶還拒絕她幹什麼？」

「不是我提出來的，綵頭都讓她占了，我還幫她做什麼？但她執意要說，我就不能落於人後。不然老太太又要埋怨我不疼丈夫，不想二爺了。」

「老太太怎麼能這麼說？真是老糊塗了！」水靈憤憤道，「當初您跟二爺一起去景德鎮，吃了多少苦，遭了多少難，老太太全忘了不成？這下倒好，前頭的功勞一筆勾銷了！」

「陳司畫那麼有心機，又有孩子，我比不過她呀！」關荷冷笑道，「人家還有錢，下人家裡有什麼紅白喜事，她掏銀子掏得比誰都快！妳哥家添了孩子，也沒少給妳吧？」

水靈一怔，囁嚅道：「二少奶奶，我、我是拿了她五兩銀子，可我沒瞞著您呀！二少奶奶，您還信不過我嗎？我從進鈞興堂……」

「咱倆是從小一起長大的，我還信不過妳？」關荷嘆道，「我只是覺得自己娘家沒權沒勢，讓妳跟著我受苦啊。二爺給我不少私房銀子，讓我也給下人發賞錢。可老太太聽說了，私下把我叫過去，說妳怎麼跟陳家比，司畫是拿陳家的錢給盧家的下人，妳是拿自家的錢！一句話，把我噎得半天沒敢說話……水靈，我現在身邊就妳一個貼心的人了，妳老老實實告訴我，我真的不如陳司畫嗎？」

水靈想了半天，才道：「二少奶奶，只要您不認輸，陳司畫就是再有心機、再有錢也是白搭！二爺跟您情深意重，陳司畫是沒辦法的！」

關荷自言自語道：「這麼多年，我終於想明白了。陳司畫是要嫉恨我一輩子啊！當初她是內定的二少奶奶，可我和二爺先成了親，她心裡能不恨我嗎？她嫁進盧家，千方百計地討好婆婆，收買下人，就是要把我架在火堆上烤啊！偏偏我這肚子不爭氣……水靈，妳見過貓捉老鼠嗎？貓捉住老鼠，並不急著吃掉，故意逗著牠玩，等耍夠了才下口。眼下陳司畫就是貓，我就是老鼠，她既想吃掉我，又想耍耍我，讓我明知難逃一死，卻求生不得，求死不能……妳說，這世上還有比這更毒辣的心思嗎？」

水靈聽得毛骨悚然，道：「二少奶奶，您不能等死啊！」

「我只有等死了，還有別的辦法嗎？陳司畫聰明得很，她哪會讓我痛痛快快地死？她還沒玩夠呢！水靈，妳知道我是怎麼想的嗎？」水靈哆嗦著搖搖頭。

關荷陰鷙地一笑，笑容像極了梁少寧，「我就是死，也會先吃下毒藥，讓司畫吃了我，自己也活不長！」

水靈激出一身冷汗，顫聲道：「二少奶奶，您、您變了……」

「我是變了，冷漠、絕情，變得連我都不認識自己了！可我這是被陳司畫逼的。我曾經因爲心裡有愧，真心真意要把二少奶奶的名分讓給她，可她一口拒絕了，連二爺都說我小看了陳司畫的器量。以前我也是這麼想的，總覺得心裡對不住她，可現在我不這麼想了。我從前向她低頭、彎腰，可換來的是什麼？是二爺夾在中間爲難，是婆婆雞蛋裡挑骨頭，是下人瞧不起我！陳司畫要我活一天受一天的罪，我偏偏不讓她如意！我不但要活，還要活得好好的，活得高高興興的，我就是要霸著二少奶奶的位置，凡事要她低我一截！她要我不舒服，我也要她難受！」說著，她騰地站起身道，「水靈，跟我去找老太太，我今天就去說去遼東的事！」

陳司畫萬萬沒想到關荷會捷足先登。第二天給盧王氏請安的時候，她按照兩人約好的，把去遼東探望盧豫海的事說了一遍。盧王氏笑道：「喲，老二有妳們這兩個寶貝媳婦真是好命啊！昨晚關荷來找我，說的也是這個事。我琢磨了一晚上，妳們既然想去，總號又正好要去送貨，就跟著一起去吧。關荷說了，這次不是妳們倆去，是替老太婆我去。老二那脾氣我知道，妳們要是不打我的名義，別說去過年了，待不了兩天就會打發妳們回來。關荷這丫頭腦子就是靈光，找了這麼個好藉口！」

陳司畫臉上一陣慘白，朝關荷笑道：「姐姐真是想了個好主意啊！妹妹我怎麼就沒想到呢？姐姐得多教教我呀。」

關荷也是笑靨如花道：「我怎麼敢教妹妹？我大字不識幾個，哪像妹妹這麼知書達禮？可咱倆這麼一走，婆婆身邊連個說話的都沒了，要是把老太太悶壞了可怎麼辦？我看路途遙遠，聽說遼東那裡還有俄國人傳過來的什麼猩紅熱，專生在小孩身上，要不妹妹就狠下心，把廣生和廣綾留在家替老太太解悶吧？」

自過門以來十幾年了，陳司畫從沒見過關荷像今天這樣主動出擊，一時猝不及防，竟處處給她占了上風。先是搶了頭功，又巧言令色地不讓廣生和廣綾隨行，這無異於把陳司畫的殺手鐧留在神垕，此行的意義立刻小了一半。陳司畫氣得暗中緊咬牙關，剛想說「廣生和廣綾也想他爹」，盧王氏卻大驚失色道：「有猩紅熱？那真嚇死人了！廣生和廣綾哪裡也不能去，好好在家守著！我倒是不怕寂寞，而是兩個孩子還小，出事了該怎麼辦？就是不染病，遼東冰天雪地的，總歸不是孩子去的地方！」

關荷見自己大獲全勝，上前抓著陳司畫的手，笑道：「妹妹，咱就別耽擱了，那封信妳不是寫好了嗎？趕緊寄到大連吧。聽說沒幾天商隊就要走了呢！妳多帶幾本書，我在路上也跟妳學幾個字。還有，我忙了一晚上，給廣生和廣綾的香囊已經做好了，妳跟我去取吧。」

盧王氏笑得合不攏嘴，道：「關荷這丫頭以前死氣沉沉的，怎麼今天靈活起來了？挺好！這才像個主事的二少奶奶！我以前也不識字，還是老爺教的呢。老二生意忙，司畫就好好教吧！昨天晚上妳回房那麼晚了，又一宿沒睡，妳對廣生和廣綾，有時倒是比親娘還親呢！」

關荷忸怩道：「老太太今後別再說我不識字了，盧家的少奶奶居然不識字，說出去多丟人哪！只要司畫妹妹肯收我這個不交錢的學生，等從遼東回來，我可就是半個秀才了！」

陳司畫被她的連環炮打得毫無還手之力，知道今天占不到便宜了，只得強裝笑顏道：「姐姐說的是哪兒的話，我要是敢收姐姐一文錢，老太太就要打我板子了！」

盧王氏哈哈大笑起來。兩人告辭出去，一路上還是攜手並肩而行。水靈和晴柔跟在後面，一個神氣得意一個滿臉怒容。走到了後院，兩人不約而同地放了手。陳司畫冷笑道：「姐姐真是好手段！廣生和廣綾盼著見爹爹盼了多少日子，姐姐一句話就斷了他們的念想，我可不知道怎麼跟他們說！」

「這事奇了，分明是老太太不許他們去，怎麼賴在我頭上？」關荷笑吟吟道，「要是妹妹覺得不好說，我去說就是。該怎麼說呢？唉！只好說奶奶害怕你們得病，不許你們去。這麼一來兩個孩子少不了會去纏著老太太，又得給妹妹添麻煩了。」

陳司畫見她還是笑容滿面，說出的話卻句句帶著威脅。她知道兩人十幾年來虛僞的友好已不復存在，眼下算是澈底攤了牌，今後再無握手言和的可能。她思及此，不免幽幽一嘆道：「姐姐記得嗎？那年大哥謀奪產業，咱倆就是在這條路上，說好怎麼幫二爺的……時間過得真快啊，又是好幾年了……」

「怎麼不記得？我還說要把二少奶奶的位置讓給妹妹呢！可妹妹寬宏大量，竟心甘情願做姨太太！」關荷咯咯一笑道，「我尋思了好久，才知道妹妹聰明過人，知道做二少奶奶實在沒意思，才不願做的，是不是？做了十幾年二少奶奶，我知道這真是個苦差事，總不能看著妹妹受苦啊？苦差事還是我這苦命人來做吧。妳放心，我心疼妳呢，今後再也不會提讓妳做二少奶奶的事了。」

陳司畫跟她面對面站著，微笑道：「看來我對姐姐得刮目相看了。」

「妹妹又取笑我了，我不識字的人，聽不懂妹妹的話！」

「我以前也以爲姐姐聽不懂，現在才知道，姐姐明白得很呢！倒是我顯得傻乎乎的。好了，我回房去了，還不知廣生和廣綾會怎麼鬧呢！」

關荷笑意盈盈地看著她離去，大聲道：「那個香囊，我一會兒讓水靈送過去！」陳司畫卻頭也不回地走了，倒是晴柔回頭看了看她，眼中閃爍著憤怒的火苗。

水靈解氣低聲道：「二少奶奶，您今天真是讓人大吃一驚！您瞧她們倆，給您打得一愣一愣的！」關荷臉上的笑意消失無蹤，冷冷地轉身走了。

兩個女人就這樣正式宣戰了。幾天後商隊啓程。這次領班護送的是楊建凡的二兒子楊仲安，因爲有大東家的兩個夫人跟著，楊仲安也不敢走快，生怕兩位夫人吃不消。這倒給了關荷不少機會。一路上，關荷總是當著眾人的面請教陳司畫，態度十分恭敬。陳司畫也只好裝出耐心的模樣，告訴她這個字該怎麼念，那個字該怎麼讀。楊仲安等人都感慨大東家這一妻一妾相處和睦，盧家老號怎能不興旺發達？可他們哪裡知道，一旦沒人在場，關荷和陳司畫少不了又是一番唇槍舌劍。一路下來，兩個整天戴著面具的女人都是勞力傷神，疲憊不堪。

商隊到了煙號，貨由趙仁天帶著直接去了海參崴，而關荷和陳司畫則由大相公楊伯安親自陪同，過海來到大連灣。來迎接的卻不是盧豫海，而是魂不守舍的苗象林。關荷和陳司畫習慣了盧豫海處處以生意爲重，還以爲他又在忙，也就沒說什麼。倒是苗象林一見到她們倆，便語帶哭腔道：「二少奶奶、姨太太，您倆來得正是時候！快勸勸大東家吧，老毛子可是殺人不眨眼哪！」

楊伯安聞言色變，斥道：「你中風了不成？說的是什麼混帳話！」

苗象林捶胸頓足道：「就是昨天的事。您不知道，二爺跟一個叫瓦西里的老毛子約好了，要他娘的決鬥啊！」

男人的決鬥和女人的決鬥

事情的起因竟是那把軍刀。也不知道盧豫海把軍刀當切菜刀的事是怎麼傳出去的，居然傳到了一個叫瓦西里的俄軍上校耳裡。瓦西里家族在俄國名聲顯赫，其祖上在對抗拿破崙入侵的護國戰爭和克里米亞戰爭中都戰功卓絕，瓦西里憑藉家族名聲，年紀輕輕就成爲上校，是「彼得羅巴甫洛夫斯克」號裝甲艦的指揮官。瓦西里生性高傲，把名譽看得比命還重，那把軍刀是他當年親手送給朱詩槐的，一聽到這個消息便感覺顏面無存，立刻來到連號質問。盧豫海正爲了關荷和陳司畫來大連的事煩惱不已，也沒什麼好臉色。他見老毛子怒氣沖沖地闖進來，一開口就是嘰哩呱啦的俄文，便皺眉道：「老齊，他叫喚什麼呢？」

老齊聽出瓦西里語氣不對，趕緊道：「大東家，這人是個上校，品階不低呢。嗯，他是問大東家，他送給朱詩槐那把軍刀，現在去哪裡了？」

盧豫海納悶道：「這老毛子就是小氣，送出去的東西還有要回去的嗎？你告訴他，朱詩槐回寧波時帶走了。」

瓦西里聽了老齊的翻譯，多少平靜了些，又說了一串。老齊額頭冒汗，連連搖頭，拱手作揖，一臉討好的樣子。盧豫海有點看不下去了，問道：「這老毛子有完沒完？他要是沒事找事，老子就不客氣了！要他趕緊滾蛋！」

老齊夾在中間，兩頭都不敢如實翻譯。可瓦西里帶的那個士兵雖然中國話懂得不多，卻也知道「滾蛋」不是句好話，立刻跟瓦西里嘀咕了幾句。瓦西里勃然大怒，噌地拔出了軍刀，指著盧豫海。盧豫海那股「拚命二郎」的狠勁又上來了，把隨身的短刀也拔了出來，冷笑道：「他娘的老毛子，跟老子玩刀嗎？」

盧豫海不知道俄國人的傳統，兩個男人一旦刀劍相向，就等同於接受了對方的挑戰，必須分出個你死我活。瓦西里見狀反而笑了起來，道：「決鬥需要選擇武器和時間，請你來定吧。」老齊一見這陣仗，再也不敢瞎翻譯了，結結巴巴道：「大東家，這個老毛子說、說你侮辱了他的榮譽，他要、要跟你決鬥！俄國人的規矩，一方選擇武器，一方選擇時間……大東家，咱服個軟吧？這裡是老毛子的天下，咱不能……」

「老子怕他嗎？」盧豫海氣得把刀子插在桌上，道，「你告訴他，這是中國的地界！日子隨他選，武器就用他們的火槍！中國人不欺負外國人！」

老齊臉色煞白，跟瓦西里說了幾句，瓦西里笑著伸出三根手指。老齊爲難道：「大東家，他說三天後決鬥。大東家，這事不能答應，兩位夫人明後天就到了，這不是添亂嘛……」盧豫海只是冷笑，一句話也不說。瓦西里收刀回鞘，帶著士兵揚長而去。這場爭執動靜不小，引來了連號所有的人。幾個知道瓦西里底細的人聽到決鬥的消息，全都面如土色。瓦西里是俄軍中數一數二的神槍手，盧豫海跟他拿火槍決鬥，不是自尋死路嗎？眾人也不敢明說，只勸盧豫海不要跟洋人一般見識，讓老齊帶著銀票去找瓦西里賠個不是算了。盧豫海哪裡聽得進這些話，拍案道：「都他娘的給我閉嘴！這幫老毛子動不動就來連號找事，前幾天不是還故意打碎了幾件貨嗎？你們誰再敢勸，我就拿他練槍法！老齊，你去給我弄把火槍來，他奶奶的，老子還真沒動過槍呢！」

此時田老大外出押送貨物未歸，跟瓦西里有交情的趙仁天又去煙臺接貨了，一個能勸盧豫海的人都沒有。老齊只得私下跟幾個領班的相公商議了一番，決定瞞著盧豫海找瓦西里求情。老齊帶了一萬兩銀票，託了層層關係才找到瓦西里。不料瓦西里不等他說完便一口拒絕。不但如此，他還把決鬥的事通知了所有的朋友，約他們到時候前去觀戰。俄國人心齊，就愛幫朋友湊人場，決鬥又是最能展現帝國男人英雄氣概的方式，大家無不興致勃勃地答應了。何況自他們進入中國以來，還沒有哪個中國人敢向俄國人提出決鬥，用的還是西洋的火槍！這個消息在俄國人區不脛而走，第二天又見了報，一時間全大連都知道了。老齊頓時傻了眼，知道自己幫了倒忙，本來解釋解釋就能化解的事情，一下子失去了控制。看來這個決鬥是箭在弦上，不得不發了。

關荷和陳司畫就是這個時候到大連的。一聽說盧豫海要跟洋人決鬥，兩人就是再想壓倒對方，此刻也沒了興致。她們慌慌張張來到連號，盧豫海卻不在。苗象林一拍大腿道：「完了！大東家肯定是到野外練槍法去了！這可怎麼辦！」陳司畫那麼有主意的人，聽他這麼說居然哭了出來。她這麼一哭，隨行的幾個丫鬟也都哭了起來。倒是關荷鐵青著臉，對老齊和苗象林道：「一群窩囊廢！大東家用你們是幹什麼的？你們就一點對策都沒有嗎？」老齊苦笑道：「什麼法子都想了，大東家不聽啊！」

關荷蹙眉道：「是不是明天決鬥？」

「是啊！地方都定好了，就在海關碼頭。俄國人很看重這次決鬥，特意空出來一個碼頭。報上也登了，這事怕是全東北都知道了！」

關荷眼前一黑，差點倒了下去。盧豫海最看重的就是面子，在這個節骨眼上要他放棄，還不如殺了他呢！關荷愣了半晌，道：「你們、你們都做了什麼準備？」

苗象林囁嚅道：「回二少奶奶，那個、那個上等的棺材一時不好找，我跟老齊……」他一句話沒說完，關荷便一耳光搧了過去，罵道：「你是誰家的人？你就知道大東家一定活不成嗎？你再說這種不吉利的話，我就先要了你的命！」

苗象林給這一耳光打傻了，摀著臉語無倫次道：「二少奶奶，您不知道，那洋人槍法可好呢！我是怕……」老齊慌忙捅了他一拳，道：「二少奶奶，您是說明天誰去給大東家助威嗎？我聯繫好了，除了連號，華商會全體會員商號的人，不管是東家還是夥計，明天都會去碼頭。我算了算，就是普通老百姓不敢去，咱也有三四千人吧。」

陳司畫啜泣道：「姐姐，我看今天晚上咱們好好勸勸，讓大東家取消決鬥才是正理。我聽說洋人都愛錢，不然讓他開個價，不管多少都答應他就是。」

關荷點頭道：「你們想過這個法子沒有？」

老齊嘆道：「想過了，我帶著銀票找過他，可人家不認錢！」

關荷沉著臉，來回踱步。眾人見大東家的夫人在，就跟吃了定心丸一樣，都盯著她。關荷忽然停下來，怔怔地站著，兩行眼淚終於落了下來。陳司畫見狀越發慌亂，連聲道：「姐，姐姐，妳別著急，大家都看著妳呢！」

關荷擦掉眼淚，道：「象林，你看大東家的槍法，有沒有希望？」

苗象林剛挨了一耳光，多少長了些心眼，便吞吞吐吐道：「這個……槍上的事，誰敢打包票呢？」

楊伯安沉默了半天，終於道：「二少奶奶，這件事事關重大，既然大東家主意已定，萬萬不能分他的心了！大東家眼下不在，二少奶奶就是主事的，我們都是盧家的人，怎麼辦都聽您的！」

楊家與盧家是世交，楊伯安父子兩代都是盧家老號的重臣，地位不凡。他這麼一表態，自然是一言九鼎。關荷見楊伯安說話，便下定決心道，「不管大東家明天是死是活，咱們都不能流露出擔心！你們都給我聽好了，一會兒大東家回來，誰都不准提決鬥的事，就跟沒這回事一樣！咱越是著急，越讓大東家心慌，能打準的也打不準了！這是第一。」關荷深吸了一口氣，道，「第二，在大連最好的中國飯店包場，告訴大東家，明天中午咱們準備好了慶功酒！還有，象林，在大連的河南人多不多？」

「闖關東的河南老鄉組織下來，能有三百來個人。」

楊伯安插話道：「我現在讓人回煙號，把所有夥計連夜都拉過來，又多了幾十個！」

「你們現在就去張羅，明天決鬥開始之前，得讓大東家聽段家鄉戲！」

眾人都是愕然。一個山東買辦道：「不就是河南梆子嗎？直隸、山東的人都能唱。」

「那就快去辦！大東家喜歡的那段，唱給他聽！」

陳司畫這時鎮定了些，道：「姐姐，妳真的打算讓大東家去嗎？」

關荷沒回答她，對其他人道：「都明白了沒？你們下去吧。我跟姨太太有話說。」眾人領命，分頭去準備了，屋子裡只剩下關荷和陳司畫。兩人默默對坐，誰都沒說話。良久，關荷緩緩道：「妹妹，我給妳看樣東西。」說著，從懷裡掏出個小紙包，輕輕打開，裡面是胭脂般紅豔豔的一塊東西。陳司畫不解地搖了搖頭道：「姐姐，這是什麼？」

「鶴頂紅。」關荷不動聲色地收好了紙包，重新放好。陳司畫大驚失色道：「這麼毒的東西，妳帶它做什麼？」

「光緒八年，我跟二爺去景德鎮的時候，老太太給了我這個『護身符』。說是萬一路上遇見劫路的，要我拿它保全名節。這東西劇毒，舔一口就死了。怎麼，老太太沒給妳嗎？」陳司畫臉色蒼白地搖搖頭。關荷微笑道，「來遼東這一路上，我多有得罪的地方，請妹妹體諒了。明天二爺是死是活，誰都不知道，如果二爺真的死了，我就隨他去。從今往後我不能再在老太太身邊盡孝，就全靠妹妹了……二爺的脾氣，妳心裡清楚，他絕對不會失約的。那年會春館老鴇來鬧事，二爺一個人豁出性命維護了盧家的聲名，何況如今這已經不是兩個男人之間的事了，還有大清和老毛子的恩怨！妹妹，妳以爲我想眼睜睜看著二爺送命嗎？我只知道，二爺去決鬥了，還有一線生機，要是不讓他去，那肯定會要了他的命！既然如此，咱們倆哭哭啼啼去勸，只會亂了大東家的心緒，還不如風風光光地送二爺去決鬥。如果都是死，爲什麼不讓咱們的男人有個男人的死法呢？」

陳司畫呆呆地看著她，良久才苦笑道：「姐姐，說實話，我一直小瞧妳了。我總以爲妳是個丫頭出身，經不起大事……可今天我才知道，真正經不起大事的，是我啊。」

「妳終於說實話了。」關荷輕輕嘆道，「我是個丫頭出身，但我跟著二爺千里跋涉到景德鎮，見過的世面比妳多！大家子裡妻妾爭風吃醋，耍心眼鬥心機，我鬥不過妳，但說起臨危不亂，妳未必比我強。妹妹，妳想過沒有，一旦明天二爺出事，我殉夫而死，妳就是名正言順的二少奶奶了……」她看著陳司畫，笑道，「妳不是一直想做二少奶奶嗎？」

「我是想做二少奶奶！」陳司畫終於在關荷面前說出真心話了，她毫不掩飾道，「這個二少奶奶的位置本來就是我的。但我告訴姐姐，我不願妳死，更不願二爺死！」

「妳不願二爺死，我明白。妳不願我死，我也明白。妳太恨我了，想讓我活著受妳的氣，這輩子都過得跟在地獄一樣。」

「沒錯，我的確是這麼想的。」陳司畫悽涼一笑，「但我也要妳知道，如果二爺死了，不只妳一個人要殉夫，我也會跟著二爺走的。妳想一死了之，臨走還帶著別人對妳的尊敬，留下對我的嘲諷嗎？我不會讓妳這麼做。我陳司畫屈居妳之下已是有辱家門，妳還想用死來永遠壓我一頭嗎？」

「我無兒無女，無牽無掛。可妳死了，廣生和廣綾還未成年，妳忍心嗎？」

「廣生和廣綾是爲了二爺生的，我的心都是二爺的，二爺要是不在了，我要廣生和廣綾有什麼用？」

關荷驚訝地看著她，「妳真的肯這麼做？」

「妳爲了二爺不惜一死，我爲了二爺也不惜一死，但我連孩子都捨棄了，說到底我還是比妳更愛二爺！哈哈，姐姐，妳想不到最後還是我贏了吧……」說到這裡，陳司畫雖然笑著，卻已是淚流滿面。

關荷的眼淚撲簌簌落下，她握著陳司畫的手，喃喃道：「要是二爺知道我們倆的心意，就是死，也沒什麼好怕了……想想小時候一起玩耍的日子，有多好啊……要是咱們三個到了陰間，我情願還做個小孩子，二爺和妳也都是小孩子，咱們三個沒什麼身分之別，沒什麼恩怨仇恨……」

「妳說得沒錯。我這一輩子，只有二爺是我的支柱，二爺要是不在了……反正活著、死了都是地獄，二爺在哪裡，我就跟著他去哪裡……」陳司畫忽地握緊關荷的手，認真道，「姐姐，小時候都是妳讓著我，妳得答應我一件事。妳搶先一步跟二爺成了親，萬一二爺不行了，妳得讓我比妳先跟著二爺走……活著，妳在前頭，這已經沒法改變了，可是死，妳得讓我走在前頭……」

關荷哽咽地看著她，輕輕點了點頭，「好吧……沒想到我們活著要爭，就連死，也要爭個先後……如果來生我和妳相見，但願一個是男，一個是女……」

兩個女人相對無言。夜色如海，燭光如豆，第二天的黎明已經迫在眉睫了。

決鬥地點選在海關碼頭，是俄國太平洋艦隊司令杜巴索夫中將精心安排的。他對愛將瓦西里的槍法深信不疑，也想藉此澈底征服這塊剛剛屬於沙皇的領地上所有的中國人。海關碼頭是俄國人的地盤，在這裡把什麼華商會的總董幹掉，是再合適不過了。華商會剛成立，就公然向海關提出了減免關稅的要求，帶頭鬧事的就是這個盧豫海。聽說他在大連華商界威信還頗高，殺了他足以殺一儆百。這當然是杜巴索夫最樂意看到的結局了。

決鬥定在上午十點。在杜巴索夫的授意下，海關對所有來看決鬥的人一律放行。出乎杜巴索夫意料的是，從上午八點海關大門打開以來，不到一個小時的功夫，竟然有近三萬中國人擁入，遠遠超過他最多兩三千人的預期。不但如此，得到消息從山東、直隸等沿海地區乘船趕來觀戰的中國人也多不勝數，簇擁在碼頭外海面上的大小中國船隻居然高達一百多艘！杜巴索夫站在看臺上放眼望去，前來給瓦西里助威的俄國人有兩千多，算是不少了，但這些人在中國人組成的人海中，簡直就像大連灣裡的一朵浪花，根本不起眼。杜巴索夫這才想到要控制人數，但回報的副官告訴他，大門已經被擠壞了，現在被刺刀攔在海關外的，還有不少於一萬個中國人！杜巴索夫默然良久，朝身邊簇擁的軍官們感嘆道：「諸位請看，這就是可怕的中國人。如果他們每人都有一枝毛瑟槍，世界就是中國人的了。可惜他們之中沒有領袖，即使今天決鬥的盧豫海算是，他也要死在帝國軍官的槍下了。」

副官道：「司令官閣下，決鬥的時間到了。我是決鬥的俄方公證人，請問司令官閣下，可以開始了嗎？」

杜巴索夫冷冷道：「告訴瓦西里，不可以讓盧豫海活著。」

中方的公證人是老齊。此刻他正按照關荷的吩咐，強裝出笑臉對盧豫海道：「大東家，槍檢查了嗎？規矩都明白吧？」盧豫海倒是一臉坦然，笑道：「這還用你囑咐？檢查好幾遍了。什麼規矩，不就是互相打槍嗎？」老齊忍不住語帶哭腔道：「大東家，少奶奶和姨太太說了，她們就在一邊看著呢！中午在福順樓的酒宴也定好了，就等大東家得勝歸來。」

盧豫海剛想笑，對面的副官走了過來，朝老齊打招呼道：「公證人先生，可以開始了。」

老齊跟副官在決鬥場上找到了中心點，招呼各自的人上來。盧豫海拿著槍走過去，瓦西里穿著筆挺的俄國海軍軍官服，微笑著站在盧豫海對面。此刻碼頭和海面上傳來了排山倒海的聲音，都在為盧豫海加油吶喊。俄國人喊的「烏拉」聲很快就聽不見了。盧豫海揮手朝四方致意，臉上笑容滿面。老齊顫聲道：「說規矩了！先說中文……」

「不！」副官堅持道，「這是沙皇的海關，應該先說俄文。」

瓦西里笑道：「阿廖沙，就先說中文吧。多給盧先生一些回味母語的時間。」

副官笑著答應了。老齊擦了擦汗道：「規矩是，決鬥的兩人背靠背站好，公證人喊開始，兩人起步朝前走，走到二十步的時候，公證人喊停，兩人同時轉身開槍！不能閃躲，不能挪動，每人只能各打一槍，如果無人死亡，則由雙方重新商議決鬥日期。生死由命，互不相欠……」

盧豫海皺眉道：「真他娘的囉唆！只有一顆子彈，想打第二槍也沒辦法。快開始吧！」

副官聽得懂中文，冷笑著用俄文重複了一遍。老齊和副官互相驗了槍械，核實只有一發子彈後，交還給對方。副官和老齊朝後退了幾步。瓦西里突然道：「停一下，我跟盧豫海有話說！」

老齊和副官都是一愣，看臺上的俄國軍官也都不解地竊竊私語。瓦西里伸出手，用生硬的中文對盧豫海道：「我佩服你的勇氣。請允許我用俄羅斯朋友之間的禮節，對你表達我的心意。」說著，他上前擁抱盧豫海，並輕輕親了下他的面頰。盧豫海沒料到他來這一手，叫道：「你、你他娘的親我幹什麼？我又不是女的！」瓦西里聳了聳肩膀，道：「開始吧。」說著背過身子。盧豫海嘟囔著轉過去，跟他背靠背站好了。整個場面忽然安靜了下來，所有人都屏住呼吸看著他們倆，四周只有海風吹拂海浪的聲響。

老齊和副官互相看了一眼，一起喊道：「開始！」

盧豫海和瓦西里同時朝前走，老齊和副官喊著：「一、二……」但他們的聲音很快便被一陣突如其來的聲音淹沒。靠近決鬥場的碼頭上，在巨大「華商會」條幅下，忽然爆出一種奇異的聲音，緊接著近千個中國人一起吶喊道：

「刀劈三關……我這威名大……殺得那胡兒亂如麻……亂如麻……」

看臺上的俄國軍官們目瞪口呆。杜巴索夫臉色鐵青道：「這是什麼樂器？爲什麼發出這麼難聽的聲音？」說著，狠狠一拳砸在桌子上。其他的軍官見狀都不敢出聲。而那近千名中國人也不唱別的，翻來覆去就這幾句。瓦西里一邊走著，一邊開始煩躁起來，眼神也失去了剛才的鎮靜和從容，多了些緊張和不安。盧豫海知道那唱的是什麼，露出了會心的笑容。

二十步很快就走完了。老齊唯恐落後，幾乎跟副官同時叫起來：「停！決鬥開始！」

在瓦西里轉身的瞬間，幾乎看不見他瞄準的動作，砰的一聲，槍已經響了。所有的聲音都被這聲槍響打斷。整個海關和港口靜謐無聲，幾萬雙眼睛注視著盧豫海。如果目光有重量的話，堅固的碼頭早已被深深壓入海底了。槍聲響起的瞬間，盧豫海瞪大了眼睛，映入眼簾的是碧藍的天空和驚起的海鷗。還沒來得及開槍，他就已經緩緩地倒下，他甚至聽到了鮮血汩汩流出的聲音。

所有的中國人都安靜了下來。無數雙眼睛溼潤了。苗象林慘叫道：「大東家！我跟老毛子拚了！」說著就往決鬥場上衝去，十幾個早有防備的俄國士兵舉槍對準了他。幾個夥計抓住苗象林，死命把他拽了回去。關荷和陳司畫的眼淚奪眶而出，關荷哆嗦著手掏出了裝著鶴頂紅的紙包，陳司畫一把抓了過去，責怪地看了她一眼，慢慢打開……兩三千個觀戰的俄國人歡呼雷動，震耳欲聾的「烏拉」聲此起彼伏。看臺上杜巴索夫微微一笑，脫口而出道：「瓦西里不愧是軍人世家，沒有瞄準就開槍了，而且是一槍致命！」周圍的軍官紛紛鼓掌，高喊著：「光榮屬於帝國，屬於沙皇！」

瓦西里的表情卻沒有一絲一毫的喜悅。他拉動彈匣，一顆多餘的子彈從槍膛裡跌落下來。這是剛才驗槍後轉身之際，副官給他裝上的，這個細節瞞得過兩個普通的中國平民，卻瞞不過他這個優秀的軍人。他感到莫大的恥辱。難道杜巴索夫中將不相信他的槍法嗎？他前方的對手在地上開始掙扎，可見剛才那一槍並沒有斃命。如果沒有剛才那一瞬間產生的恥辱感，他的子彈應該會命中對手的腦袋。這樣的勝利本來可以帶給他極大的滿足，但此刻，他卻品味到無窮無盡的落寞。

所有的人都緊緊盯著決鬥場，沒有人去注意兩個失去丈夫的女人。陳司畫打開了紙包，看了一眼關荷，笑道：「姐姐，這一次，輪到我先了。」說著，毫不猶豫地朝鶴頂紅舔了下去，雙唇頃刻間紅了起來。關荷的目光裡，不知是驚訝，還是羨慕，還是淒涼。就在這個時候，人群裡忽然爆出一個聲音：「大東家沒死！」

盧豫海躺在碼頭上，慢慢感覺到生命並未遠離。他強忍著劇痛，低頭去看，左肩的棉衣破了一個大洞，鮮血宛如泉水般朝外湧出，傷口距離心臟的位置只有兩寸。盧豫海用右肘支著地，緩緩直起身子。

這個富戲劇性的場面震撼了幾萬個觀戰的人。杜巴索夫難以置信地站起來，雙手扶著桌子，大喊道：「不可能！瓦西里，用你的子彈殺死他！」

他這一聲叫喊很快就被中國人發出的聲音壓過了。楊伯安用盡全身的力氣，大聲吼道：「大東家，得勁！」苗象林大夢初醒，扯了喉嚨吼道：「得勁！」三百多個闖關東的河南人也跟著吼了起來，煙號來的夥計、華商會的人、山東人、直隸人、東北人，所有不管能否在那一瞬間理解「得勁」這句河南土話的中國人，都隨著楊伯安和苗象林的聲音吼了起來。

這聲音從碼頭上傳來、從海面上傳來，似乎高高的天穹和深深的地下，也有源源不絕的「得勁」聲響起，匯集到一處，宛如開天闢地的那一聲巨響，迴蕩在決鬥場上方。

盧豫海的半邊身子已不聽使喚，他聽到了熟悉的家鄉方言，腦子裡忽而清晰忽而混亂。他在幾番掙扎後，終於艱難地站起身，看到了一雙無比恐懼的眼睛。是那個老毛子的眼睛！他怕了！盧豫海把嘴唇咬出了血，緩慢地抬起槍。瓦西里絕望地閉上眼睛，輕輕說道：「我愛妳，親愛的安妮……」

幾萬張中國人嘴裡吐出的「得勁」聲，變成了有節奏的吶喊。決鬥場上，副官急切地衝瓦西里道：「開槍！槍裡還有子彈！」見瓦西里並無反應，副官情急之下竟要掏出自己的槍。老齊不知從哪裡來的力氣，拚命抓住他的手，大聲叫著：「大東家，快開槍！老毛子不要臉了！」說著一口朝副官的手咬了下去，居然連皮帶肉生生咬掉了一塊！副官疼得尖叫起來，用力踢打著老齊。老齊不顧一切抓住了他的槍，把槍口死死頂在自己肚子上。見到這樣的場景，中國人的聲音越發響亮起來。瓦西里怒吼道：「阿廖沙！記住你是個帝國的軍人！」這句話彷彿無形的鞭子，讓副官帶著愧色放開了手，把槍遠遠地扔開。

盧豫海瞄準了瓦西里，誰也不知道在那個瞬間他究竟想到了什麼。讓所有人引頸期盼的槍聲終於響起，瓦西里身子一震，腦海中一片空白。但他的理智告訴他，他還活著！瓦西里睜大了眼睛，他看見那個叫盧豫海的中國人高高舉著槍，槍口指向天空。

盧豫海扔了槍，面朝再次安靜下來的人群，大笑道：「老少爺們，我饒了他！」場面還是一片寂靜。他再也堅持不住了，老齊衝過來扶住他，不知是笑還是哭，道：「大東家，你沒事吧？」

盧豫海無力地罵道：「肩膀都打爛了，還說沒事！你的眼睛是糊到鼻涕嗎？」說完這句話，他忽然覺得天旋地轉，便什麼也看不到了。緊接著「得勁」聲震天響起，成了他昏迷前聽到的最後一句話。

光緒戊戌年的春節越來越近了，盧豫海養了一個多月的傷，身體已無大礙。關荷和陳司畫暫時拋卻積怨，齊心協力地照顧丈夫。盧豫海下床理事那天，連號上下又是放鞭炮又是敲鑼打鼓，弄得整個海關南大街跟提前過年似的。盧豫海跟俄國老毛子決鬥，並手下留情的壯舉轟動了整個東三省，茶館裡說書的把《三國演義》裡「華容道義釋曹操」改成了「大連灣義釋瓦西里」，整日說個不停。這些日子以來，不但華商會的大東家們絡繹不絕地送來禮物，祝賀盧豫海大東家康復，就連著名的東北鬍子頭左大爺、奉天副都統也派人前來探望。連號裡日日高朋滿座，盧豫海神采奕奕地來回招呼，直到夜色降臨客人才紛紛離去。這天盧豫海又是忙了一天，卻沒有絲毫的疲憊，老齊等人生怕他累著，一直勸他回後院歇息。盧豫海拗不過他們，正要離開，門外卻擁進來一隊俄國士兵，眾人都驚出一身冷汗。老齊忙道：

「各位，我們打烊了，有事明日請早吧。」

一個聲音從外面傳進來：「盧，聽說你傷好了？」

盧豫海聽出是瓦西里的聲音，含笑迎上去道：「老瓦，你怎麼來了？」

瓦西里還是那身筆挺的海軍軍官服，大步走過來，又要擁抱盧豫海。慌得盧豫海連退了幾步，連聲道：「老瓦！你又不男不女了？這裡是我家，你別來你那套洋規矩！」

眾人見瓦西里並無惡意，紛紛鬆了口氣。瓦西里無奈地聳聳肩，道：「聽說你傷好了，我來看望你，順便給你送點禮物。」老齊翻譯給盧豫海聽，盧豫海哈哈大笑道：「我知道你的脾氣，不過話說好了，軍刀我可不要！」眾人聞言都是一愣。趙仁天跟瓦西里是熟人，趕忙上前解釋道：「上校先生，您送給朱先生的軍刀，他回寧波老家的時候帶走了，那些關於軍刀的傳言都不是真的！」瓦西里微笑擺手，幾個士兵搬來幾個木箱，放在正廳裡，敬禮下去了。瓦西里笑道：「盧，這是我們俄國產的獵槍，我送你二十枝，當作感謝你沒有殺我的禮物。另外，還有這個。」說著，他從懷裡掏出一份文書，遞給趙仁天。趙仁天接過去，瞥了一眼，顫聲道：「大東家，是免稅的通行證！」

眾人皆喜出望外。連號的生意本就興隆，一旦少了關稅，更是如虎添翼了。盧豫海拱手一笑，不卑不亢道：「謝謝老瓦的獵槍！但這個什麼免稅的文書，我可不謝你！我還是那句話，這是我們中國人的地盤，憑什麼給你們交稅？」他說得很快，瓦西里一時沒聽懂，便看向老齊。老齊是何等精明的人，自然明白這個場合什麼該說什麼不該說，嚥了口唾沫道：「上校先生，我們盧先生謝謝你！」

瓦西里大笑道：「這算什麼？你問問盧，我有件事一直不明白，決鬥的時候，他爲什麼沒有朝我開槍？」盧豫海聽了老齊的翻譯，道：「你告訴他，中國是禮儀之邦，中國人不欺負外國人。我們中國有句俗話，叫以德報怨。他要殺我，是怨，我不殺他，是德！他要是死了，他家裡妻兒老小怎麼辦？年紀輕輕的死在異國他鄉，不是個好死法！我知道他是條漢子，因爲一句戲言玩命，死了可惜。他要是真心賠罪，就讓他開軍艦回老家吧，別老在我們的地界上遛達！」

老齊吸著鼻子，字斟句酌地翻譯道：「盧先生說，他和你都是男子漢，不能因爲一句玩笑就要了對方的命。你是軍人，應該死在戰場上。」趙仁天見他專揀好聽的翻譯，禁不住笑道：「對，眼下日本人對遼東虎視眈眈，不斷騷擾我們的商船，大清應該和俄國聯合起來，捍衛共同的利益。」

瓦西里聽得直點頭，站起來肅然道：「身爲帝國的軍人，我只有服從沙皇的命令。不過我相信，《旅大租地條約》規定的二十五年租期過後，大清年輕有爲的皇帝應該已掌握了實權，到時候，中國政府和俄國政府應該能找到一種更好的合作方式，而不是像現在這樣。至於日本的騷擾，我以軍人的榮譽發誓，一定會保衛所有在大連灣進出商船的安全！時間晚了，盧先休息吧。」盧豫海抱拳道：「恕不遠送！」

眾人目送他離去。盧豫海搖頭嘆息，良久才道：「他要是個生意人，我肯定跟他結拜兄弟！可惜啊，帶著槍、開著軍艦來到我家門口，不管怎麼說好話，我也覺得不自在，他還是滾得遠遠的好。」

然而瓦西里最終還是把生命留在了中國。六年之後，在光緒三十年的日俄戰爭中，他所指揮的裝甲艦「彼得羅巴甫洛夫斯克」號中了日軍的水雷，引起主鍋爐、彈藥倉接連爆炸，在艦上的新任俄國太平洋艦隊司令馬卡洛夫中將與瓦西里，以及近千名士兵一起沉入了大海。消息傳到神垕，盧豫海一連幾天悶悶不樂，遙遙祭奠了這位沒能成為朋友的男人。

過沒幾天就是除夕了。盧豫海在外面給夥計們發紅包，關荷和陳司畫在廚房裡指揮丫鬟們包餃子下鍋。陳司畫是大家閨秀出身，廚房這些活計從來沒做過，見關荷嫌丫鬟們手腳不俐落，要親自下廚，忙拉著她笑道：「姐姐，別忙了，年頭忙到了年尾，還不肯歇歇嗎？讓水靈和晴柔她們招呼就行了。」關荷想了想，便解下剛繫上的圍裙，也笑道：「好啊，我正好有許多話想對妹妹說呢！」

從廚房到後宅有一條遊廊，旁邊是座小園子。大連剛剛下了近年少見的一場大雪，園子裡一片雪白，花花草草都被厚厚的雪覆蓋了。遠近無人，四下寂靜，只有廚房裡隱約傳來的聲響和遠處傳來的一兩聲鞭炮響。關荷拉著陳司畫的手，笑道：「妹妹，咱們去雪地裡走走，好嗎？」陳司畫心裡一動，卻含笑不語。兩人攜手走出了遊廊，在雪中漫步。大雪似停非停，雪花若有若無，偶有幾片落在二人的大衣上，黏在上面，再不肯落下。

前段日子兩人相處得還算好。盧豫海傷癒後忙於生意，她們兩個便又閒了下來，但畢竟快過年了，誰也沒有像以前那樣針鋒相對。此刻兩人各懷心事，腳步似乎也承載著重重的思緒，留下了一排深深的腳印。兩人沉默著緩緩而行，不多時，前方已是小園子的盡頭。陳司畫停住腳步，道：「姐姐不是有話要說嗎？」

關荷欲言又止，笑道：「剛才真的有好多話，可是一到這裡，又都沒了。」

陳司畫狡黠一笑，道：「我卻有話要說。無論如何，還是要謝謝姐姐。」

關荷詫異道：「謝我做什麼？」

陳司畫笑道：「如果姐姐給我的是真的鶴頂紅，我豈不死得冤枉？」

關荷有些意外地搖頭，「我只是不願妳死在我前面。況且我也不忍讓廣生和廣綾這麼小就父母雙亡。」她看著陳司畫，微笑著反問，「妳嘴上謝我，可如果二爺真的死在洋人手裡，妳拿到的又是假的鶴頂紅，妳還會謝我嗎？如果真是那樣，我可又搶先了一步。」

陳司畫一時語塞，「事情都過去了，還想那些做什麼？今後的日子還長著呢！」兩人靜了片刻，陳司畫突發奇想道，「姐姐，如果二爺又娶了一房姨太太，妳說我們兩個會不會和好？」

關荷莞爾道：「當然會啊。但那個姨太太被我們一趕走，我們兩個又好不成了。」

「姐姐說得對。其實死又算什麼？這樣妳爭我奪的日子，我早厭煩了。死倒是容易，我只是捨不得二爺。尤其是想到一旦我死了，二爺就是妳一個人的，我就……」

「我也是這麼想。二爺養傷的時候，我既想他快點好，又不想讓他太快好。因爲只有在那個時候，才好像又回到了小時候，我們三個一起玩耍，無憂無慮，沒有煩惱……如今二爺痊癒了，我總覺得好日子要過去了，也許是明天，也許是後天，我們兩個又要過地獄一般的日子。妳防著我，我防著妳，妳給我下個套，我給妳設個局，爭來爭去……等我們都老了，回想起從前的日子，會是什麼心情呢？」

陳司畫凝望著眼前的牆壁，道：「我真羨慕大嫂。她和大哥這一輩子，在別人看來的確是苦極了，但大嫂心裡不覺得苦。她能守著心愛的男人，沒人跟她搶，沒人跟她奪，兩人就這麼廝守著，該是多麼快活啊！可惜，咱們倆都沒有大嫂的福氣。」

「妹妹，妳不覺得我們之間，就跟二爺和那個俄國人決鬥一樣嗎？只要站在了決鬥場上，就身不由己了。可是連決鬥都可以饒對方一命，我們倆爲何就不能和好如初呢？妹妹，如果妳在乎二少奶奶這個名號，我隨時可以給妳。」關荷定定地看著她，終於說出了此行的目的。

「姐姐叫我出來，其實是想說這些吧？」陳司畫微微笑了笑，輕嘆道，「我何嘗不想和好？可是姐姐，即使我做了二少奶奶，妳做了姨太太，二爺終究還是我們兩個人的。說句真心話，經歷了這場變故，我對什麼二少奶奶也看淡了。我出嫁前，對爹娘說遲早要把二少奶奶的位置奪過來，可我現在不這麼想了。名號算什麼？只要二爺肯對我好，讓我一個人獨享二爺的恩愛，就是再低的身分，又有何妨？二爺對我好，是因爲覺得對我有愧，難道妳心裡對我就一點愧疚都沒有嗎？我寧可一輩子做姨太太，也要讓二爺和妳始終放不下這個，即使在你們親熱的時候，也不能全心全意……」

關荷身子一震，陳司畫並不看她，長長嘆息道：「姐姐別怪我心狠……剛才姐姐說到了和好，也說到了決鬥，可在我看來，女人的決鬥和男人大不相同。男人要的是命，女人要的是心。要一個人的命容易，但怎麼樣才能得到一個人的心呢？妳我和好很容易，但也很容易破碎。現在這個局面，只要二爺對妳好一些，我就不樂意，反過來，二爺對我多體貼一些，妳心裡難道就能痛快嗎？……這是一盤棋，從我們倆喜歡上二爺的那天起，就注定要下完它。直到有一天，我們之中有一個死了，這盤棋也就不復存在了。」

關荷沉吟良久，不得不贊同陳司畫的說法。和好雖然是她提出來的，但認真想想，也覺得實在勉強。關荷苦笑道：「這些日子我想了很多，如果沒有妳，我和二爺該有多麼快活，而如果沒有我，妳跟二爺又會多麼快活？可老天非要我們三個人在一起，好好的一個人要我們兩個去分，誰得了一半都不甘心，還想著對方手裡的那一半……」

陳司畫輕輕拂去關荷身上的雪花，道：「是啊，二爺就像一張紙，一面寫的是妳，一面寫的是我。而我們總想把這兩面分開，可一張紙的兩面能分開嗎？所以妳和我是分不開的。既然分不開，心又不在一起，就只能妳恨我，我恨妳了。姐姐想要和好，那妳肯把妳那一半給我嗎？」

關荷笑道：「不肯。難道妳肯嗎？」

陳司畫啞然失笑道：「我自然也是不肯。」

兩人一起笑了起來，心裡都痛楚萬分，渾身流淌的彷彿不是血液，而是寒冰。兩人不約而同地轉身返回宅院，新落的雪覆蓋了來時的腳印，宛如一張沒有血色的臉上凝固的淚痕。

兩人走回遊廊，互相替對方拍打身上的雪。陳司畫忽然停手，道：「姐姐，我們倆要和好，必須有人放棄自己的那一半。而這並非不可能，看來，這盤棋還是要接著下了……」關荷抬頭看了她一眼，又低頭看著自己通紅的指尖，霎時間百感交集。

貳拾壹

福兮，禍之所依

戊戌年的春節剛過，神垕鎮突然傳來噩耗，久病的老相公楊建凡油盡燈枯，已於二月初九溘然長逝了。二老相公苗象天發來急電，請大東家盧豫海中止巡視各地分號，即刻返回神垕主持大局。不久，煙號大相公楊伯安，剛剛升任津號大相公的楊仲安也分別發來電報，向盧豫海告假奔喪。盧豫海悲慟之餘立刻給楊伯安兄弟去電，准許他們回家三個月料理父親後事，接著決定讓趙仁天代理主持煙號，苗象林代理主持津號，田老大繼續主持船隊生意，自己則結束巡視分號的行程，帶著關荷和陳司畫乘船離開了大連，取道天津返鄉。

船行海上，盧豫海手扶船舷，心事隨著波濤起伏，難以安定。他回想起當年在維世場燒窯的時候，楊建凡親手教他如何拉坯、如何上釉、如何觀火，一老一少在維世場專窯前談古論今，把酒臨風，是何等的默契，何等的痛快！老漢的音容笑貌猶在眼前，卻是斯人已逝，天人永隔了。

關荷和陳司畫遠遠看著他佇立風中，身上的衣服被海風高高捲起，心中都是不忍，生怕他悲傷過度導致傷勢復發。兩人互相看了一眼，攜手走上前，站在盧豫海左右。關荷挽著他的胳膊，輕聲道：「二爺，海上風大，你的臉都……還是回船艙吧？」盧豫海緊盯著遠方的海面，一語不發，臉上的淚水早被海風吹乾，紅紅的一片，皮膚都皸裂了。

陳司畫掏出一塊暖玉，在他臉上輕磨，道：「二爺得注意身子，這麼大的風，臉能不皴嗎？」關荷見她體貼入微，心裡多少有些妒意，卻也不便表露出來，只是微微一笑。盧豫海推開了陳司畫的手，低聲道：「妳們先下去吧，我還有好多事情得好好想想。」陳司畫壯著膽子笑道：「二爺既然有心事，我和姐姐不妨猜猜看，如果真給我們倆說對了，二爺就跟我們下去！好不好？」

盧豫海不置可否地笑笑，算是答應了。關荷便斟酌道：「二爺的心事……只怕是想起了當年和楊老相公在一起的日子吧？人死不能復生，楊老相公也是高壽走的，算是喜喪，你別放在心上了。」盧豫海微微搖頭，笑道：「只說對了一半。」陳司畫接口道：「那剩下的一半，我來說好了。」關荷似笑非笑地看著她。陳司畫視而不見，兀自扳著手指道：「如今盧家老號裡開創基業的那一代人，差不多都走了。苗文鄉老相公是頭一個走的，接著是爹、張文芳大相公，現在又走了楊建凡老相公，景號的蘇茂東大相公怕是碩果僅存的一個了，他也有六十多歲了吧？早過了榮休的年紀……二爺是在擔心第二代的人，能不能把這副擔子扛起來，在前輩人的基礎上做得更漂亮！」

盧豫海看了陳司畫一眼，臉上終於露出了笑意，喟然嘆道：「開創難，守成更難，在守成上有所開創，更是難上加難！司畫說得對，老號裡前一輩的人差不多都走了，留下了這麼大的產業，我和苗象天、楊伯安這些人究竟能不能守好，再把它發揚光大，留給我們的後人呢？老人們在世的時候，自己想怎麼幹就怎麼幹，總以爲身後還有人扶著，天塌下來也不怕，如今卻有無所依、無所靠的悲涼！」

說到這裡，他猛覺傷口處一陣撕裂般的疼痛，便深深吸了一口氣掩飾過去，繼續道，「我名字裡有個『海』字，這次回到神垕，怕是沒機會再出來看大海了……盧家的生意蒸蒸日上，是多少人的眼中釘、肉中刺啊，就拿董克良來說，他時刻不忘兩家的血海深仇；還有景德鎮的白家……外敵虎視眈眈。楊老相公在老號德高望重，他這一去，老號裡只剩下我這一輩的人，權力的平衡局面已被打破。當務之急是重新安排人事，要是處理不當就會給別人可乘之機。苗象天總攬全局，心思縝密，但畢竟一直留在神垕，沒有出來建功立業的機會，功勞上有些欠缺。而楊伯安在煙號幹得不錯，燒窯也是個好手，得了他父親的真傳，主一方，治一地是他的長處，但太大的擔子，我怕他也挑不起……說白了，他們倆是眼下僅有的可用之人，但都還需要歷練。再往遠處說，苗家和楊家在老號樹大根深，多少有些心腹之人，說是拉幫結派或許太過了，但確實各有一幫勢力。這次權力重新分配後，他們二方的勢力只會增加而不會減少。朝廷裡帝黨和后黨爭得如火如荼，把國家都爭得七零八落，就是活生生的教訓！說實話，功高震主我不怕，甚至是求之不得！他們再能幹，功勞再多，也是我聘來的，大東家還是我盧豫海。但內耗黨爭，可不是什麼好兆頭啊……」他說了半天，忽地失笑道，「這番話我從未對人提起，也只有對妳們才能推心置腹……妳們兩個也莫要只聽我說，替我出出主意也好。」

一說到生意上的事，關荷就明顯不如陳司畫機靈了。她自知萬難勝過陳司畫，就抱定了「萬言萬當，不如一默」的主意，笑道：「二爺說的是生意，我可不懂。司畫妹妹識文斷字，還是妹妹說吧。」

陳司畫想了想，道：「按說生意上的事，我們女眷是不該過問的。但我們是夫妻，爲夫分憂也是我們的分內事。既然二爺說了內憂外患，我就從這裡說好了。《出曜經・卷第二十九》有『一病以發四百四病同時俱作』，是爲內憂；『荊棘叢林誹謗之名毀形汙辱』，此乃外患。依我看，如今盧家外患大於內憂，而外患又因內憂而起。所謂外患者，近有董克良的董家老窯，遠有景德鎮的白家阜安堂，無一不是欲置盧家於死地而後快，不可不防。所謂內憂者，近有人才不足，遠有苗楊兩家的黨爭。不過，俗話說蒼蠅不叮無縫的蛋，只要盧家內部沒什麼大變，董家和白家也就無從下手。」

陳司畫偷偷看了眼盧豫海，見他並無不悅之色，便繼續道：「苗象天已經做了多年的二老相公，楊老相公一死，不讓他接任怕是難以服眾。而楊伯安在煙號這幾年，把盧家的出海生意做得有聲有色，又有他父親的功勞在，不提拔他也說不過去。只是這麼一來，苗家和楊家的勢力就越來越大了。雖然他們現在對二爺忠心耿耿，但人心是會變的。他們兩個同處高位，一個總攬全局生意，一個主持兩個堂口的十處窯場，就算二爺用人不疑，可他們周圍難免有小人搬弄是非，日後一旦彼此不服、互相傾軋，二爺得要傷多少腦筋去調和？」

關荷聽得似懂非懂，忙道：「那給他們也不是，不給也不是，究竟怎麼辦好呢？好妹妹，快說啊！」

陳司畫噗嗤笑道：「二爺心裡早有主意了，非要我說嗎？」

盧豫海心中大悅，便笑道：「我就是要妳說！」

「爲今之計，只有『分而制之』這四個字。」陳司畫一字一頓道，「所謂分，就是分權，不許楊、苗兩家勢力過於強大；所謂制，就是有所牽制。這兩者雙管齊下才能達到平衡。二爺應該在年輕一輩的人裡破格簡拔出一批人來，加以精心調教，總號能做事的人多了總不是壞事，他人也說不得什麼。至於平衡，我想二爺可以把蘇茂東大相公召回來，論人望，他也是盧家的老人了；論功勞，以前的汴號，如今的景號都是盧家的大財源，誰敢不服？就是苗象天和楊伯安兩個人，見了他的面也得喊一聲叔叔吧？」

盧豫海哈哈大笑道：「妳倒是把我能用的人都點評了一遍！不過妳忘了一個人，妳丈夫盧豫海是吃素的嗎？哈哈哈哈，想我盧豫海一介商人，雖然沒有胡雪巖的十二金釵，可也有一左一右兩個紅顏知己啊！一個能居家理財孝敬老娘，一個能襄贊生意出謀劃策，我今生真是別無所求了。」

陳司畫佯怒道：「姐姐，妳聽見了嗎？二爺還羨慕人家有『十二金釵』呢！哼，胡雪巖才得意了幾天，光緒九年被抄家，光緒十一年就見了閻王！二爺如果真弄幾個『金釵』來，就瞧我和姐姐如何一頓亂棒，打得她們落花流水！」

關荷雖然不知道誰是胡雪巖，但多少聽出了些意思，笑著附和道：「妹妹是大家閨秀，動不得手，妳在後面做個諸葛亮出主意，我在前頭做個猛張飛打人，多少『金釵』來也不怕！」

盧豫海滿腹愁緒一掃而空，大笑著攬她倆入懷，「妳們倆一個聰明如諸葛，一個勇猛似張飛，豫海今生足矣！」說著，他用盡力氣，朝波濤起伏的大海吼道，「得勁——」關荷和陳司畫溫柔地把臉頰靠在他身上，夫妻三人就這麼扶著船舷，相互依偎，任海風撩撥著他們不同的心弦。

盧豫海把苗象林留在津號，再三囑託後繼續趕路。一路上關荷和陳司畫雖明爭暗鬥不斷，但這一切都瞞著盧豫海，兩人在他面前總是柔情備至，唯恐在兒女之情上輸給對方。盧豫海在外經商久了，早習慣了冷床冷枕，在這一妻一妾的刻意逢迎下自然是溫柔鄉裡夜夜好夢，根本看不出她們的心事。等他們回到神垕，楊建凡已經入土為安了。盧豫海在墳前大哭了一場，又讓人在墳前搭起靈棚，親自為楊建凡守了七天靈。這也讓盧家老號眾人欣慰不已，感念大東家對楊建凡情深意重。

果然不出盧豫海所料，就在他守靈之際，總號不少相公都來試探他的口風，有的讚揚苗象天主持總號勞苦功高，有的稱頌楊伯安經營煙號成績不凡，說來說去還是替二人謀更高的位置。盧豫海雖然一概笑臉相迎，但多少看出了二人的心思。偏偏這時候董克良又使出一招毒計，敲鑼打鼓地給苗象天和楊伯安送了聘書，聲稱自領老相公的日子久了，不堪辛勞，他們二人誰先來就讓誰做董家老窯的老相公，原先在盧家老號的身股照認，還額外多送一釐。苗楊二人當然是嚴詞拒絕，並一前一後來到靈棚向盧豫海表示忠心。董克良看似碰了一鼻子灰，但在盧家老號裡卻惹起一場不大不小的風波，那些不得志的相公、小相公們紛紛打起了另起爐灶的主意。一時間總號和十處窯場人心浮動。盧豫海深知總號的穩定關係全局，老相公究竟花落誰家已不容再拖。於是守靈之期一過，他就當著總號全體相公夥計的面，宣布將苗象天、楊伯安擢升爲老相公和二老相公，並擴大總號老相公房的規模，破格提拔了方懷英、高廷保、何柱裕等幾個三十多歲的相公，一同在老相公房協理辦事。同時，盧豫海又召回了遠在景德鎮的蘇茂東，禮聘爲總號和兩堂十處窯場的總幫辦，讓他在神垕家中一面頤養天年，一面參與要事的決策。盧豫海的這番安排可謂滴水不漏，既照顧了苗、楊二人的功勞，也體現了對老一輩人的尊敬，還讓那些自以爲懷才不遇的人看到了希望，一時間總號上下無人不服，無人不喜。

等這場風波化解之後，已是五月。五月端午歷來是神垕鎮最熱鬧的節氣之一，今年的端午節又是盧王氏的五十五歲整壽，盧家三少爺盧豫江在景號見習生意兩年期滿，千里迢迢回家給母親拜壽，可說是三喜臨門。盧豫海一心孝順老娘，便在端午節那天請來戲班子助興，又把總號和兩堂相公以上的人全召進家裡，設家宴款待，集體為老太太祝賀。從花廳、正堂到兩邊廂房，足有幾十桌豐饌盛宴，幾百個相公、小相公團團圍坐，個個臉上都是喜色。盧家老號今年生意興隆，煙號的出海生意、連號的俄國生意都有聲有色，十處窯場日夜不停地燒著宋鈞和粗瓷，這是多年未見的盛事。而楊建凡故去後，總號上下，要不被提拔，要不漲了身股，人人心裡都像打翻糖罐一般。幾百個人有的說笑逗趣，有的串席勸酒，有的插科打諢，有的吆五喝六，有的提耳罰酒，場面熱鬧非凡。盧豫海領著盧豫江、苗象天和楊伯安先是給首席的蘇茂東敬酒，而後是苗象天執壺、楊伯安捧杯，隨盧豫海紅光滿面地挨桌敬酒，盧豫江興沖沖跟在後頭。盧豫海本來就是海量，再加上前陣子在遼東天寒地凍，不出門的時候便只能飲酒作樂，酒量更是練得驚人，幾十桌下來也毫無醉意。眾人見大東家千杯不醉，一個個扯著喉嚨叫好。

正當眾人飲酒談笑之際，管家老平高聲道：「各位爺們兒肅靜了，給老夫人祝壽！」立時，眾人紛紛離座躬身，外面戲臺子上的角兒們也遙遙朝這邊行禮。盧豫海和盧豫江兄弟倆急忙上前迎接。盧玉婉在前頭領路，白髮蒼蒼的盧王氏由關荷和陳司畫兩個兒媳婦攙著，顫巍巍走到首席上。見盧豫海和盧豫江撩衣跪倒，忙道：「你們倆起來吧。今天是個高興日子，沒那麼多禮數。大家該喝酒的喝酒，該取樂的取樂，我一個老太婆了，見兒孫們高興我心裡頭就歡喜！」

盧豫海和盧豫江磕頭祝壽後才站起來，盧王氏對盧豫海笑道：「我老了，不想走動，可是受不住你這兩個媳婦伶牙俐齒。關丫頭說全家為這頓飯忙了多日，我要是不來就掃了大夥的興致；司畫丫頭說相公們都是盧家的重要支柱，辛苦了快半年，生意也火紅，都眼巴巴地等著給老太婆我賀壽呢！連你妹子也跟著攪和，我一想，算了，這才來湊湊熱鬧！」

盧豫海看了看關荷，又看了看陳司畫，衝二人會心一笑，道：「娘，您看看，是誰給您祝壽來了？」首席上的蘇茂東早等在一邊，忙上前道：「老夫人，老蘇祝您福如東海，壽比南山！」盧王氏瞇著眼道：「老蘇？你是蘇茂東蘇老哥？你不是在景號嗎？」蘇茂東擦著淚笑道：「老夫人，我榮休了，回神垕養老抱孫子啦。」盧豫海陪笑道：「老蘇這是榮而不休，總號的生意、兩堂的窯場，都得讓老蘇幫著出主意呢。」

盧王氏一邊落坐，一邊對蘇茂東嘆道：「唉，楊老哥一走，咱們這一輩的人差不多都走完了……現在事情有他們年輕人來辦了，也用不著咱們操心。蘇老哥，你以後沒事就來鈞興堂，跟我說說閒話也好。人老了，就愛想以前的事，當年汴號剛建起來，你跟楊老哥一起在開封府做事，一眨眼就是二十年……」蘇茂東也感慨道：「可不是嗎？那時候才光緒四年，眼下都光緒二十五年了……」

盧豫海插話道：「娘，您別只顧著跟老蘇嘮叨，相公們都等著給您拜壽呢！」

盧王氏這才明白過來，笑咪咪地站起身，朝眾人示意。相公們一齊道：「恭祝老夫人福壽延年！」盧王氏笑不絕口，朝黑壓壓的人群道：「大家都別站著，老太婆我好得很！你們該幹什麼就幹什麼，誰喝醉了我有賞！你們大東家從遼東帶回來的人參、鹿茸，我就是當飯吃也吃不完，全都賞給你們！」眾人無不開懷大笑，重新入席暢飲起來。

今天是家宴，盧玉婉、關荷和陳司畫不用像以往那樣迴避，都跟著盧豫海在首席坐了下來。酒至半酣，蘇茂東端起酒杯道：「老夫人，我那老楊哥一直跟我吹牛，說大東家燒窯是他一手教出來的；前些年老苗哥在的時候，更是一提起大東家就眉飛色舞，說大東家經商是他一手帶的。說實話，我不服氣很多年了！大東家一提起當年我瞞了十萬兩壓庫銀子的事就煩我，我也不敢跟他自討沒趣。可如今三少爺跟了我，這兩年在景號也學了不少東西，我看將來不在二爺之下！等我死了見到那兩個老傢伙，臉上也有光了。老夫人您說，這杯酒您該不該喝？」

「該！該！你嘮叨了半天，無非就是變著方法讓我喝酒嘛！」盧王氏前仰後合地笑著，剛接過酒杯卻被關荷搶了過去，她佯怒道：「關丫頭又不像話了，妳幹嘛搶我的酒？」關荷笑道：「郎中說了，老太太您不能喝酒。我是您兒媳婦，三少爺和大小姐又是我一手抱大的，三爺給您露了臉，我也覺得光彩。老太太您說，我不該替您喝了這杯酒嗎？」盧王氏笑得打跌，道：「真是奇了，連酒都有人搶著喝！」陳司晝見闕荷搶了風頭，只微微笑了一下，而盧玉婉掩口嗤嗤笑著，盧豫海則是放聲大笑。

闕荷不過三十出頭，保養得又好，看起來跟二十多歲的小媳婦一般；盧豫江卻是十八九歲的小伙子了，個子也比闕荷高出一個頭，見她這麼說立時漲紅了臉，抗議道：「二嫂，我都這麼大了，您別老提小時候的事好不好？」

盧王氏瞪了他一眼，道：「你才多大？十年前，是誰整天纏著闕丫頭，嚷著『二嫂抱、二嫂抱』的？」

盧玉婉趁機訴苦道：「就是嘛，三哥總是不願別人提他小時候的事！娘，我跟他分明是孿生兄妹，您看看他對我的模樣，好像比我大多少似的，動不動就說教！」

盧豫江急道：「我哪裡有？妳過了年就要嫁出去了，說話也沒個顧忌，我看進了曹家誰還護著妳！我出門歷練這麼多年，什麼世面沒見過？再說我是妳哥呢，教訓妳幾句就聽不得了？」

盧豫江和盧玉婉兄妹爭執慣了，又是在母親的壽筵上，更是肆無忌憚地撒起嬌來。眾人知道他們是逗盧王氏開心，所以誰都沒去勸，只是樂呵呵在一旁看著。盧豫海見盧豫江吹得山響，有心讓他炫耀一番，便笑道：「老三，你在景德鎮這兩年生意學得如何，回頭我給你個事做，一試便知。至於你的學問荒廢了沒有，我可就不知道了。」

盧豫江興致來了，大聲道：「哥，我在景德鎮除了學生意，書也沒少讀！」

「哦？都讀了什麼書？不是什麼《紅樓夢》、《西廂記》、《桃花扇》之類的吧？」

「我哪裡會讀那些書？」盧豫江笑道，「是康南海先生的《新學僞經考》、《孔子改制考》！二哥，不看這些書，我還真不知道那麼多道理呢！朝廷昏聵，外敵入侵，華夏子孫再不變法維新，真會有亡國滅種之虞！讀了康南海先生的書，再想想以前讀的四書五經、八股文章，全都臭不可聞！這次皇上決心變法改制，朝廷也下了《定國是詔》……」盧豫江越說越激動，幾乎要手舞足蹈起來。在座的人都含笑看著他，只有陳司畫微微一怔。

「住口！」盧豫海勃然變色道，「你一個毛頭小子，不過讀了幾本邪書，便在娘面前，在眾位長輩面前口出狂言，難道不怕風大閃了舌頭？」盧豫江正說到興頭上，冷不防被他打斷，不禁又驚又羞，張口結舌道：「二哥，你……」盧豫海不等他解釋，拍案而起道：「混帳！你現在就給我滾，去祖先堂面壁思過！我一眼也不想見到你！」說著，朝苗、楊使了個眼色，二人會意，起身架著盧豫江，好言勸道：「大東家喝多了，三爺先去祖先堂等著吧。」盧豫江氣得緊咬牙關，甩開二人，大步走出了花廳。

這場變故來得毫無預兆，首席上人人色變，廳下坐的相公們也看得目瞪口呆。盧王氏從未見過兒子發這麼大的火，氣道：「老二，你怎麼了？那是你親兄弟！這麼多人，你就不能給他留點面子？」

蘇茂東畢竟是在商海裡打滾了一輩子，須臾間已然看出盧豫海的苦心，忙道：「哎喲，老夫人，您不是說要給我幾根人參嗎？我得現在就去拿，不然一會兒老漢喝醉了，老夫人又忘了怎麼辦？走吧走吧……」說著上前連拉帶勸地攙起盧王氏。盧豫海臉色鐵青，道：「妳們兩個傻了嗎？沒見娘醉了，快扶娘下去好生歇著！」關荷和陳司畫煞白了臉，趕緊扶著盧王氏離去。盧王氏兀自氣得渾身顫抖，一路大罵不已。盧玉婉也不敢再待，悄悄隨著兩個嫂子下去了。偌大的酒席上鴉雀無聲，不管清醒的還是半醉的都噤若寒蟬。苗象天快步走來，湊在盧豫海耳邊說了幾句，盧豫海點頭，朝相公們道：「諸位吃好喝好，我也有些醉了，就讓老平陪大家喝酒吧！」

老平是何等精明的人，立刻衝著戲臺嚷道，「今天老太太壽辰，再來一齣《穆桂英掛帥》，就那段『轅門外三聲炮』，給爺兒們響起來！」說著，又衝旁邊的柴文烈大聲道，「老柴，聽說你最近又娶了個小的，難道你陽痿好了不成？」柴文烈陡然漲紅了臉，怒道：「老平，你聽誰說我、我有陽痿？」眾人聞言，哄然大笑起來。老平陪笑道：「沒有最好，沒有最好，我先自罰三杯！」此時戲臺上旦角兒出來了，渾身披掛，唱道：

轅門外三聲炮——如同雷震

天波府裡走出來我保國臣

頭戴金冠——壓雙鬢

當年的鐵甲我又穿上了身……

臺下驟然響起一片叫好聲。在重新熱鬧起來的氣氛裡，老平偷看了眼首席，那裡已空無一人。見眾人似乎都沒有察覺，他才暗暗長吁了一口氣。

盧家祖先堂裡，盧豫江跪在靈位前，胸口劇烈起伏著。楊伯安在一旁苦勸，說的無非是大東家喝多了，口不擇言，三爺千萬別放在心上之類的。盧豫江哪裡聽得進去，但礙於在祖宗遺像前才不敢放肆，小聲道：「二哥哪裡是喝多了，他是故意說我的不是！國家興亡，匹夫有責。商家也得報國報民！我看他是一門心思全在做生意掙銀子，把報國之心都冷淡了。我就是贊同變法，就是佩服康有為、梁啓超，怎麼樣？覆巢之下焉有完卵！一旦國家亡了，我看二哥的生意還怎麼做下去，我看他還怎麼掙銀子！」

盧豫江這些話正好給一腳踏進門的盧豫海聽得真真切切，盧豫海冷笑道：「原來老三是胸懷天下之人！二哥我一個渾身銅臭的奸商，真是自愧不如，佩服得很啊！」盧豫江頭也不回，重重地哼了一聲。盧豫海看了眼楊伯安，回頭對苗象天道：「今天晚上你們兩個就留在這裡，咱們好好聽聽他是怎麼報國報民的！」苗象天和楊伯安都是飽讀詩書之人，焉有不知「良臣不問皇家事」的道理？二人早想溜之大吉，無奈盧豫海發了話，只得遠遠站在一側。

盧豫海穩穩坐在大東家的太師椅上，對盧豫江冷冷道：「你說你讀過《孔子改制考》，我且問你，你讀得如何？」

「不敢說倒背如流，也是爛熟於心！」

「那你給我講講，書裡說了些什麼？」

盧豫江肅然道：「《孔子改制考》凡二十一卷，卷卷都闡述了康先生變法維新的淵源。康先生認為，天下大勢，不出三世之說：據亂世、昇平世、太平世。如今大清內憂外患皆至，國疲民弱，正是據亂之世，非變法不足以圖強，非改制不足以求富！」

盧豫海不無揶揄道：「祖宗之道傳承千年，豈是一朝一夕就可以改的？」

盧豫江猶自嘆道，「這都是後人被偽經欺瞞的緣故！二哥，自西漢末年以來，所謂四書五經，其實是劉歆為王莽篡漢而偽造的新學，康先生在《新學偽經考》中早已說得明白！這些偽造的新學，湮沒了孔子的『微言大義』，乃是一部徹頭徹尾的偽經，禍害了華夏多少年，跟汙泥濁水沒什麼不同！二哥說祖宗之制不可變，殊不知萬世尊崇的孔夫子本人，就是變法改制的始作俑者！二哥，孔夫子根本不是什麼『大成至聖先師』，這是後人牽強附會之說。孔夫子者，改制之聖王也！」說到興奮處，他大聲背誦道，「夫兩漢君臣、儒生，尊從春秋撥亂之制，而雜以霸術，猶未盡行也。聖制萌芽，新歆遽出，僞左盛行，古文篡亂。於是削移孔子之經而爲周公，降孔子之聖王而爲先師。公羊之學廢，改制之義湮，三世之說微，太平之治，大同之樂，暗而不明，郁而不發……」

盧豫海微微冷笑，接下去道，「……我華我夏，雜以魏晉隋唐佛老、詞章之學，亂以氐羌突厥契丹蒙古之風，非惟不識太平，並求漢人撥亂之義，亦乖剌而不可得，而中國之民，遂二千年被暴主夷狄之酷政。耗矣，哀哉！」盧豫海說完，咯咯一笑道，「老三，你背的不是《孔子改制考》的序言嗎？要不要我再背一段給你聽聽？」

祖先堂裡異常安靜，盧豫海的聲音雖然不大，三人卻聽得清清楚楚，不只是盧豫江，就連苗象天和楊伯安都是一驚。《孔子改制考》成書於戊戌年初，這半年來盧家老號大變連連，盧豫海處理老號事務已忙得昏天黑地了，他哪來的功夫去背這等閒書？盧豫江呆呆道：「二哥，你也看過康先生的書嗎？」

「不但看過，而且敢說自己倒背如流！你敢嗎？」盧豫海盯著他，毫不客氣道，「你才識了幾個字，讀了幾天書，就敢在眾人面前炫耀？談什麼是新學、什麼是僞經！我再問你，變法二字從康有爲嘴裡出來，是什麼時候？你不知道了吧？我告訴你，光緒乙未年，康有爲率十八省舉子給皇上上書，主張『拒和、遷都、練兵、變法』，建議皇上『下詔鼓天下之氣，遷都定天下之本，練兵強天下之勢，變法成天下之治』。這是康有爲第一次公開提出

『變法』二字，你那時才十四歲，還是個孩子！」盧豫海見弟弟被自己說得啞口無言，便放緩了語氣道，「豫江，當著列祖列宗的面，你平心而論，二哥在你讀書上花了多少心思？盧家是經商之家，素有正統豫商之稱，『尙中庸、重家教、積陰德』是豫商的古訓！我讓你讀書識字，一則可以考取功名，封妻蔭子，爲祖上增光；就算屢試不第，也可以修養性情，熏陶志向，磨礪品行，一旦懂得陰陽五行之道，通曉山川河流之路，即便經商也是底氣十足！這次送你到景德鎭歷練，就是因爲我知道那裡是洋務盛行之地，有心讓你多學些有用的東西！可我萬萬沒想到，你在那裡居然成了康有爲一黨！一肚子離經叛道，滿腦子歪理邪說，你對得起列祖列宗嗎？」

盧豫江有些心虛，知道這第一回合自己是敗了，但兀自嘴硬道：「可二哥想想，康先生說『養民之法：一曰務農，二曰勸工，三曰惠商，四曰恤窮』，他還說『以商立國，可侔敵利』，這跟二哥講的『掙洋人的銀子』難道不是一回事嗎？可見他是重視我們商人的！這樣重商的觀點難道也是歪理邪說？」他清楚和盧豫海鬥學識自己贏不了，便從「商」字上做文章，以爲這是「以子之矛攻子之盾」，發動了第二回合的論戰。

盧豫海失笑道：「看來你今天非要同二哥我打擂臺了！好吧，我再問問你，你讀過魏默深先生的《海國圖志》嗎？你讀過曾國藩的《曾文正公集》嗎？你讀過張之洞的《勸學篇》嗎？你讀過馮桂芬的《校邠廬抗議》嗎？《海國圖志》講究『師夷長技以制夷』，商無疑是洋人的長處；曾國藩是你說的『僞經』大師了，可梁啓超說他『立德、立功、立言三不朽，其成就震古鑠今而莫與競者』！《勸學篇》主張『中學爲體，西學爲用』，其《外篇》的第十五篇是什麼？名字就是《農工商學》！至於《校邠廬抗議》，通篇都是講如何『自強』，馮景亭先生說大清『人無棄才，不如夷；地無遺利，不如夷；君民不隔，不如夷；名實必符，不如夷』，這四條涵蓋了科舉、用人、通商、政體四個方面，比康梁強出百倍……而這些人的著作，無一不是立足於你說的『僞經』之上，且諸如重商、爭利的說法，在裡頭都找得到！難道你僅僅憑著『以商立國，可侔敵利』這八個字，就一頭拜倒在康有爲門下了？真是可笑！」

這些著作盧豫江也聽過，哪裡知道盧豫海竟是通曉於心，出口成章？他不由得汗流浹背，怔怔地跪在地上。苗象天見狀過來扶起他，笑道：「三爺，你二哥讀的書比你多呢！說起生意，三爺你更不是大東家的對手，別再自討沒趣了。」盧豫海卻笑著道：「讓他說！讓他把所有的疑慮都講出來！我不能眼睜睜看著自己的親兄弟受文賊亂臣的蒙蔽，成了個書呆子！」

盧豫江兩陣皆輸，本想就此罷手，卻猛地聽見自己崇拜之人被說成「文賊亂臣」，當下便忍不住道：「二哥，我承認你讀書比我多，生意上的事情我更說不過你。你就是罵我書呆子，我也不反駁，誰叫你是我哥呢？可康有爲、梁啓超學問精深，融會中西，天下無人不知！就連在皇上面前，也是相當受器重之人。怎麼到了你嘴裡，就成了『文賊亂臣』？弟弟我心裡不服！」

「我就知道你不服。我問你，我剛才列舉的那些書，你讀過嗎？沒有吧？你爲什麼不去讀？是因爲一部《新學僞經考》？是因爲你覺得此前學的都是僞經，康有爲之外的著作統統不値一讀？再加上康梁行文恣意汪洋，蠱惑人心。你們這些自命不凡的年輕人不求甚解，但求讀來痛快，尊其人爲聖賢，奉其言爲圭臬，信其書爲典範，還會再讀別人的書嗎？康有爲以天縱之才，借門徒之力，糾合各類材料，運用各種手段，大膽假設、穿鑿附會等文人不屑之技巧，無所不用其極！洋洋灑灑，滔滔雄辯，大有順之者昌，逆之者亡之勢。此等宣揚一家之言，阻斷讀書人進取之心的人，算不算文賊？幾個書生蒙蔽皇上，輕言變法維新，算不算亂臣？」

盧豫江卻搖頭道：「二哥，康先生如今在軍機處，位居國之中樞，又有皇上的支持，明詔全國變法！日本明治維新以來，國力富強，是近在眼前的例子！如今變法已是大勢所趨，弟弟就算是學了康梁之法，也是順勢而爲。」

「荒唐至極！」盧豫海連連嘆道，「你到底還年輕啊！我自經商以來，牢記豫商『若即若離』的古訓，跟官場打了快二十年的交道，難道還用你來跟我講什麼是『順勢而爲』？你看似振振有詞，其實什麼都不懂。大清積弊已久，單單一個『重農抑商』，千百年來皆是如此，豈是一夜之間就能扭轉的？就像一個將死的老漢，你給他下虎狼之藥，藥是不錯，可老漢他禁得起嗎？苟延殘喘還有個七八天可活，一吃藥當晚就一命嗚呼了……從四月二十三《定國是詔》頒布下來，到今天才十幾天，下了多少道上諭？整整十三道！如此急迫，如此操切，根本不是圖大事、圖長遠的做法！日本人變法用了多少年？兩代天皇，幾十年的功夫！治大國如烹小鮮，欲速則不達，這是多淺顯的道理，可康有為就是不懂。靠著一個毫無實權的皇上，幾個手無寸鐵的書生，還妄談什麼變法？你知道我今晚為何突然大怒，是因為你一言不慎，已經把盧家推到懸崖邊上了，滿門抄斬的大禍就在眼前……」

這下連楊伯安也無法再保持沉默了，忙道：「大東家何出此言？三爺不過是一時興起才這麼說的，眼下舉國都在說變法、維新，為何盧家就要面臨災難呢？」

「如不出我所料，康梁的變法多則一年，少則半載，必定是一敗塗地的結局。你們想想，《定國是詔》發布的第二天，皇上就廢除了科舉！天底下寒窗苦讀的學子士人，圖的就是一朝金榜題名，如今所有希望化為泡影，他們會答應嗎？還有，皇上對阻撓變法的人一律嚴懲，不問帝黨后黨，不管親疏遠近，四處樹敵，官場上無不怨聲載道。士人乃國之根本，官員乃國之重器，兩個都得罪了，變法能成功嗎？說是舉國變法，真正動起來的除了湖南巡撫陳寶箴，一十三省的督撫還有誰？都是在敷衍了事。等到局面不可收拾的時候，舉國清查奸黨，朝廷大開殺戒，而老三你連康梁的面都沒見過，無非是讀了他們幾本書，值得為了他們把全家的性命都賠進去嗎？你就不會想想，剛才堂下坐的有沒有董克良的眼線？萬一被董克良知道此事，你還有活路嗎？盧家背上個窩藏奸黨的罪名，還有活路嗎？圖一時口舌之快，鑄萬難挽回之錯，你就不能閉上你的嘴！」

盧豫江被他說得抬不起頭來，聽到最後幾句，他猛地抬頭道：「二哥，禍是我闖的，我一人去背就是！」

「你想得簡單，董克良會讓你一人扛下這個大罪嗎？他恨不能食盧家人之肉，剝盧家人之皮！我爲人處世謹小慎微，即便如此仍難保不被人抓住把柄，你倒好，當著幾百個人，大談什麼變法維新。這是把全家的性命往董克良手裡送啊！董克良朝思暮想而不可得的事，你倒是慷慨，一股腦兒全替他做了！」

盧豫海急促地在祖先堂踱步，三人都看著他。盧豫江這才明白自己惹了多大的禍，急得語帶哭腔道：「二哥，那你說我該怎麼辦？」

「你病了！而且是風癱之症！」盧豫海遽然駐足，斬釘截鐵道，「老苗，這件事你去安排。我要讓神垕鎮所有人都知道，盧家的老三在歸途中染了風癱，口不能言足不能行，從戊戌年五月端午這天就再沒出過家門！」

「大東家放心，象天知道該如何做！」

盧豫海轉向楊伯安道：「老楊，你不是跟匯昌洋行的詹姆斯很熟嗎？你給他去封信，就說大東家的親弟弟想出國留學，讓他盡速幫忙辦理一切手續，花多少銀子都由他！」

「此事容易，伯安這就去辦。」楊伯安猶豫道，「只是，三爺倉促之間出國留學，老夫人會答應嗎？」

「娘若是要老三的命，就是再不願意也得答應！」

盧豫江聽得如墜五里霧中。他剛一聽到要他抱病不出，心裡就慌了，後又聽到要讓自己留洋，那可是他多年來夢寐以求，卻數次被盧王氏嚴詞駁回的事啊！他不由得顫聲道：「二哥，你、你究竟是……」

「《三國演義》裡姜維避禍一回，難道你不記得了？不怕一萬，就怕萬一啊！」盧豫海彷彿忽然蒼老了許多，他默默地走到盧豫江身邊，拍拍他的肩頭道，「你的心思，二哥都明白。變法維新本身的確是好事，也的確迫在眉睫，可讓康梁這夥不食人間煙火的書生去辦，好東西都生生弄砸了。他們他娘的太心急了，秀才造反十年不成，他們怎麼就不知道自己建立軍隊呢？就憑手裡一枝筆，臉上一張嘴，就能扭轉乾坤？皇上雖然親政了，可大權，尤其是軍權還在老太后手裡啊！直隸總督榮祿的天津新軍，領頭的是咱河南老鄉袁世凱，他隨便派出一百枝毛瑟槍，抵得上一千道上諭！官場之間爾虞我詐，一遇禍事彼此傾軋的例子多了，當官的他娘的沒一個好東西！董克良一旦買通了貪官，扣你一個康黨的帽子，要弄死盧家並不是誇大其詞！老三，你不是笨人，好好想想二哥的話。年底之前你就去英國，眼下好好在家孝順孝順咱娘，娘那裡你不用擔心，由我去說……如果變法維新大功告成，就算是二哥我看走了眼，可你留洋一回也可成爲一員維新派幹將；如果失敗，你也好藉此機會靜下心來檢討其得失，探求其原委，領悟其教訓，爲今後做準備。」

說到這裡，盧豫海鬆快地一笑，攬著呆若木雞的弟弟，親熱道：「走！回我書房，這裡太暗了，讓人喘不過氣來。說實話，剛才我的話也有些過了，其實康有爲還是說了些有道理的話，比如他說『且夫古之滅國以兵，人皆知之，今之滅國以商，人皆忽之。以兵滅人，國亡而民猶存，以商滅人，民亡而國隨之。中國之受弊，蓋在此也……』。幾千年來，還沒人像他那麼重視商人呢！」

盧豫江激動道：「這正是我的志向！二哥，我出國留學，要學也是學商科！」

「只要不是學女人科就成！我在煙臺見過大洋馬，他娘的風騷呢！」說著，他轉頭看了看楊伯安，道，「不信，你問問老楊，他可是……」楊伯安臊得面紅耳赤，連聲道：「大東家口下留情、口下留情！」

兄弟倆大笑著離開了祖先堂。苗象天和楊伯安相視苦笑。苗象天笑道：「老楊，你去給你的詹姆斯寫信吧，給什麼大洋馬寫信我也不管，我還要給三爺找郎中看病呢！」楊伯安卻笑不出來，皺眉道：「難道董家在盧家真有眼線？再說了，眼下全國都在變法，爲何大東家一口咬定變法不長久呢？」

戊戌二字缺一筆

在苗象天的精心安排下，盧家三少爺盧豫江得了風癱之症，不能出門的消息，迅速傳遍了神垕。與此同時，盧豫江在盧王氏壽筵上鼓吹變法維新的事，也通過各種途徑傳到了董克良耳裡。董克良在心機謀略上並不遜於盧豫海，略微分析便得出了結論：盧豫江是裝病避禍，看來盧豫海已經斷定這變法維新遲早會落敗。想到這裡，他不由得冷笑道：「老詹，你說這件事該如何處置？」

老詹已是七十多歲的人了，前後伺候了董振魁、董克良兩代大東家，對董盧兩家的恩怨瓜葛了如指掌。老詹咳了幾聲，乾笑道：「只要大東家肯定皇上的變法成不了，那盧家可就大禍臨頭了！」

「變法自然是成不了的。」董克良微微一笑，「我只是拿不定主意，如何借題發揮而已。千秋，你有什麼辦法？」

詹千秋是老詹的大兒子，今年五十歲了，跟他爹一樣，也是自幼在董家做事。老詹年邁不堪重任以來，董克良刻意帶著詹千秋走南闖北，辦分號、闖碼頭，發現他腦袋靈活，點子層出不窮，便把他留在身邊，在圓知堂裡做了管家，協助父親老詹理事。詹千秋跟父親年輕時的魁偉豪邁迥然不同，生得瘦小乾枯彎腰駝背，甚至帶著些猥瑣之相，連老詹都不是很喜歡他。

可董克良偏偏對他青睞有加，這兩年生意上的重大決策都讓他參與。詹千秋早在肚子裡盤算好了措詞，待董克良一問，便道：「辦法是有，只是不知道大東家想要做到哪一步？」

「哦？」董克良饒有興致道，「那你就說說看，有什麼方法？」

「第一、河南新任巡撫裕長的哥哥裕祿，是當今軍機大臣、禮部尚書，深得太后賞識，手握中樞大權。大東家可以透過裕長打聽朝中局面，伺機而動。當然，裕長是個大貪官，少不得要花銀子疏通。第二、密切留意盧家煙號的動向。以盧豫海心機之深，他明白一旦變法失敗，舉國誅殺維新黨，國內是待不下去的，他們在煙臺經營多年，要送盧豫江出海避禍的話只能走這條路。第三、如今各省都在簡拔維新人才，這個差使是學政管的，而豫省布政使連逢春兼管了學政，又是咱們用銀子餵飽了的。咱們不妨讓他先下個徵召的文書，大模大樣地送到盧家去。就算盧老三稱病不出，就算他跑到國外避禍，盧家這個維新黨的帽子怕是摘不掉了！只是大東家又得花一筆銀子。」

老詹皺眉道：「前兩個法子還算穩妥，最後一個簡直是荒唐！變法維新在各省如火如荼，若是真讓皇上變法成功，維新黨如日中天，成了中興大清的功臣，咱無異是花銀子白白送給盧家一個天大的人情啊！此計斷不可行！」

董克良笑道：「老詹，你多慮了。依我看，變法根本成不了！」

老詹睜大眼睛道：「大東家為何如此確定？」

「只憑『戊戌』二字便知道了！」董克良狡黠地看著他，提筆寫了戊戌二字，又在一旁寫了個成字，笑道，「老詹你看，『戊』字也好，『戌』字也好，與成功的『成』字僅差一筆，但這缺的一筆就要了變法的命！變法者，要撼動國家根基，偏偏趕在這倒楣的戊戌年，豈不是天意不許其成功嗎？六十年一個輪迴，道光十八年是戊戌年，那一年道光爺決心查禁鴉片，讓林則徐林大人遠赴廣州，結果怎樣？開創了割地賠款之先河！自康雍乾盛世過去後，上一個戊戌年皇上沒做成什麼大事，這一個戊戌年也做不成！」

老詹覺得他說的不無道理，但畢竟有些牽強附會。康熙五十七年、乾隆四十三年都是戊戌年，可也是歌舞昇平的太平景象啊！他看董克良心意已定，知道再說也無用了，便道：「大東家若真要以此對盧家下手，還要提防一個人。」

「你說的是盧豫川吧？」董克良笑道，「他一個將死之人，能有什麼作爲？我知道你擔心的是什麼，你怕盧豫江一走，盧家除了盧豫海，還有個能出來頂罪的盧豫川。按理說，長房長子替兄弟領罪，也說得過去。但你別忘了，盧家只要敢送走盧豫江，就是窩藏縱容亂黨的大罪，是要誅九族的，盧豫川就算有心出來做個替死鬼，也是無法啊！」

老詹躊躇了半晌，還是把真實的想法說了出來，「大東家，你想爲老太爺和大少爺報仇雪恨是沒錯，但你想過沒有，盧家的二少奶奶關荷可是、可是咱們董家的人啊！她還是您的外甥女呢！」董克良臉色遽變，陰沉地看著他。老詹硬著頭皮道，「大東家，大小姐董定雲……不知所終，關荷是大小姐唯一的後人，就算是盧豫海該死，關荷助紂爲虐也該死，可大東家就不怕眾人議論，說大東家不顧親情嗎？當年關荷身世暴露，老太爺孤身一人去赴她的婚宴，一出手就是兩萬兩的陪嫁！老太爺難道不知兩家的仇怨嗎？大東家，人言可畏啊！萬一名聲有損，往後還怎麼做生意，見商伙？老漢今年七十多了，這些話聽起來不順耳，但句句都是老漢的肺腑之言，懇求大東家三思！」

董克良默然良久，道：「覆巢之下焉有完卵？盧家遭難，關荷勢必會受連累……老詹，你說得對，關荷是我的外甥女，可這麼多年來，她認過我這個舅舅嗎？即便是我對她下手，也是她理虧在先！」

詹千秋看了看父親，又看了看董克良，笑道，「大東家何以有這婦人之仁？當斷不斷，必受其亂。眼看唾手可得的買賣爲何不做？」他沒有理會父親的眼色，兀自道，「官府真追查下來，大不了咱跟裕長和連逢春說好，私自把關荷保下來就是。盧家首犯問斬，從犯流徙，百十個人的流放隊伍，走到半路上把關荷弄回來還不容易嗎？火到豬頭爛，錢到公事辦。裕長貪得無厭，做這等事再拿手不過了！」

董克良沉思了半天，看得出他的心情如濃墨般深沉，許久，才聽他喃喃道：「銀子，說來說去還是銀子……千秋，我給你三十萬兩，你全權操辦此事。你記好了，盧豫海的人頭我要，關荷的性命我也要保下來。大哥無兒無女，大姐只有這個丫頭，關荷要是死了，我身邊就一個親人都沒了……」董克良說到這裡，身子輕輕一晃，彷彿瞬間變成一個巨大的冰塊，陣陣刺骨的寒意從他身上襲來。老詹父子拱手告退，董克良眼中閃過一抹難以名狀的神色，忽地叫住了他們，壓低嗓音道：「除了關荷，陳司畫的命，也不能出什麼差錯……」

河南巡撫裕長四十多歲，剛從四川調到河南。他年紀輕輕就能做到一省巡撫，一來是靠祖上軍功，二來是朝中有做軍機大臣、禮部尚書的哥哥裕祿撐腰。故而官做得雖大，對於政事卻不在行。四月以來，皇上層出不窮的新政弄得他頭疼不已，只得不時把藩臺連逢春、臬臺曹利成兩位大人召入府裡商議對策。這天，他又接到了皇上嚴斥他辦事不力的朱批，嚇得他立即派人請連、曹二人。不多時曹利成氣喘吁吁地到了，一見他就道：「開封書院的書生鬧事，把貢院大門都堵了，老連兼著書院總教習，已經去勸他們安心讀書，今天怕是來不了了！撫臺這麼急著召見，可是皇上又有新政了？」

裕長彷彿看見救命稻草，忙道：「老曹你先坐下，喝口水再說！」

曹利成道了謝，啜了口茶道：「撫臺大人，有什麼新政您就說吧！連科舉都敢廢了，咱們這位皇上還有什麼制度不敢改的？總不會真聽了康梁的話，要建什麼議會吧？」

「那倒沒有。」裕長愁眉苦臉道，「昨天一口氣來了八道上諭，今天真是破天荒了，居然一道新政都沒下來！只來了個朱批，還是明發的，看來皇上是惦記咱們了！」

曹利成接過去一看，失聲笑道：「撫臺大人別放在心上，如今一十三省除了湖南的陳寶箴，有幾個督撫沒被皇上罵的？沒明發撤職就不錯了！無非是埋怨咱們沒有推薦維新人才而已。」

「還而已呢！老曹，你得給我出個點子，蒙一蒙皇上才好！」

曹利成不以爲然地笑道：「皇上本來就好蒙，如今又被新政弄昏了頭，蒙起來更是容易！按我說，撫臺大人不妨上個摺子，說河南孔孟之道傳承千年，讀『僞經』的書生大有人在，但懂變法維新的需要慢慢去找。皇上親自主持變法維新是大事，底下的人不敢怠慢，那些一頓飯功夫就能弄來一大堆的人，能用來維新嗎？」

「誰說沒有？你在禹州做過知州，那個神垕盧家，你不知道嗎？」

曹利成萬萬沒想到裕長會問這個，驀地謹慎起來，斟酌道：「禹王九鼎就是盧家燒造出來的，盧家對朝廷立有大功，卑職焉能不知？」

「你別一口一個卑職的，咱哥倆是什麼關係！」裕長呵呵笑道，「他們家就出了個維新人才，在他母親壽筵上大談變法維新的好處，此人難道不可用嗎？」

曹利成立時汗流浹背。五月端午那天，曹利成派了管家去給盧王氏祝壽，管家一回來就向他稟告了此事。曹利成久居官場，聞言嚇得不輕，立刻去信給盧豫海，告訴他國事無常，讓他有所提防。盧豫海的回信說得清楚，已經做好了讓老三出國避禍的準備。即便如此，曹利成每每想起這事還是心驚膽跳。盧玉婉和曹依山的親事定了多年，盧玉婉也將滿二十歲，要不是盧維章突然病故，兩人的喜事早就辦了。本來兩家說好了一過年就讓盧玉婉進門，可中間又插了盧豫江的事，這不是好事多磨嗎？

曹利成定了定神，笑道：「撫臺說的是盧豫江吧？唉，此人倒有幾分才氣，可惜他得了風癱之疾，怕是難以重用啊！」

裕長疑惑道：「怎麼，老曹你跟盧家很熟啊？」

曹利成不知他是有意裝蒜還是真不知道，只得實話實說道：「不瞞撫臺大人，盧豫江的妹妹盧玉婉，就是犬子未過門的媳婦。前幾天盧家還要我在開封府尋名醫給他們老三治風癱呢，我豈能不知？」

裕長騰地站起身，目瞪口呆道：「果真如此？壞了，壞了！」

曹利成驚道：「撫臺大人，出了什麼事？」

裕長連連跺腳道：「老曹，你跟盧家這層關係怎麼不早說？我正愁沒維新人才應付皇上，已經派人給神垕下了鈞令，召盧豫江來開封面試了！」

「什麼時候走的？」

「一個時辰了！」

「那、那我這就派人去追！」

曹利成面如土色，大步走出房門，對自己帶來的隨從大聲說了幾句，隨從立刻轉身飛奔而出。曹利成臉色煞白地回到正廳，兀自喘息不止。裕長寬慰他道：「老曹，你放心，既然是你親家，不管將來有什麼變故，我都保盧家沒事！」

曹利成忙道：「謝撫臺大人！敢問向大人推薦盧豫江的，是老連嗎？」

「沒錯！老連兼管了學政，舉薦士人是他的本分。」裕長猛地想起連逢春和曹利成素來不和，便道，「老連也未必知道你和盧家的關係，你不要想太多！雖然你我都看得清楚，變法不長久，可老連這麼做也合乎朝廷眼下的意思，你又能挑出什麼毛病來？你放心，這件事我管到底了，老連那邊我去說。我在河南全靠你們倆幫助，少了誰都不成！」

曹利成抽動著鼻子，眼眶泛紅道，「唉，撫臺大人哪，您剛到開封府，河南官場的事您只知其一，不知其二。老連在馬千山那時候就是布政使，從二品的官；我從從五品的知州做到正三品的按察使，老連原地不動，還是從二品！您說，我以前是老連的屬下，如今我升官他不動，老連能容得下我老曹嗎？這幾年我處處躲著他，結果他還是容不下我！撫臺大人容稟，這神垕鎮有兩個大家子，一戶是盧家，一戶是董家，兩家的恩怨幾十年了。董家的大東家董克良，跟老連的兒子連鴻舉是拜把弟兄，不然老連就算真有千里眼、順風耳，又怎麼偏偏會知道神垕有個盧豫江，還在他娘的壽筵上大講維新變法呢？這裡頭有玄機啊！」曹利成見已經說開了，索性繼續下猛藥，「撫臺大人，老連這一手真陰險哪！他是一省學政，又是藩臺，無論是徵求賢良還是撫安民政，都是他職責所在。區區一張招賢帖子，他自己就能發，何必要煩勞撫臺大人下鈞令呢？」

裕長多少聽出了些蹊蹺，不由得大怒道：「他娘的老連，難道是給我下套不成？」

「正是！」曹利成心中暗喜，臉上卻滿是義憤，「撫臺大人、老連和我，咱們三人日夜商議皇上的新政，都知道眼下不是新政可行之時，只要太后老佛爺不發懿旨恩准，多少新法都是一紙空文！老連要您下鈞令召集維新人才，看起來是讓您在皇上面前露臉，其實只要老佛爺一出來，您在老佛爺那裡就會碰一鼻子灰啊！眼下的情形再清楚不過，老連看中的怕不是我這個正三品的臬臺，或許是您的巡撫之位啊！」

話說到這個分上，就是再愚鈍的人心裡也該雪亮了。裕長氣得拍案大罵不止。曹利成又道：「撫臺大人鈞令已出，巡撫衙門、學政衙門肯定會留檔案，學政衙門是老連的地盤，別人水潑不進，這就是他夢寐以求的把柄啊！不瞞大人，我已經告訴盧家的人，讓他們迅速送盧豫江出國留學，以避風頭！」

「做得好！」裕長大聲道，「此事務必做得神不知鬼不覺，不能讓老連得到一點風聲。」

曹利成這才放下心來，又跟他沒話找話地議論了半天，就是不肯離開。裕長知道他的心思，便笑道：「老曹，你忙你的去吧。等鈞令追了回來，我立刻讓人通知你，當著你的面燒毀，你看如何？」

「既然如此，卑職就告退了。」曹利成見心思被他點破，只好告辭出去。他滿腹心事地離去後，一個幕僚從側室出來，道：「撫臺大人，您真的打算燒毀那道鈞令嗎？」

裕長微微冷笑了幾聲，道：「一個連逢春，一個曹利成，都把老子當猴耍！哼，老虎不發威當我是病貓……鬼才會燒了那鈞令！我正愁沒東西制曹利成呢，這下倒好，自己送上門來了！」

曹利成回到自家書房，才感到汗溼重衣。剛才他和盧家算是在鬼門關前走了一遭，可謂九死一生啊。雖然暫時化解了危局，不過沒能親眼看見鈞令被毀，他心裡多少有些不安。裕長這個人雖然看起來糊塗，可在大事上從來不馬虎，誰能保證他會對自己言聽計從呢？自己栽贓給老連，老連自然也能栽贓給自己，萬一裕長信不過自己，把鈞令扣在手裡當作日後要挾的手段，那可就糟了！想到這裡，曹利成再不敢拖延，立刻寫了封密信，讓人快馬送給盧豫海，催促他盡快送盧豫江出國，也把開封府裡自家的難處講了一遍。盧豫海接到密信，心裡暗暗叫苦，馬上就去後宅求見老娘。

盧王氏對那天盧豫海的攪席深感不滿，盧豫海幾次來請安，都不許他進門。最後還是禁不住關荷和陳司畫的苦勸，才讓他進來的，劈頭就是一頓好罵。盧豫海也不反駁，待老太太氣消了，才一臉鄭重地把老三惹下的禍說了一遍，最後道：「娘，如今就是這個局面。要不讓老三出國，要不全家一起等死。老三出去了，就算盧家躲不過此劫，好歹在外頭還有一脈香火。娘要是捨不得老三，那就大家一起死了吧！」

盧王氏聽得瞠目結舌，驚道：「真會如此嚴重？」

「盧家幾次遭難，不都是因爲朝廷嗎？娘，事不宜遲啊，一旦風聲丕變，老三就是想走都走不了了！」

「咱老親家是豫省的臬臺，也保不住盧家？」

盧豫海真的急了，大聲道：「娘，盧家成了窩藏奸黨的要犯，你以爲曹利成還會讓玉婉進門？這些當官的只想著保官撈錢！到時候玉婉想嫁也嫁不出去，成了望門寡，那豈不是毀了她一輩子？」

盧王氏心下大亂，慌張道：「要走，你們倆都走！還有豫川，你們兄弟三個帶著廣生和廣綾一起走！我們幾個娘兒們留在家裡，看朝廷能把我們怎樣！」

盧豫海哭笑不得道：「娘，豫江可以走，大哥也可以走，但我能走嗎？老號這麼大的產業，我一走還不是樹倒猢猻散？」

盧王氏淌淚道：「我當初就不想讓老三去什麼景德鎮，你不聽！怎麼，上了賊船了吧？上船容易下船難哪！蘇茂東那個老王八蛋怎麼管老三的，那天還跟我吹噓呢！你把他叫來，我不當面罵他一頓，難解我心頭之氣……」

盧豫江留洋之事最大的阻礙就是盧王氏，眼下她也不得不點頭應允，接下來的事就好辦多了。煙臺滙昌洋行的詹姆斯很樂意幫這個忙，回信說他七月底八月初要回國探親，可以讓盧豫江扮作隨從一道赴英。盧豫江自然是迫不及待，但盧王氏一心要他過了八月十五再走，盧豫海再三勸說，老太太只是流淚不許。盧豫海萬般無奈下只好瞞著老太太送走了盧豫江，對外聲稱楊伯安送三爺去開封府治病，實際上田老大早在開封等候了，一接到盧豫江立即走河路入山東，一路馬不停蹄送到了煙臺。八月初五那天，盧豫海接到弟弟從煙臺打來的密電，只有三個字：弟走矣。

盧王氏這才知道盧豫海兄弟倆竟瞞天過海，將自己這個老太婆蒙在鼓裡，喜孜孜地準備八月十五一家團圓！當下放聲痛哭，水米不進，竟要絕食自盡。盧豫海還沒勸幾句，老太太就哭道：「豫江這一走，我這輩子算是見不到我家老三了，我活著還有什麼意思？走就走，非得這麼急嗎？臨行前連句交代的話都不讓我說！再過幾天就是八月十五了，連中秋節都不讓團圓！」盧豫海也是哀傷不已，只能陪著老娘一起哭，一起絕食，跪在門外懇求老娘原諒。

盧家老號老夫人、大東家母子一起絕食，誰還敢生火煮飯？初六那天，關荷帶頭沒用膳，陳司畫領著兩個孩子不甘示弱，也斷了炊，全家人一個個都傻了眼，只得紛紛照辦。從初五晚上到初七上午，上至盧王氏和盧豫海，下至看門老漢，都是整整一天多沒吃飯！除了盧廣生和盧廣綾實在熬不住，由晴柔帶到沒人處悄悄吃了兩塊點心，其餘的人大多餓得頭重腳輕了。

苗象天就是在這個時候闖進鈞興堂的。老平強打起精神道：「老苗，你這麼慌張幹什麼？」苗象天急得嗓子都啞了，道：「大東家呢？」「在後宅老太太院子裡跪著呢！」

苗象天跑出幾步，又折回來，納悶道：「大東家怎麼又得罪老太太了？」

「還不是三爺的事？老太太捨不得三爺走，非要過了中秋，大東家瞞著她送走了三爺。這會兒，老太太發脾氣了，要絕食，全鈞興堂的人一天多沒吃飯了。幸虧您是上午來，要是下午來您就等著收屍吧！」

苗象天瞪了他一眼，「你也一把年紀的人了，說這不吉利的話幹什麼？告訴你，這封電報一送到老太太那裡，老太太立刻就會吃飯！」老平不解地看著他，苗象天笑道，「快去廚房吧，叫人點火煮飯！」說完，他一溜煙跑向後宅。

盧豫海果然在院子裡跪著，房門緊閉。盧王氏大概也餓壞了，連罵人的力氣都沒了，院子裡一片死寂。苗象天輕聲叫道：「大東家……」盧豫海渾身無力地哼了一聲，雙眼微啓道：「你看著辦吧，不行就跟老楊商議，還有懷英、廷保、柱裕他們呢。」苗象天忍住笑，道：「大東家，是京號和津號的急電，剛剛送到的。」

盧豫海身子一震，趕緊接過去。兩封電報上不過寥寥數語，卻讓盧豫海掃了一眼後頓時來了精神，騰地站起，又重重摔倒。苗象天趕緊扶住他道：「大東家，兩條腿跪麻了吧？慢點走！」盧豫海哪裡慢得下來，一瘸一拐地走到門口，朝裡面大聲道：「娘，您聽好了，朝廷下旨了！皇上因病無法治理朝政，太后老佛爺再次臨朝訓政，下令逮捕康有為、梁啓超等維新黨！幸虧老三走了，要是他還在神垕，說不定明天就有人來抓他了！」

話音未落，陳司畫就衝上來打開了門。盧豫海朝裡面一看，關荷坐在床邊垂淚，盧王氏病懨懨地靠在床上，道：「老二，你說什麼呢？」「娘，老三走得是時候！皇上，不，太后開始抓維新黨了，原來的新政全部作廢！京城已經戒嚴，見一個抓一個，統統難逃一死！」盧王氏驚得坐起身道：「真的嗎？老三呢？上船了嗎？」「老三初五的電報，已經上船出海了。娘放心，他坐的是英國人的商船，朝廷不敢查的。」盧王氏連連念佛道：「佛祖顯靈，菩薩保佑，讓我家老三逃過一劫啊！」關荷見她轉憂為喜，便抹淚陪笑道：「老太太，今天吃飯不？」盧王氏一時沒明白過來，納悶地看著眾人。陳司畫笑道：「老太太，您不吃飯，全鈞興堂的人都不敢動筷子，廣生和廣綾也兩天沒吃東西了，餓得直哭呢！」

盧王氏這才恍然大悟，氣得笑罵道：「你們……你們都是傻子啊？我不吃飯，你們怎麼不吃！我五六十歲的老太婆了，餓死就餓死了，廣生和廣綾才多大，讓他們陪著我老太婆挨餓？沒見過這樣狠心的爹娘，快讓廚房做飯去！」

光緒戊戌年八月十五終於到來了。神垕鎮一年裡春節、端午、中秋是三大節，跟往年的大操大辦相比，盧家這年的中秋佳節過得格外簡單，甚至是悄無聲息。全家人都還籠罩在化險爲夷的僥倖之中，只在後宅盧王氏的小院裡擺了一桌酒菜。畢竟是團圓之夜，盧豫海特意讓人把盧豫川和蘇文娟兩口子也請來。眾人都不解盧豫海此舉是何意，一家人惶惶不安、各懷心事地圍坐在一起。

這些天來，大事一件接著一件。八月初九，訓政的太后老佛爺下旨：礦務鐵路督辦張蔭桓、戶部侍郎徐致靖、維新黨人楊深秀、楊銳、林旭、譚嗣同、劉光第均先行革職，交步軍統領衙門，拿解刑部治罪。八月十三，朝廷不經審訊即處決了楊深秀、楊銳、林旭、譚嗣同、劉光第、康廣仁等六人，史稱「戊戌六君子」。八月十四，朝廷向全國下明詔宣示罪狀，聲稱維新黨人「包藏禍心，意圖不軌，前日竟糾結亂黨，謀圍頤和園，劫制皇太后及朕躬之事，幸經覺察，立破奸謀」。於是維新黨人的罪過從「結黨營私，莠言亂政」升格爲「犯上作亂，圖謀帝位」；原來的「小人奸臣」變成了「亂臣賊子」，這可是滿門抄斬的罪過！

這份電報傳到盧家，正是八月十五的夜晚。盧豫海看完電報，不動聲色地揣在懷裡，道：「娘、大哥、大嫂，今天盧家人除了豫江都在，剛才大家已經給娘見過禮了，現在我就說幾句話。」

眾人料到他會有這番話，都惴惴不安地看著他。盧豫川和蘇文娟互看了一眼，誰都沒說話。盧豫川顫巍巍掏出一串佛珠，不停地捻動著。盧豫海端起一杯酒，道：「剛剛接到電報，朝廷已對維新黨大開殺戒，罪名是『犯上作亂，圖謀帝位』。按老百姓的話說，就是殺皇帝造反！豫江幾個月前給盧家闖了大禍，雖然他已經走了，但董克良已把這件事捅到巡撫裕長那裡了。眼下還有咱們老親家曹利成曹大人多方周旋，估計問題不會太大，至多也就是抓個首犯，不會株連全家。」說著，他將杯中酒一飲而盡。

這番話如同一陣狂風，掃得眾人心頭大亂。盧王氏失聲道：「怎麼，終究還是逃不過嗎？」

「孩兒不孝，讓娘受驚了。我只是說恐怕。一旦官府上門要人，我是盧家族長，又是大東家，還是首犯盧豫江的親哥哥，出這個頭怕是非我莫屬。我今天請大哥大嫂來，就是為了說這件事。」

關荷和陳司畫身子一哆嗦，幾乎倒了下去，臉上剎那間沒了血色。盧豫海朗聲道：「豫海執掌盧家不到三年，生意上就不說了，就算有些作為，也全仗著老太爺以前打下的底子。家事上，我更是從未做過什麼，害得娘還要為家務瑣事操心，害得大哥重病之人，還要替我守孝。我盧豫海上對不起老太爺在天之靈，下對不起母親、兄長，眼下唯一能做的，就是替盧家挑起這副擔子。我想過了，官府把我抓走後，大哥和大嫂重新搬回鈞興堂來住。我看大哥身子好些了，就請大哥代我主持盧家老號吧。外面還有苗象天、楊伯安他們，估計出不了大亂子。家裡的事，有大嫂主持，關荷和司畫幫忙做些事情。萬一我能回來就好，如果回不來掉了腦袋，大哥就接任盧家族長和盧家老號大東家，繼續主持盧家老號，替我孝順老娘，照顧廣生和廣綾長大成人。」

其實盧豫海早料到朝廷不會放過維新黨，他也深思了多日，故而今天能從容不迫地道來。其餘的人卻如同聽到平地炸雷，個個都大驚失色。盧王氏呆呆道：「官府真要抓人嗎？要抓，把我抓去好了，我一個老太婆本來就沒幾天好活了，早死早去見老太爺！」關荷和陳司畫一起哭了出來，卻不知該說什麼。盧豫海笑道：「你們這是怎麼了？我再說一遍，我只是預防萬一！官府不是沒來抓人嗎？就算曹大人斡旋失敗，官府真的不放過咱們盧家，也不能讓老娘出面頂罪啊？盧家的男人還沒死絕呢……」

「正是。」一個淡淡的聲音響起。眾人許久沒聽到這個曾經非常熟悉的聲音了，不由得都是一愣。盧豫川停下撥弄佛珠的手，平靜道，「豫海說得對極了。盧家的男人還沒死絕呢！犯不著讓嬸子去頂罪。可大家都忘了嗎？盧家的男人有三個，老三去留洋了，除了老二豫海，還有我老大豫川啊！」

蘇文娟靜靜地看著他，臉上微微一笑。盧豫川緩緩道：「我這條命不值錢，兩年前就該死了，我一直沒死，一則是罪孽還沒贖完，二則是留著一條殘命，看能否爲盧家做點事。我跟文娟說過許多次了，我這條命是叔叔嬸子留下的，只要嬸子有難處，我就是拚死也要報答！豫江的事，文娟跟我說了。我當時就想，如果官府不放過盧家，我是長房長子，名義上又有盧家老號的一半股份，我去頂這個罪夠格了。今天我本不想打擾嬸子過節，但這些話我不能不對嬸子說，這才厚了臉皮來到這裡。不瞞大家，坐牢的東西我都帶來了。文娟——」

蘇文娟含淚從地上提起一個小包袱，顫手打開。裡面裝著幾件衣服，一本《地藏菩薩本願經》和紙幣、裁紙刀之類。盧豫川淡然道，「要說坐牢，我是盧家頭一個坐過大牢的，希望也是最後一個。」說著，他離座跪在盧王氏面前，一字一頓道，「若說豫川此生還有什麼願望，就是能代盧家頂這個罪，再無他求。請嬸子成全！」

蘇文娟跪倒在他一側，淒然笑道：「豫川的確有這個想法，希望嬸子成全他吧！」

接二連三的變故讓在座的人難以自持。關荷緊緊拉著盧王氏的衣角，陳司畫不停打著冷顫，盧玉婉木雕泥塑般呆坐不動。盧豫海大聲道：「大哥大嫂從不與人交往，是誰告訴他們的？是妳？還是妳？」他的目光凶狠，掃視著關荷和陳司畫。關荷驚恐地連連搖頭，陳司畫牙一咬，道：「是、是我那次到祠堂去，無意間……」

啪的一聲，陳司畫蒼白的臉上挨了一記耳光！她頓時傻了，難以置信地看著盧豫海。這件事的確是她思前想後決定的。她太了解盧豫海，也清楚事態一旦到了不可收拾的地步，盧豫海寧可自己出去頂罪也不會讓旁人受過。她刻意帶著盧廣生和盧廣綾去了趟祠堂，巧妙地把盧豫江捲入維新黨的事告訴了蘇文娟。以她的判斷，盧豫川定然會挺身而出，替盧豫海頂這個罪，事實證明她的判斷果然沒錯。但盧豫海的反應卻大大出乎她的意料。成親這麼多年，盧豫海連句重話都沒說過，更別提打她了。何況她這麼做，全是出自對他的一片摯愛，就算自己不該逼盧豫川出面頂罪，他也該明白這是她的真情所致啊……

盧王氏顫聲道：「老二！你瘋了不成！」

盧豫川再三磕頭道：「嬸子，這都是豫川的過錯！請嬸子讓二弟不要生氣了，這是我心甘情願的……」

盧豫海也被剛才這記耳光嚇到了，他顫抖地看著手，難道自己真的打了司畫？這怎麼可能……可她臉上的指痕，她渾身顫抖的模樣，她絕望的眼神，又告訴他這一切都是真的。盧豫海頹然坐下，思索了良久道：「大哥不用再說了，我還是大東家，盧家人都得聽我的！」

盧王氏摸著陳司畫的臉，啜泣道：「司畫丫頭，疼不疼？」陳司畫淒楚地苦笑道：「不疼……」盧玉婉再也忍不住了，哇地哭了出來，撲在關荷懷裡。關荷怔怔地看著盧豫海，輕手撫摸著玉婉的頭髮。

盧豫川扶著蘇文娟站了起來，淚水無聲地從眼角滑落，「嬸子、兄弟、妹妹，你們都別說了。前年的秋天，就是在這個院子裡，就是在那個房間裡，我拿著火槍，口口聲聲逼嬸子要祕法……這兩年來，我一直認爲我是個畜生，我不是個人。要說死，太簡單了。從刑部大牢裡回來，被馬千山的人遊街後，我就想死，是爲了文娟和她肚子裡的孩子，我才沒死；第二次，我在梁少寧的鈞興堂入了暗股，私自洩露盧家宋鈞祕法，叔叔發現後寬恕了我，我也想死，但我還想著爲爹娘報仇，又沒死；第三次，我買通土匪要老二的命，我對自己的兄弟豫江下手，我拿著火槍威脅孀子，我甚至下毒藥要毒死我的親叔叔！事情敗露了，叔叔又一次寬恕了我，我爲什麼還苟且偷生，爲什麼還不死呢？這兩年我研讀佛經，終於明白了，我是盧家子孫，我不該只圖自己解脫，而要爲盧家做點事……豫海，你是我看著長大的，我曾經想殺你，你也寬恕了我。我現在一無所有，除了這條命，我還能給盧家什麼？我是個男人，你是想讓我在千夫所指的罵名裡死去，還是想讓人在我死後，說一句『盧豫川還有點人性』呢？大哥欠你太多，這件事又要你爲難，大哥對不住你！」盧豫川輕輕拿過裁紙刀，放在自己手腕上，「豫海，你答應我吧，如果你今天不答應，我就死在這裡。」

盧豫川的聲音很輕，但他的態度如此決絕，如此不容置疑。蘇文娟痴痴地看著他，不知是心痛、是欣慰，還是莫名的哀怨。盧豫海痛不欲生道：「大哥，你要逼死我嗎？事情還沒到這個地步！你們都好好在家待著，我明天就去開封府，我就不信董家能使銀子，咱們的銀子就使不出去！」

豫省有官皆墨吏

盧豫海趕到開封府的時候，曹利成已經跟連逢春徹底翻臉了。朝廷讓各地督撫搜捕維新黨的詔令一個接著一個，裕長也奉旨行事抓了不少人，一律鎖拿進京，唯獨漏下神垕鎮盧家的盧豫江。連逢春當然知道盧家與曹家的淵源，卻裝作一無所知的樣子，當著曹利成的面一再提議到神垕抓人。裕長有心包庇盧家，便一味地推託敷衍。這天三人商議政事，連逢春剛說了幾句別的，又把盧豫江的事提了出來。裕長聞言連連搖頭苦笑。還沒等他說話，旁邊的曹利成已氣得按捺不住，冷冷道：「老連，你如此苦苦相逼，究竟所爲何故？要是覬覦我這個正三品的頂戴，我送給你就是！」

連逢春微笑道：「這就奇了！我官階比你還高，我覬覦你什麼？逢春只是提醒撫臺大人不要放過奸黨，怎麼變成逼迫老弟了？真是天大的冤枉啊！」

裕長笑著打圓場道：「都是自己人，哪裡來的逼不逼？老連，聽我一句勸，咱河南抓的維新黨也不少了，足夠交差。盧家的老三盧豫江已經不在大清國了，你去哪裡抓？這樣吧，如果盧豫江的確有維新黨的嫌疑，跑了他一個，盧家不是還有一大家子人嗎？聽說盧家很有錢，就讓他交點贖罪銀子算了。」

這是裕長和曹利成私下裡斟酌再三，才想出來的萬全之策。自太平天國洪楊謀反以來，軍費、賠款與日俱增，贖罪銀子是大清國庫的一項重要收入。只要不是犯了大逆不道的罪過，都可以拿銀子來贖罪，商賈之家破財消災的例子更是不勝枚舉。不料連逢春搖頭道：「撫臺大人，交銀子贖罪是有先例，可這是亂黨謀反的罪過，怕是銀子也不好使吧？」裕長一愣，只得道：「老連，你的意思是……」連逢春陰冷一笑，道：「盧豫江望風而逃，算是他命大。而盧家窩藏奸黨在先，放走要犯在後，這是什麼罪過？撫臺大人一意保全，可謂宅心仁厚，慈悲爲懷。但撫臺大人難道就不怕朝廷一旦追究下來，你我都吃不完兜著走嗎？撫臺大人或許不怕，我連逢春可是膽顫心驚！想當年太后老佛爺修頤和園遇上中日開戰，翁同龢老中堂奏請調撥修園的經費挪作軍用，老佛爺是怎麼說的？『今天誰讓我不高興，我就要他一輩子不高興』！結果呢，變法一開始，老佛爺就讓翁同龢開缺回籍，永不敘用！這是前車之鑒哪！」

裕長擺擺手道：「扯不到朝廷和老佛爺那裡！此事除了咱三個，還有誰知道？你不說，我不說，老曹也不說，朝廷怎麼會知道呢？」

連逢春看了看曹利成，怪笑道：「盧豫江是維新黨，知道的怕不止咱三個吧？」

裕長見他陰陽怪氣的，竟連自己的面子都不給，氣得哼了一聲，端起茶碗掩飾，卻發現茶碗裡空空蕩蕩的，他反手將碗摔在地上，話裡有話地罵道，「沒人長眼嗎？老子還沒被革職呢！」幾個小廝慌忙上來續水，收拾殘片。裕長兀自氣不過，一耳光打在小廝臉上，怒道，「你急什麼！等老子被人整倒了，你再著急去吧！」

連逢春沒想到裕長對自己的話如此敏感，一時也不知說什麼才好。曹利成趁機冷笑道：「連大人，你口口聲聲說盧豫江是維新黨，可有證據？」

「盧豫江當眾宣揚維新變法，親耳聽到的不下百人！」

「那連大人手上可有出面作證的人？」

「這個——自然是有，怎麼，曹大人不信？」

曹利成獰笑道：「既然連大人非要給盧家安這個罪名，也罷！利成身為臬臺，掌管豫省刑名事宜，這件事就交給我來辦吧。我即刻就去神垕，開出懸賞告示，凡是肯出面作證盧豫江宣揚變法者皆有重賞！可若是徒勞無功，連一個肯出面的人都沒有，連大人又該如何解釋？」

裕長聞言，立刻接口道：「老曹，我准你去！帶著老子的衛隊去，有敢誣告的，抓一個殺一個！」

連逢春深深吸了口氣。這個局面是他始料未及的。詹千秋對他信誓旦旦地說一定有人可以作證，但神垕是盧家經營了幾代人的地方，刑名問罪的事又是曹利成一手操辦，難保其中不生變數。而這個活寶巡撫居然一屁股坐在曹利成那邊，看來董克良千算百算，居然忘了給裕長送銀子！想到這裡，連逢春只好道：「曹大人肯親自去辦此案，自然是再好不過了。但曹家與盧家有婚約在先，曹大人理應迴避，派他人前往處置為好。」

「已經沒有婚約了！」曹利成咯咯一笑，道，「這是盧家和曹家毀婚的文書，連大人若是信不過，就拿去看看吧。」說著掏出一張紙來，啪地砸在桌上，一語不發，冷冷地看著連逢春。

裕長拿話敲打著連逢春道：「巡撫衙門、兩司衙門，都是一個槽裡吃飯的哥們兒，弄這齣戲幹嘛？老連，事情別做這麼絕，今後難道不共事了嗎？老曹肯大義滅親，這是佳話啊，我還打算上報給軍機處請旨嘉獎呢！」

連逢春知道此事若是就這麼交給曹利成，定會折騰個一年半載也沒有結果，既然已經撕破了臉，縱虎歸山絕不是好事。只好硬著頭皮道：「撫臺大人，這件事事關重大，我想陪老曹一起去神皇，請大人恩准！」

「這就不必了。老曹走了，我身邊就剩下你了，省裡這麼多事，你要我一個人幹嗎？」裕長也覺得他今天太過分了，越想越生氣，便索性道，「我知道你有專摺上奏之權，好吧，你就寫封密摺告訴皇上，告老曹包庇奸黨，告我不聞不問。反正我這個巡撫當得也窩囊，我哥哥來信說了好多次，要我回北京伺候老娘呢。」

連逢春嚇了一跳，忙道：「撫臺大人，此話從何說起？我是一心爲公，不敢徇私！」

曹利成冷笑道：「好一個一心爲公啊！連大人不敢徇私，卻敢收銀子嗎？」裕長一愣，緊盯著連逢春，眼裡冒出賊光。連逢春驀地一驚，怒道：「老曹你、你怎麼血口噴人！我收誰家的銀子了？今天你不把話說清楚，我跟你沒完，我、我要參你！」

曹利成不屑地看了他一眼，一語雙關道：「西家的銀子，東（董）家的銀子，怕是豫省的銀子沒有你老連不敢收的吧！連大人好好寫摺子吧，我老曹等你來參！」說著，怒氣沖沖地走了。

連逢春聽得心頭一陣慌亂，一副遭受奇恥大辱的模樣，對裕長道：「撫臺大人，您都看到了，老曹他……」

裕長瞪了連逢春一眼，埋怨道：「老連，老曹說你拿人家的銀子，我不信。可你也太得理不饒人了！你就不想想，你們倆這麼一鬧，上頭會怎麼看咱們河南官場？布政使跟按察使你參我我參你，我這個巡撫就是個窩囊廢吃白飯的，連手下兩司都擺不平？我的巡撫衙門只是個擺設？你回去好好想想吧。」說完便端茶送客。連逢春頭上冷汗迭冒，趕緊說了幾句好話，這才告辭出去。裕長的師爺跟上次一樣，又從側室鑽了出來，道：「撫臺大人，您真不相信連逢春拿了黑錢嗎？」

裕長陰森一笑道：「他不拿黑錢才怪！他跟老曹都拿了黑錢，老曹拿了盧家的錢，還知道送過來十萬兩。老連呢？瞧他那副不知收斂的嘴臉，最少拿了董家二三十萬，卻連個屁都沒孝敬老子！」說著，又把一個茶碗掃落在地。

曹利成回到家裡，盧豫海已經在內書房等候半天了。曹利成一見他就連聲嘆氣，把剛才發生的事講了一遍。盧豫海聽了也是一怔，脫口而出道：「連逢春收了董克良多少銀子，竟然如此露骨！」曹利成看了他一眼，嘆道：「幸虧老三走得早，不然如今海關都封了，就是他想走也走不了！唉，你主意那麼多，好好想想吧，看怎麼把連逢春給拿下來。」

盧豫海沉思道：「我原本打算使銀子打動連逢春的，看來是不行了……幸虧已經給了裕長十萬兩，看他的樣子，好像還沒拿到董家的銀子，就是拿了，也未必比咱的多……」

曹利成一針見血道：「希望不能全放在裕長身上。裕長拿再多，也不會跟連逢春翻臉。能不能扳倒連逢春，關鍵還是在咱們。」

盧豫海岔開話題道：「曹叔，您說董克良此計，最大的敗筆在哪裡？」

曹利成想了想，道：「唉，他算得太準，看似毫無破綻啊。」

「毫無破綻就是最大的破綻！」盧豫海笑道，「這次來開封府的路上，我就在琢磨，董克良這一手的確是天衣無縫，算是跟他老爺子學到家了，當年他們父子設計陷害我爹和我大哥的，也是一招連環計！曹叔您想，盧家出了維新黨，要不滅族，要不花錢打通官場，無論怎麼取捨都是家破人亡！朝廷精明得很，交了贖罪銀子，也就是露富了，朝廷是個窮光蛋，肯定會抓住這個不放，把盧家的血吸乾了才肯罷休！我爹當年的對策是『蜂蠆入懷各自去解，毒蛇噬臂壯士斷腕』。我沒我爹的英明和膽識，但我想當務之急，就是不能承認老三是維新黨。沒了這個由頭，董克良再怎麼說也沒用。這是第一點。」

「可那麼多人都聽見了，就沒有一個肯出面嗎？董克良捨得花錢啊！」

「董克良捨得花錢，曹叔就不捨得用刑了？我敢打包票，那天在場的人裡，絕不會有人出賣老三。他們都是盧家使喚多年的人，身家榮辱都跟盧家息息相關，於公於私、於情於理都不至於落井下石。曹叔不是要去神垕嗎？告示上得寫明，必須公開出面，匿名的一律不算！就算董克良使銀子買通一兩個人，也得先經過您的手，曹叔自然知道該怎麼做。」

曹利成點頭道：「這個不消你囑咐。但你說的這兩條都是權宜之計，不是根本之策啊！就算拖個一年半載，這案子怎麼結？要是在我這一任臬司結不了案子，下一任未必還會照顧盧家，不能養癰成患！何況連逢春也不會讓咱們拖那麼久，萬一他把此事捅到朝廷那裡，刑部直接插手了，就是我也無可奈何。」

「曹叔說得對。接著剛才的話，董克良的連環計貌似毫無破綻，可他看錯了一點。如果咱們給他來個直搗黃龍的話……」盧豫海盯著曹利成道，「曹叔，事情到了這個節骨眼上，您老的殺手鐧該亮出來了。」

「我哪裡還有什麼殺手鐧？你有話快說！」

盧豫海鎮定道：「董克良的全部賭注都壓在連逢春身上，這是董克良最大的敗筆！己不正焉能正人？只要咱們能證明連逢春自己都是一屁股屎，他還敢爲難盧家嗎？扳倒連逢春，不但替曹叔您除掉了一個對手，董克良的種種苦心也就白費了……曹叔，您還是禹州知州的時候，開封府裡出了個大案子，有人告連逢春的兒子連鴻舉草菅人命，逼死了一個小寡婦，可有這回事？」

「有。你想拿這個治連逢春？」曹利成看了他一眼，搖頭嘆氣道，「難哪！此案過去多年，那個小寡婦死了，她閨女也死了，老頭也死了，剩下個老太太告狀。上任臬臺將此案報了刑部，已是澈頭澈尾的鐵案了。只是看在老太婆年過六旬，無兒無女，才沒要她的命。」

「她還想給一家人報仇嗎？」

曹利成驀地愣住。盧豫海微笑看著他，「丈夫死了，小叔子死了，兒子死了，兒媳婦也死了，孫女也死了！好端端一個家就毀在連鴻舉手裡，只要是人，絕對不會忘了報仇的……」他見曹利成還有一絲疑慮，便直言不諱道，「曹叔，今天那連逢春的嘴臉已然暴露無遺，他不但想滅了盧家，還打算連您也一杓子燴了！您和姓連的不是魚死就是網破，您對他還講什麼情面！至於裕長那裡，需要多少銀子您說句話，我這次又帶來三十萬兩，就不信打不動他！」

開封城西角樓大街上，距離臬司衙門不遠，有個很特別的大院子。說它特別，是因為占地雖大，卻沒有大門，只有個能容身的小門，還終日落著大鎖。高高的牆頭掛滿了鐵蒺藜，門口有一隊腰掛刀劍的人直挺挺地站著，兩個時辰換一次崗，規矩雷打不動。熟悉開封府底細的人都知道，人稱「老鼠洞」的豫省臬司大牢就是這裡。裡面關押的要不是朝廷重犯，不日就要押送進京；要不就是案犯的官司久拖未決，成了無頭案。臬司大牢前些日子裡著實忙碌，二十多個維新黨就從這裡上了囚車，一路往京城去。這幾天又冷清了下來。曹利成隻身一人來到門口，把門的軍官是個頭髮見白的中年人，一見本省臬臺大人到來，立即上前招呼道：「曹大人，您來提犯人嗎？卑職這就給您開門！」

畫著狴犴[3]圖案的小門開啓，曹利成一邊走，一邊含笑對那軍官道，「老代，你家老太太還好嗎？回頭去我府上拿些人參之類的。老太太今年有九十多了吧，真是難得……」老代忙不迭地感謝，曹利成擺擺手，「你在老鼠洞這麼多年了，還是個千總吧？也該挪挪地方了，換個清閒的差使，好好伺候老太太。」他駐足想了想，「臬司衙門缺了個堂官，雖說都是正六品，但閒的時候多，忙的時候少，又管著下面幾個州、府、道的事情。縣官不如現管嘛，你每年下去巡視幾趟，也有些孝敬銀子，比這裡強多了。你看好不好？」

曹利成馭下頗有手腕，又貴爲一省臬臺，別說是他本人，就是他身邊的師爺、管家，和老代這樣的底層官員一年也難得說上幾句話。曹利成又素來冷淡，只這幾句體己話就讓老代受寵若驚，忙感激道：「大人這是什麼話？能離開這老鼠洞已是萬幸，又得了肥缺！我老代就是肝腦塗地，也難以報答大人！」

「誰要你肝腦塗地了？」曹利成笑道，「能成全你一片孝心，我做的也是善事，要不是連藩臺一直壓著，我早想抬舉你了！你也知道，人事任免是藩臺的事，我有時候也插不上話

3 狴犴，形狀像虎的野獸，古代多將其畫在獄門上。

啊！那次我提起此事，老連說『他們一家都是劊子手出身，人殺多了時運不濟，命該如此』。你說氣不氣人？這次我不經他的手了，你不過是在我臬司裡平級調動，他還能說什麼？」

老代一生最惱、最羞於提及的就是自己當過劊子手。雖然這行是奉令殺人，可刀下死的也有不少冤魂，他心裡多少有些愧疚。他爹五十多歲就死了，臨死前非要他轉行做獄頭，說是作孽太多命不長久。說也奇怪，老代自改行後，老娘的身子骨越來越硬朗，今年九十多歲了還是掃地煮飯樣樣行。老代只做了三五年的劊子手，冷不防聽見有人這麼糟蹋他，頓時氣得渾身打顫。曹利成見言詞奏效，便咳了一聲，話鋒一轉道：「我任臬臺之前，那個告狀出了名的李郭氏，還押在這裡嗎？」

老代忙平靜了心思，勉強笑道：「大人，李郭氏就在後院女監裡！老太婆案子結了，但外頭沒兒沒女，刑部也沒說放人，所以在這老鼠洞裡一待就是好幾年，跟死人差不多！我這就領您去。」曹利成笑了笑，道：「我是奉刑部密令來的，今天的事——」

老代在河南官場混了這麼久，雖然品級不高，但兩司的爭鬥也略有耳聞，一聽這話心裡已是雪亮，立即爽快道，「大人既然看重卑職，再說就是信不過老代了！不瞞您說，為了挪動的事，我年年給連逢春上貢，卻年年希望落空！您知道河南官場怎麼說連逢春的嗎？『老連老連，胃口大無邊，白天吃人飯，晚上數黑錢』！直到您老來到臬司衙門，我老代才有了盼頭！」說著，湊近了道，「李郭氏是冤案，這他娘的全省誰不知道？您要是能翻了案，替河南除掉一害，您就是大清朝的包青天！」曹利成微微一笑，不再多說，大步朝裡走去。在女監門口，老代搶過去站在他前面，道：「大人且慢！」

曹利成心裡撲通一下，皺眉看著他。老代笑著解釋，「曹大人，您是貴人，又是來找老連的晦氣，萬一傳出去可不好，我得先給這群禁婆子[4]提個醒。」說著，站在門口嚷道，「禁婆子都給我出來！」於是出來了七八個黑衣黑裙的禁婆，都認識曹利成，慌忙跪倒磕頭。老代道，「你們聽好了，曹大人是奉旨來問話的，問的是誰，你們也別問！這件事就在場幾個人知道，誰傳出去，老代手裡的刀可不長眼睛，都明白沒有？」禁婆們紛紛低下頭不敢言語。曹利成剛才謊稱是奉了刑部密令，到了老代嘴裡就成了奉旨，心裡不由得暗笑，隨手抽了張銀票遞給老代。老代越發豪壯起來，「曹大人還有賞呢！誰要是給臉不要臉，老子活剮了她！」

曹利成看著幾個禁婆，冷峻的目光刺得她們噤若寒蟬。曹利成掃視了一周，才慢慢道：「事情嘛，老代剛才都說了。回頭把這裡的禁婆子叫什麼名字，家住哪裡，丈夫、兒子的名字都給我抄一份，送到我府上。」老代大聲答應下來。曹利成哼了一聲，逕直走到女監裡。老代從領頭的禁婆子那裡接過鑰匙，大步跟上。禁婆們面面相覷，知道身家性命都攥在人家

4 禁婆，古代看管監獄的女性。

手裡，便老老實實地跪在地上，誰也不敢往裡多瞧一眼。

大牢外豔陽高照，女監裡卻是四處陰黑，牆壁上每隔不遠就有一盞小燈，燈罩上星星點點滲著水珠，燈光昏暗。兩旁的牢房裡關了不少女犯，有的蜷縮在黑暗中，有的趴在柵欄上，露出一張慘白的臉，一雙眼睛宛如畫在白牆上的兩個黑點，一語不發地看著他們。老代掌著風燈走在前面，一路小聲道：「大人慢點，這裡頭黑！女囚不同男囚，死氣太重，犯了官司的女人，沒一個能活著離開，不是病死就是自殺……您老是臬臺，這個再清楚不過了。」老代講的是實話，清朝大牢裡女囚極少，女人獲罪一般都是流放徙邊，只有犯了通姦罪、死罪的女囚才被關進監獄，因而自殺者多如牛毛，「死氣沉沉」四字用在這裡再恰當不過。曹利成雖是老吏，身處此地也不覺呼吸急促，難以自持，恨不得轉身出去。

老代停下腳步，低聲道：「大人，這就是李郭氏的牢房。」

曹利成不願多呼吸一口這裡的濁氣，只略微點頭。老代打開了大鎖，曹利成道：「你遠遠候著吧，諒她一個老婆子，也沒什麼力氣。」老代猶豫了一下，還是從懷裡掏出把匕首，遞給曹利成道：「大人，帶上這個，多少是個意思。」說著便躬身退到遠處。曹利成把匕首藏好，彎腰進入牢房。

牢房裡一個窗戶都沒有，走廊裡小燈發出的微光也照不到這裡，四處散發著經年沉積下來的霉臭氣息，讓人睜不開眼。曹利成適應了好一陣子，才慢慢看見對面發霉的草墊上，半臥著一個老太太，背對著門口一動不動。曹利成皺眉，清了清嗓子道：「妳是李郭氏嗎？」

那老太太緩緩轉過身來，一副蓬頭垢面的模樣。她的眼睛半睜半閉，無神地看著曹利成，搖晃著身子慢慢道：「我不翻案……我有罪……我都認了……」

曹利成蹲下去，溫和道：「妳莫要著急說話，我是河南按察使曹利成，我來問問妳的案子。妳……」

老太太的眼睛總算睜開了，搖頭訥訥道：「按察使不是史大人嗎……」

曹利成盡量說慢一點：「史大人吃了官司，被貶到新疆去了。」

老太太的身子有節奏地搖晃著，輕聲道：「報應啊……老天有眼啊……」

曹利成一笑，低聲接著道：「我知道妳的案子，今天來這裡，我只問妳一句話：妳想翻案嗎？」

老太太跟沒聽見似的，還是輕輕搖晃著身子，木偶般嘟囔道：「我有罪……我誣告……我罪有應得……」

曹利成掌管刑名事宜已久，見慣了這樣被大刑整得神經兮兮的囚犯，也不在意，繼續道：「妳的丈夫、小叔子、兒子、兒媳婦，還有妳七歲的孫女都被人害死了，妳就不想報仇嗎？」

老太太搖晃身子的節奏總算慢了些，目光卻猛地犀利起來，上下打量了曹利成一番，最後落在他胸前的孔雀補服[5]上，苦笑了一聲，又晃著頭喃喃道：「豫省有官皆墨吏，百姓無罪也入監……官官相護啊……沒用……」

曹利成不氣反笑，「這是嘉慶朝傳下來的對子，專門譏諷河南官場無好官的。看來妳是識字的人，《女兒經》妳讀過吧？」他緩緩背誦道，「『公姑病，當殷勤。丈夫病，要溫存。爺娘病，時時問。姑兒小，莫見盡，叔兒幼，莫理論。有兒女，不可輕。撫育大，繼宗承』……可妳一家都被官司拖死了，妳就是再熟背《女兒經》又有何用？我且問妳，妳的丈夫呢？小叔呢？女兒呢？孫女兒呢？」老太太乾涸的眼睛頓時溼潤起來，目光又變得銳利。

曹利成見狀接著道，「我詳細看了妳的案宗，知道其中有人做了手腳。眼下我願意替妳伸冤，只是不知道，妳敢不敢來伸這個冤？只要妳敢，我就能做到！」

老太太的身子遽然停下，兩隻眼睛發出寒光，刺得曹利成一怔。老太太聲音很低，但非常清晰道：「豫省有官皆墨吏，我怎麼信你是個清官？河南的冤案多了，你爲什麼偏偏替我伸冤？連鴻舉他爹是二品大員，你跟他作對能得什麼好處？」

曹利成被這幾句連珠炮似的反問弄得一時語塞，老太太在大牢裡這麼多年，竟然還保留著如此心機，看來她的確是懷了漫天的血淚仇恨，只是被知府衙門、臬司衙門三堂會審弄得

5　補服，明清職官禮服的前胸與後背繡有鳥獸等圖樣的繡章，文官繡鳥，武官繡獸，以表示官級。

萬念俱灰，沒了半點翻案的信心。自己若是回答不出來，如何救得了盧家，救得了自己？曹利成再不猶豫，當下心一橫，咬牙道：「妳既然問了，我便索性告訴妳，老子他娘的也不是清官！老子是跟連鴻舉他爹有私仇！如今的局面是要不他殺了我，要不我殺了他，我們倆只能活下來一個！他比我官大，可我要是翻了妳這個案子，就能把他扳倒！妳報妳的私仇，我解我的私恨，妳我就當做了筆買賣，誰都不虧……如何，妳肯做嗎？」

老太太聽了這些話，臉上露出鬼魅般的笑容，自言自語道：「多少次會審，當官的都說自己是清官，我早就不信什麼清官了……河南有清官嗎……你說你不是清官，你說你是公報私仇，我倒真信你了……」她突然站起來，把曹利成驚得倒退了兩步，噌地拽出匕首。老太太苦笑一聲，撲通跪倒在地，用盡全身力氣放聲大喊道：「老婆子冤枉啊！請大老爺爲民婦做主，替民婦伸冤哪！」

盧豫海「直搗黃龍」的建議果然奏效。第二天深夜，曹利成帶了李郭氏血書的上訴狀子，當然還有盧豫海那張三十萬兩的銀票，連夜登門求見巡撫裕長。

裕長被人從姨太太被窩裡拉出來，滿臉的不耐。在裕長睡眼惺忪地看著狀子之際，曹利成親手給他端了一杯茶，悄悄把銀票壓在茶碗下，笑道：「撫臺大人，府上在哪裡如廁？我想方便方便。」裕長打了個哈欠，招手喚來一個小廝。曹利成臨去前話中有話道：「撫臺不要過於操勞，茶是剛沏好的。」待他回來，茶碗下已空無一物，裕長也倦色全消，正精神抖擻地看著狀子，見他進來，拍案大怒道：「連逢春這個狗娘養的王八蛋，爲了他那個王八蛋兒子，活活害死了四條人命！可悲，可嘆，可恨，可恥，可殺！豫省就沒一個好官了不成？奶奶的老子要參他一本！」

曹利成肅然道：「豫省能有您這樣的撫臺大人，吏治何愁不清？民心何愁不穩？商賈何愁不興？大人，卑職已擬了封摺子，請大人過目。」

裕長氣鼓鼓地接過去，大眼掃了一遍，讚道，「好犀利的筆墨！就這麼個參法，十個連逢春也參倒了！」說著叫來師爺，大聲道，「你就照這個摺子謄一份，把我那『可悲、可嘆、可恥、可恨、可殺』的評語也加上。我跟曹大人就在這裡等著，明天一早就六百里加急送到京城，直接給我大哥送過去！」

裕長和曹利成在巡撫衙門裡折騰了一宿，反覆修改了幾次，直到字字如劍，句句帶毒才罷休。第二天一早，那封題爲《豫省巡撫裕、按察使曹奏請問連逢春貪賄壞法縱子行凶亂政害民摺》的奏摺就被送往了京城。裕長的親哥哥裕祿已由禮部尚書、總理各國事務衙門大臣轉任直隸總督，繼續兼任軍機大臣。裕祿深得慈禧太后信任，雖然人不在軍機處了，但威風猶存。軍機處的榮祿、剛毅等人見是裕祿之弟的摺子，彈劾的竟是豫省的布政使，知道這個連逢春或許真的有罪，也或許是得罪了裕長，心裡多少都有數，在向太后請示的時候自然有所偏向。此刻的慈禧太后正一心對付剿滅維新黨帶來的後遺症，尤其是這些日子廢帝立儲的謠言甚囂塵上，各國駐華使節紛紛詢問，大有興師問罪之意，惹得太后一肚子無名火。聽了榮祿等人一邊倒的奏報，太后越發不耐煩，當下就批復交部議處。「交部」自然是交到刑部去，刑部又正好是榮祿管轄，連逢春的好日子算是到了盡頭。幾天後，刑部派了個孫侍郎親自來開封府查案，李郭氏苦熬幾年，還真盼到了報仇雪恨之日，可謂敗也貪官，成也貪官！

連逢春一來是猝不及防，二來是心存僥倖，竟昏了頭私下給孫侍郎送了二十萬兩銀子。孫侍郎離京前，榮祿等人都有過暗示，此案的利害關係他心裡清楚，哪裡敢接這筆銀子？當下扣了銀票，請示裕長，立即派人抄了連逢春的家。這一抄居然抄出了百萬兩銀子的家產，於是裕長那個師爺又是一宿沒睡，洋洋灑灑地寫了一道裕長、孫侍郎和曹利成的聯名摺子，彈劾連逢春受賄賣官，罪該問斬。到了這個時候連逢春哪裡還記得有個叫盧豫江的維新黨？只顧著上下周旋以保住自己的性命。連家的活動多少有了效果，不日朝廷旨意下來，連鴻舉逼死人命證據確鑿，押入刑部大牢，來年秋後問斬；連逢春貶爲庶民流放寧古塔，永不錄用；連家抄來的銀子全數充入國庫。雖然連家一敗塗地，但總算保住了一家老小的性命。連逢春獲罪流放之後，盧豫江的事自然如同水入大海，消失得無影無蹤，再無人提及了。董克良得知消息後暴跳如雷，把全權操辦此事的詹千秋叫來好生罵了一頓。但連家已敗，大勢已去，送出去的三十萬兩銀子也入了國庫，朝廷沒株連行賄的人已是開恩了，眼下就是把詹千秋千刀萬剮又有何用？

貳拾貳

豫商，票號，銀行

此番風波對神垕鎮的影響倒是微乎其微，鎮上的人哪裡會知道因爲盧豫江那一兩句少年豪邁之語，竟給盧家、董家和河南官場惹來這麼場軒然大波？但因爲這次事件，盧家和董家都花了大筆銀子，元氣大傷，一時半刻都沒辦法再有大的作爲。再加上年底將至，盧家老號和董家老窯又到了一年合帳的重要日子，盧豫海和董克良都不約而同地選擇留在神垕主持大局。

合帳完畢就是春節了，可無論是董家還是盧家，都高興不起來。拿盧家老號來說，光緒二十三年合帳，每股紅利是一千五百兩，而光緒二十四年，每股紅利驟跌至八百兩，頂一釐身股的掌窯小相公不過得了八十兩紅利，加上每月三兩銀子的薪水，一整年也不過百十兩銀子的收入。而董家也好不到哪裡去，神垕鎮其他窯場更是生意慘澹。盧豫海和董克良心裡都清楚，這場你死我活的爭鬥從五月份一直打到年底，兩人都把精力投注在跟官場的交往上，幾十萬兩銀子砸進去，生意大受拖累。加之這一年全國因爲變法動蕩不安，各地分號只能勉強維持，好在盧家有煙號、連號，董家有津號的出口生意，比起其他窯場，日子還算好過。

新年一過，兩位大東家都不敢離開神垕，繼續坐鎮大本營指揮各地分號，企盼時來運轉。但可能真是國運不濟，大清氣數已盡，這些年來大亂一個接一個。一進入光緒二十五年，從山東崛起的義和團銳不可當，保大清、殺洋人的口號喊得震天價響，連累了不少盧家煙號的生意。且在新任山東巡撫、河南老鄉袁世凱全力圍剿下，義和團難以在山東立足，一窩蜂全擁到了河南、山西和直隸。就連神垕這麼個不問世事的地方，也有人開神壇、作法事、請神仙，弄得人心惶惶。而朝廷跟洋人的衝突也越演越烈。局勢動蕩至此，商賈自然處處受阻。盧家老號每次由神垕大本營往煙號、連號發貨，都是田老大領著幾十個荷槍實彈的弟兄沿途護送，即便如此也少不了跟河南各地的義和團民有些摩擦。而朝廷已經明確認定義和團是「義民」，官府不得干涉，就是曹利成也無法公開保護。面對艱難的時局，盧豫海和董克良整整一年都待在神垕，寸步不敢離開。到了光緒二十五年年底合帳，結果比上年的生意還要慘澹。盧家老號每股分紅只有七百兩，上下一片哀怨之聲。盧豫海與苗象天、楊伯安和總號老相公房眾人商議再三，決定把東家分得的紅利拿出一半來補貼相公夥計，這才把每股的紅利提升到一千兩。分紅的時候，相公夥計們得知了內情，無不感動流淚，感謝大東家體恤之恩。

轉眼間已到光緒庚子年（二十六年）。正月初八的點火儀式上，盧豫海和董克良聯手點燃了頭把火，領著全鎮各大窯場的大東家們祈禱上蒼賜個好年景，保佑大清國泰民安，保佑各家生意興隆。但老天好像故意跟大清過不去，道光二十年是庚子年，那年英國人為了傾銷鴉片跟大清開戰，結局是割地賠款。光緒二十六年又是個庚子年，這次不只是英國，八國聯軍齊打到了北京城裡，太后和皇帝倉皇逃到西安。這年年底，各大窯場基本上都無帳可合了，只有盧家和董家因爲江南三督李鴻章、張之洞和劉坤一的「東南互保」，勉強保住幾個出海分號的生意，維持住了局面，窯餉還能足額發下，紅利就澈底成了泡影。光緒二十七年，《辛丑條約》訂定，太后和皇上從西安行在起駕迴鑾北京，動蕩了兩年的局勢終於有所緩和。兩宮迴鑾之際欽點了陝、豫、直隸各地的接駕路線，特意點明要在河南鞏縣康百萬莊園裡留宿一晚。八月十五一過，康家掌門人康鴻猷的信就到了神垕，約盧豫海和董克良到鞏縣康店商議要事。康鴻猷自咸豐年間執掌康家，至今已有四十多年，一直是豫省商幫中的翹楚。盧豫海和董克良在康鴻猷面前都是小輩，接到書信後不敢怠慢，前後來到了康店。

康家自明朝發跡以來，近四百年長盛不衰，十幾代人把康店老家經營得有聲有色，偌大的康百萬莊園「靠山建窯洞，臨街建樓房，濱河設碼頭，據險壘寨牆」。主宅、作坊、棧房、南大院、祠堂等十處大院各成一系卻又渾然一體，堪稱地主莊園的典範。盧豫海一人一騎過了鞏縣縣城，進入康店就有康府大管家老葉迎候，一路接進百萬莊園。莊口掛著一個牌匾，上寫「百萬莊園」四個金字，仔細看那落款，居然是道光皇帝親題。盧豫海注目良久，嘆道：「以一介商人之身，上動天聽而安享富貴，富甲華夏而家運綿長，那沉萬三、胡雪巖之輩，驟得富貴即旋踵而亡，曇花一現而已，又何足道哉！」老葉微微一笑，道：「盧大東家，這是老漢今天第二次聽到這樣的感慨了，真是頗有意思啊。」

盧豫海笑道：「那頭一個這麼說的，恐怕是董克良大東家吧？這次老太爺請客，豫商裡都來了什麼人？」

「只有您和董大東家。眼下老太爺和董大東家就在內書房等著您呢！」

豫商中鉅子大賈何止幾十人，康鴻猷只請了他們兩個？盧豫海心中一動，快步走進莊園。老葉在一旁引路，陪笑道，「盧大東家，這裡不比旁處，若是沒有老漢指引，怕大東家會迷路。」盧豫海一邊走，一邊聽老葉道，「這裡是主宅區，分爲南院和北院，南院有電報局，那是老太爺爲了生意方便，特意從洛陽城牽過來的電線。如今咱們是在北院裡。北院又分五處，分別是花樓重輝、秀芝亭、克慎厥猷、知所止和芝蘭茂五個院子，用的都是尋常的障景、襯景之法，讓大東家見笑了。」盧豫海聽他說得謙虛，但言詞間不免帶著大戶人家的優越感，便微笑道：「豈敢，豫海已經辨不得東西南北了！」老葉哈哈一笑，道：「大東家果然謙遜！董大東家來時也是讚不絕口。」兩人說話間已到知所止院大門前，有兩個家丁守在門口。老葉拱手道：「盧大東家，老太爺有令，今天只准您和董大東家進去，老漢也沒這個面子伺候了。他們就在『清風滿樓』閣裡，您一進去就會瞧見了。請吧。」盧豫海定了定神，朝他還了禮，邁步走進大門。

老葉盯著他的背影，搖頭感嘆不已。旁邊一個家丁道：「老葉叔，今天這兩個人看上去也就四十歲模樣，老太爺跟他們有什麼好說的？就是河南巡撫來，也不至於別人都不見啊。」老葉一瞪眼，道：「如今豫商裡除了老太爺，就指望這兩個後生了，你懂什麼？好好看門就是！」家丁咧嘴一笑，再不敢多說話。老葉也沒離開，搬了把椅子坐在門口。

盧豫海叩門進去的時候，康鴻猷和董克良正在欣賞一幅字畫。康鴻猷見盧豫海進來，笑道：「好好好，神垕兩個大東家都到了，老漢這面子看來還挺大的嘛。」

康鴻猷已是六十開外的人了，一把銀髯垂在胸前，臉上的皺紋交錯縱橫，兩隻眼睛卻如年輕人般精光畢現。盧豫海忙給他行了禮。康鴻猷收起字畫，遞給董克良道：「這是老漢當年在京城琉璃廠買的〈欲借風霜二詩帖〉，跟令尊董老爺子的〈雪江歸棹圖〉都是宋徽宗的真跡。你出生那天我去道喜，令尊和我約定輪流賞玩。唉，人世無常啊！如今董老太爺不在了，這個東西你就拿回去吧。」董克良深知這字畫貴重，哪裡敢就這麼拿走，便再三推辭。康鴻猷拗不過他，只得道：「你且帶走吧，回頭讓人把〈雪江歸棹圖〉給我送來，算是續了前約，總行了吧？豫海也在這裡，咱們還有大事要說呢！」董克良這才千恩萬謝地收下那幅〈欲借風霜二詩帖〉。康鴻猷笑咪咪地看著他們二人，忽而道：「聽說你們倆是同年同月同日生，可是真的？」

盧豫海拱手道：「晚輩是咸豐十一年臘月二十九出生，與克良大東家的確是同日。」董克良冷冷一笑，卻不答話，把臉轉向一邊。康鴻猷對他們兩家的恩怨了如指掌，也瞧得出董克良表情裡的自負，便話中有話地道，「看來傳言果然不虛啊！」他緩緩站起身，「我今天找你們兩個來，一則是有心跟你們談談生意，二則也是想聽聽你們日後的打算。」董克良笑道：「老太爺的生意做得比天還大，連太后和皇上都慕名而來，我們兩個晚輩只有俯首帖耳的分兒。老太爺有什麼吩咐，只管說就是。」

「當不得『比天還大』四個字！」康鴻猷一笑，正色道，「西幫接駕的事，你們都聽說了吧？太后在祁縣、太谷、平遙三縣駐蹕，得了西幫好幾十萬兩銀子。眼下他們到了咱們河南，豫商自然也不能示弱。我打算送上白銀一百萬兩，以咱們豫商的名義送，你們意下如何？」

盧豫海和董克良心裡都是一驚。按說一百萬兩銀子在往年也不是天大的數字，無論是董家或盧家，咬咬牙也就拿出來了。但這幾年兩家的生意都走下坡，戊戌、己亥、庚子這三年幾乎沒什麼大的進項，眼下就是讓兩家一起湊出幾十萬兩也有些困難。難道康鴻猷讓他們來，是想平攤孝敬朝廷的銀子嗎？盧豫海看了董克良一眼，沉默不語。董克良卻道：「老太爺，您一句話，要我們兩家出多少銀子，太多的不敢說，三四十萬還是拿得出來的。」

康鴻猷怔怔地看著董克良，倏地大笑起來，「克良，你誤會老漢的意思了，區區百萬兩銀子，老漢還要你們出？真是那樣的話，道光爺御筆親書的牌匾也該摘下去了！」這句話好似一記耳光，直接打在董克良臉上。他臉色微紅，剛想說什麼，康鴻猷卻擺手道，「去年你們兩家的生意都不太好，情況老漢知道。要是你董家拿出三四十萬兩，今年怕是一兩紅利都分不了了。我不是找你們來打秋風的，我是想跟兩個賢姪商量商量，向太后討什麼賞賜。」

盧豫海和董克良這才明白他的真實想法。康鴻猷見他們二人沉思，兀自道：「兩宮在祁縣駐蹕時，喬家大德通票號獻上白銀三十萬兩，太后賞下『解禁官銀匯兌』的恩典，這可不容小覷啊！官銀匯兌一開，各省督撫給朝廷的稅銀，還有庚子賠款整整十億兩，全要走票號，再經西洋銀行轉到海外去。以行市的千分之二匯水算，僅是庚子賠款這一項，就有二百萬兩的匯水，再加上日後每年各省的財賦稅款源源不斷，這會有多少進項？老漢尋思許久，覺得這票號是個好生意，卻也一時拿不定……」

「有什麼拿不定的？」董克良聽得熱血沸騰，站起身道，「老太爺，咱們幹！要是您領頭，我們董家也出銀子！」

康鴻猷笑了笑，示意他坐下，對盧豫海道：「豫海，你說呢？」

盧豫海想了想，老老實實道：「不瞞老太爺，我還沒想好，不敢亂說。」康鴻猷微笑道：「有什麼不敢說的？你就邊想邊說，想到哪裡說到哪裡。反正咱們是關起門來說閒話，有什麼好顧慮的？」

盧豫海見他一臉誠摯，便思忖道：「當今天下的生意，除了票號，無非是糧、油、絲、茶、鹽、鐵、瓷、漆、棉、藥這十大類。鹽、鐵歷來是朝廷專賣；糧、油的賺頭越來越小；

棉、絲的生意因爲洋貨風行，也是處境艱難；漆不是北方的特產，瓷器生意也有限；藥材生意倒是不錯，但門檻太高，不是內行人做不得。看樣子的確是票號生意好做些。如果老太爺真送給朝廷百萬兩銀子，再討一個專營的恩典，朝廷也不會不給。」

「那麼說，你也是支持做票號了？」

「話是這麼講，但姪兒總覺得有風險。當然，做什麼生意都有風險，只是大小不同而已。豫海經商以來，一直在跟票號打交道，多少知道其中的彎彎繞繞。官銀匯兌解禁後，票號的大宗生意自然是跟朝廷做，而我擔心的正是朝廷。豫商有古訓，與官場『若即若離』，把生意全押在官場和朝廷上，又是在這麼個亂世之中，能維持多久？票號生意不比尋常。就拿鈞瓷生意來說，有貨在先，其次才是賣。但票號走的是無貨買賣，本金是老根！要想做票號，而且還是跟朝廷做生意，本金沒有千萬兩根本做不起。這是其一。」

「那其二呢？」

「其二，據小姪所知，朝廷中已有人提議開辦戶部銀行，此舉一經朝廷批准，就是票號的大限之日。老太爺請想，票號的利源有八類：錢莊放貸、匯兌京餉、匯兌協餉、匯兌鐵路經費、匯兌海防經費、匯兌軍餉、匯兌庚子賠款和四國借款。此八類中，除了錢莊，其餘七類都跟朝廷息息相關，一旦朝廷有了自己的戶部銀行，雖然一時還成不了氣候，但憑藉其專營國庫的特權，很快就能把持所有的朝廷匯兌業務。到時候，票號還吃什麼？」

董克良死死盯著盧豫海，想要反駁，康鴻猷看了他一眼，不動聲色道：「還有嗎？」

「老太爺聖明！我們盧家在煙號有生意，跟西洋銀行也有過往來。見過西洋銀行的手段之後，這才知道天外有天啊。西幫票號素來以號規嚴苛、章法精妙著稱，而西洋銀行的章法之精妙，條例之周詳，資本之雄厚，都遠遠超出西幫票號。西幫經營靠的是人，銀行經營靠的是法，人總有一時糊塗的時候，但法可不會犯糊塗！再說這資本，西洋銀行的資本不只是大家子裡幾個親戚湊分子，銀行收取的借款是包含所有人的。在西洋銀行裡，老百姓也能存款，一兩、二兩都行，而票號則不然，本金就那麼多，而且局限在一家一戶之內，不許別家涉足。老太爺請想，一家一戶能有多大本錢？當今大清有四萬萬人口，每人存進銀行一兩銀子，就是四萬萬兩！大德通很厲害，其本金也不過百萬兩吧？庚子國變後，西洋銀行在大清只會越來越多，論制度、本金、名望，票號根本不是西洋銀行的對手！」

「西洋銀行能做的，咱們也能做！」董克良終於開始反擊，大聲道，「他們的章法如何，咱們照樣搬過來就是，克良不知盧大東家還有什麼疑慮！」

「這正是我最擔心的地方。」盧豫海輕輕一笑，「人才！關鍵還是人才啊！請問董大東家，放眼大清國內，有多少真正懂得西洋銀行運作章法的人？要想做銀行，一十三省稍微繁華的地方都要有分號，粗算就有六七百個，這麼多的人才去哪裡找？」

董克良針鋒相對道：「中國人不夠就聘洋人，連朝廷都聘洋人做總稅務司，咱們爲何不可？」

「好，人才不是問題了，那本金呢？英國滙豐銀行本金一億英鎊，董大東家去哪裡找到足以與之抗衡的本金？」

「咱們也向所有老百姓借款，不行嗎？」

「董大東家，有借就有還！」盧豫海苦笑道，「各種生意，行市都是由大戶把持。就宋鈞和粗瓷而言，你我兩家是大戶，市價多少是咱們兩家說了算。而銀行業咱們是小戶，市價多少是洋人和朝廷的戶部銀行說了算！別人拿著刀把，咱們拿著刀刃，你說這是聰明人做的事嗎？老百姓存銀子，自然是誰家利率高往誰家存，洋人銀行本金雄厚，戶部銀行有國庫支撐，咱們靠的只是一省商幫縮衣節食湊來的本金，能跟他們比利率嗎？要是真拚下去，支撐不了幾年，連本金都會蕩然無存！」

康鴻猷皺眉道：「西洋銀行真的如此厲害？但從目前的局勢來看，票號的勢力遠遠大於銀行啊！」

「老太爺，我給您打個比方。一個大家子，屋子裡頭全是銀子，主人欠了一屁股債，需要拿銀子還債，但自己年老多病搬不動銀子，就讓兒子來搬。兒子不孝順，說搬可以，每搬一千兩，自己留一兩。主人想了想就答應了。等滿屋子銀子搬完了，家裡只剩下兒子身上留下來的銀子。」盧豫海謙恭地拱手，繼續道，「如今朝廷就是這個主人，票號就是這個兒子，等朝廷的銀子賠完了，天底下就只剩票號有銀子了！但主人還得活下去呀，於是一翻臉，說你是我兒子，你的錢就是我的錢！到那時候，您說這兒子敢說什麼？要不乖乖交出來，要不就造反把老爹殺了！」

康鴻猷一怔，仔細斟酌著他的話。董克良卻不屑地笑道：「危言聳聽！盧大東家，我問你一句，大清跟洋人賠款，能把大清的銀子都賠光嗎？老百姓就不花銀子了？」

「董大東家說得對。可要是真到了朝廷難以爲繼的時候，西洋銀行就會乘虛而入了。朝廷沒錢，可洋人的銀行有錢。就像這次朝廷沒錢賠款，四國銀行就敢借給朝廷！爲什麼？因爲還有老百姓，還有咱們商人幫朝廷掙銀子呢！不過這個局面一旦形成，大清就真正成爲洋人的奴才，成了替洋人徵賦收稅的衙門了！收了賦稅，朝廷自己留點活命，其餘的統統交給洋人的銀行還債。財權控制在洋人手裡，董大東家覺得那時還會有大清自己的票號，或是銀行存在的可能嗎？」

董克良倒吸一口涼氣，「這個……」他一時沒了應對之詞，只得把目光投向康鴻猷。盧豫海的說法的確是縝密至極，對天下大勢的分析精闢入裡。康鴻猷想了一陣，含笑道：「盧大東家，依你之見，票號生意做不得了？」

盧豫海目光炯炯道：「剛才我還拿不定主意，但現在要我說，我看是做不得！」

董克良慨然起身，譏諷道：「大丈夫生於天地之間，就當做些大事！如果我豫商辦了銀行，與洋人銀行一較長短，只要死得轟轟烈烈，又有什麼遺憾？」

盧豫海吃驚地看著他，好半天才道：「在下佩服董大東家的豪邁！如此看來，是我盧豫海膽小如鼠了。不過請董大東家想想，一旦豫商銀行慘敗，那河南還有掙洋人銀子的人嗎？洋人橫行大清，搜刮百姓，朝廷衰弱，外不能開疆拓土，內不能保境安民，咱們商人再一完蛋，大清還有什麼指望？明知不可爲而爲之，與其說是勇敢，不如說是莽撞！」

董克良怒道：「康老太爺，咱們莫要管他，只要您一句話，我跟著您幹銀行！」

康鴻猷看了看董克良，又把目光放在盧豫海身上，沉思不語。他良久才道，「豫海，你說得沒錯。但我以爲，朝廷在變，生意也在變。明亡清興，朝代更迭，我們康家不也照樣過來了？而且生意越做越大！就算……」康鴻猷稍微猶豫了一下，還是大聲道，「就算大清亡了，自然還有別的朝廷掌管天下，銀行也好，票號也罷，不都是爲天下做事的？能像西幫那樣做到匯通天下，不但商人得利，就是老百姓也能得利啊。此等好事，爲何不可做呢？你說的那些壞處，我也承認，但這都不是根本。人才不足，可以僱洋人，可以自己培養；西洋銀行的章法制度好，我們可以拿來改造利用；朝廷有自己的戶部銀行，我們可以買他的股本；甚至那些西幫票號，我們也可以跟他們聯合起來，對抗洋人。只要咱們想方設法化解不利，變不利爲有利，未必就是敗局……豫海，我知道你的心思是好的，但你想要說服我，就再舉個不能做的理由吧！」

董克良冷冷一笑，道：「老太爺，道不同不相爲謀！咱們自己幹就是。」

「好一個『道不同不相爲謀』！」盧豫海回敬他一個冷笑，對康鴻猷拱手道，「老太爺既然要我說不可爲之理，豫海就斗膽再放肆一回。老子有云：『我有三寶……一曰慈，二曰儉，三曰不爲天下先』。創辦銀行，改組票號，無不是開天下之先的舉措，老太爺飽讀詩書，這一點自然比晚輩更有體會。『木秀於林，風必摧之；堆出於岸，流必湍之；行高於眾，人必毀之』。老太爺，當今的朝廷是大度的朝廷嗎？是容人的朝廷嗎？是體恤百姓的朝廷嗎？八國聯軍打入北京，毀了票號大半的生意，晉商之中因此傾家蕩產的又有多少？可朝廷絲毫不體恤民苦，反而在山西到處勒索錢財！豫商銀行一建，勢必爲河南招來無數禍害！」他一下子說了這麼多，微微喘口氣，繼續朗聲道，「其次，豫商建銀行，做的是什麼生意？替朝廷墊銀子還債，朝廷再以稅收還銀行。若想與西洋銀行抗衡，還得收全天下老百姓的銀子爲本金，這樣一來，還要戶部幹什麼，還要國庫幹什麼？老太爺，財賦是一國之根本，歷朝歷代有將這一根本委託於商家的嗎？『魚不可脫於淵，國之利器不可示於人』，豫商手持國之利器，無異於挑戰朝廷的權威，早晚會引來滅頂之災，甚至殃及子孫，咱們心裡能泰然自若嗎？其三，西洋銀行之所以興盛，是因爲西洋各國是民主共和政體，『國之利器』就是『民之利器』，國就是民，民就是國。華夏幾千年來，哪本史書上說過『國民一體』？全都是『普天之下莫非王土，率土之濱莫非王臣』！不管是太后說了算，還是皇上說了算，老百姓說了總歸是不算數的。我們不過是商人，爲何非要跟朝廷過不去呢？」

董克良駁道：「你說的無非是黃老典故，如今天下大亂，豈是黃老橫行的日子？」

「黃老也好，儒家也罷，都是帝王治國之術。你別忘了咱們只是商人，是老百姓！」

「天下興亡，匹夫有責！」

「豫海佩服董大東家的心胸！但如今的天下，偏偏不許匹夫去爲國分憂！『白日不照吾精誠，杞國無事憂天傾』，朝廷不明白咱們的抱負和志向，咱們在此憂國憂民，與杞人憂天又有何異？」

兩人都動了氣，雖然沒有怒形於色，但口氣都跟結了冰似的。康鴻猷見狀幽幽一嘆，道，「豫海引經據典，從老子說到孔子，又把李太白的詩引了出來。老漢就拿《詩經》相和吧。『彼黍離離，彼稷之苗。行邁靡靡，中心搖搖。知我者，謂我心憂；不知我者，謂我何求。悠悠蒼天，此何人哉！』」吟誦至此，他有些動情地站了起來，拉住他們的手，笑道，「老漢略備薄酒，請兩位賢姪賞光赴宴。至於銀行票號之事，稍後再議好了。」

讓盧豫海和董克良深感意外的是，號稱「康百萬」的康府，擺出的晚宴竟如此簡單。菜是兩葷兩素：康店土雞、洛河草魚、韭菜炒雞蛋、蘿蔔絲燴粉條，湯是尋常的麵疙瘩湯，酒也是自家釀的水酒。最大的盤子上疊了高高的槓子饅頭。康鴻猷見二人的表情，笑道：「老漢老了，牙齒也不好，平素就是這個樣子，比你們兩家的鐘鳴鼎食差遠了。」二人都是又佩服又慚愧地一笑，一人拿起一個饅頭吃了起來。飯吃到一半，康鴻猷忽地放下筷子，悵然道：「臨事讓一步，自有餘地；臨財放一分，自有餘味啊。豫海、克良，我想清楚了，豫商建票號一事，今後毋須再提。」

董克良驚道：「怎麼，就這麼看西幫賺大把銀子嗎？」

「我們康家有塊『留餘』匾，寫的是豫商古訓。」康鴻猷靜靜道，「第一句就是『留有餘，不盡之祿以還朝廷』。開票號，建銀行，這不是留餘給朝廷，而是從朝廷手裡爭利啊！康家繁盛數百年，靠的就是留餘二字。豫商可以跟晉商搶生意，可以跟徽商搶生意，甚至可以跟洋人搶生意，唯獨不能跟朝廷搶生意。爲什麼？兩方和和氣氣，就是商伙；一旦翻了臉，他是朝廷，咱是百姓，他是官，咱是民，咱能有好果子吃嗎？」他緩緩離座，在桌邊踱步道，「官銀匯兌歷來是朝廷、地方之間的事，戶部銀行之所以會成立，說到底還是朝廷貪利，不肯放權。而官銀匯兌解禁後，這又是票號賴以生存的根基。豫海說得好，『國之利器不可示於人』，豫商就是『國之利器』！咱們建了銀行，名動天下，這是公然向百姓示威、向朝廷示威啊！克良說得也對，『天下興亡，匹夫有責』，但我們商人報效國家的方法多了，爲何非票號、銀行不可呢？豫商每年交那麼多稅賦銀子，可大清國呢？道光以來，國運衰微，國將不國啊！這板子不能打在商人頭上！」說著，他走到盧豫海面前，長長一揖，

「老漢枉活了幾十年，竟被一個『貪』字弄得神魂顛倒，多謝豫海賢姪當頭棒喝。」

盧豫海眼眶泛紅，連忙扶起康鴻猷，「老太爺何至於此！豫海今天終於明白了康家興旺四百年的奧妙所在。」他跪倒在康鴻猷面前道，「老太爺，今日晚輩如有不敬之處，還望老太爺多多包涵！」

董克良臉色青白，呆若木雞地看著他們倆，表情詫異且失落。康鴻猷拉起盧豫海，嘆道：「西幫做了這麼大的事，依我看，不出十年，必受其害！豫海，如沒有你今天這一番話，老漢真的就領著整個豫商一頭栽進票號裡去了。幾十年後，當『票號』二字成爲過眼煙雲，我們豫商依然屹立如初。到時候回憶起此情此景，豫海，你不只救了我們康家，更救了整個豫商啊！」

附註：光緒三十一年（一九〇五年），清政府成立戶部銀行，是我國最早的官辦國有銀行。戶部銀行於光緒三十四年（一九〇八年）改為中央政權直接控制的大清銀行，成為中國歷史上第一個真正具有中央銀行性質和職能的國有銀行。該行除辦理一般性銀行業務外，還代理朝廷發行紙幣、經理國庫事務、負責朝廷一切款項收付、匯兌及代朝廷經理公債和各種證券等。山西票號為應對危局，曾先後四次籌備改組為類似現代的民營金融機構，卻因種種原因皆告失敗。辛亥革命前後，山西票號業遭受致命的打擊。其一貫奉行的「北收南放」政策（即在北方吸收清室貴族、高官存款，在南方放貸）面臨危機，南方各省分號存銀被洗掠一空，北方各省分號無力應付擠兌風潮而瀕臨破產。民國二年（一九一三年），國民政府嚴令停止白銀流通，大清銀行改組為中國銀行，由國民政府授權發行紙幣。與此同時，外資銀行大舉進入內地。至民國三年（一九一四年），原山西票號幾乎全部倒閉，山西商人苦心經營長達百年的金融王國土崩瓦解，晉商由此一蹶不振。

門斜日淡無光

光緒二十八年七月，天津城裡熱熱鬧鬧，萬人空巷，市民們差不多都趕到市中心的租界瞧稀奇去了。這天，是八國聯軍盤踞天津兩年多後，正式向朝廷移交天津的日子。代表朝廷來接收天津的，是剛由署理改爲實授的直隸總督兼北洋大臣袁世凱。各國領事都對這個剛滿四十一歲就坐到「天下第一總督」高位的中國軍人充滿好奇，當然，更多的還是觀望。按照《辛丑條約》的規定，大清不得在天津租界方圓四十里內駐紮軍隊，換句話說，即使這位總督大人來了，也不能帶一兵一卒。偌大的天津衛一州七縣，三教九流都有，魚龍混雜，若不向洋人的軍隊求助，他如何控制得了這塊地界？各國領事們對聞風而至的市民們招手示意，似乎並不擔憂自己的軍隊即將撤離。

辰時剛過，直隸總督的儀仗隊便來到了租界。混在人群裡看熱鬧的盧家老號津號二相公苗象林踮著腳尖朝那裡看去，一邊看一邊對身邊的夥計道：「這位袁大帥是咱們河南項城的老鄉啊！他來天津衛，肯定會照顧咱們豫商的生意！」夥計不到二十歲，眼珠子裡卻透著靈光，顯然沒他那麼樂觀，苦笑道：「二相公，您就甭高興了，先琢磨怎麼應付董家老窯吧。」

苗象林不滿地瞪了他一眼，繼續看熱鬧。夥計搖頭，自言自語道：「唉，楊大相公的病再不好，我也辭號算了！碰上這麼個二相公，號裡的人都快給董家挖光了，還在這裡看熱鬧呢！」苗象林好像聽見了什麼，轉頭罵道：「小虎子，你嘀咕什麼呢？」韓瑞虎再也忍不住了，大聲道：「二相公，您還是回去看看吧！我聽說今天老焦領著最後的幾個弟兄要辭號去董家呢！」苗象林一愣，道：「放屁！他們連身股都不要了？」

此時，人群中一片譁然，打斷了苗象林的話。原來，跟在儀仗隊後面的還有一個很長的隊伍，看架勢足有好幾千人，個個背著洋槍，腰間掛著子彈袋。爲首的是個五短身材的將軍，頭上是鑲有東珠的紅寶石頂戴，身上穿的赫然是一品大員才有的仙鶴補服。人群中有人嘖嘖讚嘆起來：這就是袁大帥了！臺上的各國領事又驚又怒，一待袁世凱上臺，馬上有領事抗議道：「總督先生，按照大清國與各國的條約，天津租界不得駐軍！我對您今天的行爲表示嚴重抗議，我將連同各國領事一起向總署指控你的行爲！」

袁世凱滿腹不解道：「本部堂怎麼了？」

「您今天帶了這麼多軍隊來……」

袁世凱看了他一眼，慢吞吞道：「你看仔細了，這不是軍隊。」

「每個人都帶著槍，難道不是軍隊？」

袁世凱慢條斯理道：「是警察。」各國領事無不目瞪口呆。袁世凱衝臺下的人揮了揮手，滿嘴的河南話大聲道：「各位天津衛的父老鄉親！從今天起，世凱代表大清朝廷，重新接管天津衛！洋人不讓咱們大清駐軍，世凱帶來了三千名精心訓練的警察。世凱是河南人，河南直隸一河之隔，大家都是老鄉。從今往後，這天津衛還是大清的地界！」臺下市民們做了兩年多的亡國奴，聽見這樣的話紛紛大聲叫好，頃刻間全場歡聲雷動，有不少人痛哭失聲。苗象林激動得巴掌都拍紅了，韓瑞虎實在看不下去，用力拉著他離開人群，一直走出去好遠。苗象林連連趔趄了幾步，怒道：「瑞虎！你發神經了？小心老子打你！」

韓瑞虎不卑不亢道：「哼，您打吧！可您打了我這一次，今後就再也別想打我了！」苗象林舉得半高的手停在空中，納悶道：「你是什麼意思？」韓瑞虎冷笑道：「豫商的規矩，學徒期滿來去自由！我十四歲進津號，如今我十八了，四年期滿，您就是留我也留不住。告訴您，我今天就辭號，去投奔董家老窯的津號。」苗象林大怒道：「好小子，你真是不想活了！你去董家老窯還是得當四年學徒，你就重新去熬吧！」

韓瑞虎忍不住一樂，嬉皮笑臉道：「二相公，您說錯了，我要真是辭號去董家，人家認我在盧家的四年學徒。不但學徒認，出師的夥計原先在盧家的所有身股，一律照認！只要頭一年幹得好，第二年身股多加五毫！我剛才說了，就在今天，老焦領著五個兄弟辭號去董家了。現在盧家的津號除了病得不能下床的楊大相公，就剩您和我啦！明天我再一走，您就跟楊大相公兩個光桿大帥，等著咱們那個總督老鄉照顧吧！」

苗象林起先臉上還帶著怒氣，漸漸冷靜下來，臉色變得越來越慘白，最後竟是呆若木雞，死盯著這個年紀小他快二十歲的小夥計，僵立不動。韓瑞虎淘氣地上前，伸手在他眼前晃了晃，見他毫無反應，頓時嚇了一跳，忙道：「苗爺，苗爺，您怎麼了？大白天丟了魂不成？」

苗象林半天沒出聲，忽而一屁股坐在地上，兩眼呆滯地看著前方，面色如血一般潮紅，渾身都是大汗。韓瑞虎顫著手摸了摸他的臉，像觸了火炭般猛地收回手，叫苦道：「哎喲，苗爺，您中暑了！」他急得四處張望，遠遠看見有個賣西瓜水果的店鋪，兔子般竄了過去，抱起兩個西瓜就走，嚇得老闆大叫：「有混混搶東西了！」說著便抄起秤桿子追了過來。韓瑞虎顧不得許多，一拳砸開西瓜，抓了果肉就往苗象林臉上抹。苗象林急促的呼吸慢慢緩了下來。老闆氣喘吁吁追到跟前，見是在救人，才略微放了心，兀自道：「小兄弟，西瓜得給錢哪！」韓瑞虎摸了摸懷裡，半晌摸出兩個大銅板，眼珠一轉，索性把上衣脫得精光，抱著老闆的腿大哭道：「大叔啊，這是我親哥啊！我們倆從河南逃難過來的，就剩下這兩個銅板了，您收下吧！」

老闆一愣，叫道：「這西瓜說什麼也得……」韓瑞虎見圍過來的人越來越多，放聲號啕道：「大叔，我們就這麼多了，您都拿走吧！千萬別可憐我們！就是我哥死了，沒錢買棺材，連個破席也買不起，我大不了跟他一起跳海河餵王八，您老心腸再好也不能給我們錢哪？我們怎麼能要您的錢呢？您是如來佛轉世，觀音菩薩現身，您的大恩大德我們永世不忘！」

老闆莫名其妙道：「我、我什麼時候說要給你錢了？」周圍的人紛紛嘆息，有認識老闆的人道：「崔老三，算了，頂多十個銅板，人家把衣服都脫了，看樣子真是沒錢了。」另一個人道：「老崔，就是你給人家幾個銅板，也沒什麼嘛！人家老鄉袁大帥剛替咱攆跑了洋鬼子，你生意那麼好，積點陰德也沒壞處。」

韓瑞虎偷偷瞄到苗象林的腳動了一下，知道他沒大礙了，越發呼天搶地道：「大叔，您是我親爹，是我親爺爺！您救了我哥的命呀！您還可憐我們給賞錢，您老好人有好報！」

老闆身邊的人攛掇得更加厲害了，老闆哭笑不得，只得從懷裡摸出幾個大銅板，扔給韓瑞虎，道：「真他娘的怪事，白賠了兩個西瓜，還得破財！」周圍人一陣哄笑，打趣著散去。韓瑞虎機靈地揣好銅錢，衝老闆的背影大聲嚷道：「您老生下兒子中狀元，生下女兒封誥命，紅頂子拿車裝，鳳冠霞帔使船運哪！」說著忍不住笑了起來，又破開一個西瓜，挖了果肉遞到苗象林嘴邊，連聲道：「哥，哥，你吃點去去暑氣！」

苗象林眼睛驀地睜開，無力地笑罵道：「小兔崽子，害得老子跟你一起丟人要飯！快扶我回津號！」

楊仲安的確病得不輕，已經整整三個月沒能主持生意了。本來今天上午精神好了些，想掙扎著下床到櫃上看看生意，不料剛穿上一隻鞋，小相公老焦便領著五個夥計進來，一見他就跪倒磕頭，痛哭流涕。楊仲安還以爲津號被搶了，嚇得兩腿一軟。老焦擦了眼淚，道：「大相公，我們幾個實在待不下去了！津號的生意這兩年根本做不下去，月錢半年沒發了，身股一年減一點，再這麼下去，我們怎麼跟家裡人交代？都是拖兒帶女的人哪……」

楊仲安摀著胸口，虛弱道：「你們、你們打算怎麼辦？」

「辭號！」

「身股、身股不要了？」

老焦心一橫，索性說了實話：「大相公，您對我們一直挺好，我們也捨不得走。可是董克良說了，只要我們去他的津號，在盧家的身股照認，幹得好還給加呢！大相公，人往高處走啊！我們得走了，我勸您也去董家吧，這兩年因爲生意不行，您那身股減得差不多了。董克良說您去了津號，還是大相公，身股立刻漲一釐！」

楊仲安用盡最後一絲力氣，痛罵道：「放屁！你們這是背主求榮！你們都走吧！我就是死，也要死在盧家老號！」說著，抓了枕頭丟過去。老焦紋絲不動，含淚道：「大相公，那我們走了，對不住您。」其餘幾個人也都擦著淚站起身，跟著老焦離開了。楊仲安呆坐了半天，想站起來到櫃上去看看還剩下誰，雙腿卻不聽使喚，一頭栽倒在地。楊仲安手腳並用地拚命爬到前院的帳房，大叫了幾聲「還有人嗎」，四周卻一片死寂。楊仲安心慌到了極點，又奮力爬到前堂櫃檯，這裡不但空無一人，就連門板都放下來了，跟關門倒閉差不多。楊仲安趴在地上喘了半天，昂起頭叫道：「象林！瑞虎！你們這兩個王八蛋死哪裡去了！」卻無人應答。楊仲安勉強翻了身，仰面朝天，痛心疾首道：「大東家，我楊仲安對不起您！我只有一死謝罪了！」

這時門板被人卸下了，韓瑞虎架著苗象林進入前堂，驀地看見楊仲安淚流滿面地躺在地上，兩人都大驚失色。韓瑞虎一把扔了苗象林，撲到楊仲安身上哭道：「師傅！師傅您怎麼了？老焦他們打你？」苗象林冷不防被他一推，踉蹌了兩步，差點一頭栽到櫃檯裡，卻也不敢發火，忙上前和他一同扶起楊仲安，攙到一旁的椅子上。楊仲安摀著胸口呼嗤呼嗤地喘了半天粗氣，才斷斷續續道：「津號、津號就剩咱們三個了？」

苗象林沒好氣地看了眼韓瑞虎，道：「瑞虎明天就辭號，就剩咱們兩個大相公了！」

楊仲安氣急，一巴掌打在韓瑞虎臉上，罵道：「忘恩負義！你這就給我滾！」

韓瑞虎也不急著辯駁，苦笑道：「師傅，我是您從人市上十兩銀子買來的，我能走嗎？你們倆大相公，連一個看門跑街的都沒了，津號還不澈底完蛋？您放心，我就是死也不走！」

楊仲安氣息平靜了許多。經這麼一折騰，出了一身大汗，原來久治不癒的無名熱也好了大半。他打起精神道：「瑞虎，真的就剩咱們三個了？」韓瑞虎嘆氣道：「可不是嗎？」楊仲安眼淚又落了下來，「我對不起前頭的張文芳大相公，也對不起我大哥，更對不起盧大東家啊！好好的津號在我手裡怎麼就一敗塗地了呢？」苗象林早沒了主意，只能唉聲嘆氣。

韓瑞虎安慰他們道：「兩位大相公別著急，這也不全是咱們的錯。八國聯軍在這裡一住就是兩年多，中國人開的字號十家有七家關了門，咱能挺到現在，還真不簡單呢！」

楊仲安搖頭道：「啥也別說了，發電報給總號，就說津號瀕臨絕境，速請總號決斷！」

韓瑞虎兩手一攤，道：「師傅，一個字八兩銀子，這個電報沒個五六十兩下不來。咱哪裡還有銀子呀？」

「連電報都發不起了？」楊仲安難以置信地看著他，繼而捶胸頓足道，「我、我死了算了！」說著就想朝櫃檯尖角撞過去。韓瑞虎和苗象林慌忙攔住他。韓瑞虎笑道：「師傅，其實沒那麼嚴重。人都走了最好，還省得您動腦筋裁人減負呢！咱們三個人，維持一個津號足夠了。」苗象林瞪了他一眼，「就你厲害！你要怎麼維持？」

韓瑞虎又是嬉皮笑臉道：「是苗爺您說的，那位總督老鄉會照顧咱生意呀！」

楊仲安盯著他道：「你到底有什麼想法，快說！」

韓瑞虎見師傅發話了，只得老實道，「說實話，眼下我也沒有主意，不過您放心，過了今天晚上，我一定會把主意想出來！再不濟，我就是出去坑蒙拐騙，也會把給總號發電報的錢掙到手！」說完，扶起他道，「您還是回房歇著吧，前堂有我和苗爺照顧。反正也沒人來，您就好生歇息，養足了精神好跟董家鬥！」楊仲安知道他是在安慰自己，可又沒別的辦法，只好由著他們扶自己朝後院走去。

安頓好了楊仲安，苗象林跟洩了氣一般，渾身軟綿綿地來到前堂。韓瑞虎站在櫃檯後面，眼珠子轉個不停。苗象林靠在椅子上呆了半晌，才自言自語道：「幸虧交了一年的房租，不然這個月就得關門了。」韓瑞虎噗嗤笑道：「我的好苗爺，您說點吉利話好不好？我正在琢磨點子呢！」

要是在平時，苗象林早一個大巴掌打過去了。可今天他在租界外中暑，韓瑞虎的表現著實讓他大吃一驚。他從沒想到眼前這個愛說幾句俏皮話的小夥計，一遇到急事真能做到「有靜氣」，連哄帶騙地把一群大人玩弄於股掌之間！他乾笑了幾聲，道：「你一個毛頭小子，能有什麼主意？」韓瑞虎不服氣，板著臉道：「我都十八了！大東家十八的時候，人稱他『拚命二郎』！神垕鎮誰人不知？我就是比不上大東家，比你苗爺……嘿嘿，也強不到哪裡去。」苗象林正想動手打人，見他這麼機靈地一轉彎，不由得笑道，「算你腦子快！快想點招數吧。唉，看來我不是當駐外相公的料，等津號的事平息了，我還是回總號當我的帳房先生吧，幹那活計我最拿手！」一說到算帳，苗象林的興致就來了，吹噓道，「我們苗家祖傳的雙手開弓打算盤，你見過嗎？我大哥苗象天，是神垕第一神算子！方圓二百里地，就是袁大帥他老家項城縣，說不定都知道神垕有個……」

韓瑞虎一個激靈，大聲道：「慢著！您剛才說什麼來著？」

「方圓二百里地，沒人不知道……」

「有了！」韓瑞虎激動得跳了起來，竄出櫃檯道，「苗爺，您的字寫得怎麼樣？」

「還湊合，練過幾年顏體。怎麼了？」

韓瑞虎不答話，跑回櫃檯拿了紅紙筆墨，放到他面前道：「我說，您寫！」

苗象林嘟囔著提起筆，韓瑞虎給他研著墨，慢慢思忖道：「第一句，『開封府裡有禹州』……」苗象林憤憤地扔了筆，道：「你說的是大白話，寫這個有什麼用！糟蹋筆墨……」韓瑞虎陪笑道：「苗爺，您就當練字，好不好？」苗象林無奈地寫下這句話，韓瑞虎接著道：「『陳州府裡有項城』，這是第二句。」苗象林多少摸出些意味了，精神為之一振，急切道：「下面呢？」韓瑞虎不耐煩道：「您別打岔，我不正在想嗎？」

苗象林不敢打攪他琢磨，屏住呼吸等他說話。韓瑞虎眼睛一亮，道：「『大帥威名鎮天津，盧瓷宋鈞神垕生。項城神垕百十里，都是一個河南省。地道宋鈞在哪裡？估衣街上把您等！』就這幾句！」苗象林筆走如飛，把這六句話寫了下來，讚嘆道：「好你個小虎子，這是首七言絕句啊！」韓瑞虎笑道：「苗爺，有了這八句，給大東家發電報的銀子就不愁了！但還得再麻煩您一陣子，把這幾句寫在傳單上，先寫它個二百份！背後註明一行小字：盧家老號津號專營正宗盧瓷宋鈞，估衣街甲字四十七號。行不行？」苗象林笑罵道：「你他娘的真有主意！我這就寫，你快去把這個貼到門口招牌上！」韓瑞虎得意地一笑，道：「苗爺，您瞧著吧，肯定轟動整個估衣街！」說著拿起墨跡未乾的紅紙，興沖沖走了出去。

估衣街是天津衛最早的街道，俗話說「先有一條街，後有天津衛」，這條街指的就是估衣街。最早，估衣街上只有估衣鋪[6]，因此得名。到了光緒年間，除了估衣鋪外，綢緞、棉布、皮貨、瓷器各業商店也逐漸增多，這條街便成爲華北地區日用商品的集散地。一些老字號如謙祥益、瑞蚨祥、瑞生祥、泥人張、老胡開文、泰和工等，都集中在這條街上，攤販遍地，店鋪林立，異常繁華。天津商界尤其講究門面，內外裝修各有特色。而牌匾一定突出「名」、「優」二字。像津號斜對面的中和煙鋪，招牌上大書「五甲子」，意思是歷經三百年的老字號。正對面的藥店掛著「專門採辦川廣雲貴地道生熟藥材」。至於桐油莊門口放油簍、顏料鋪門口架飛紅點翠的彩棍、賣元宵敲梆子，更是不一而足。

盧家老號的津號就在估衣街上，韓瑞虎胡謅的「七言絕句」擺到了津號門外，不多時便引來眾多的圍觀者。在當時天津人心裡，與其說天津是朝廷收回來的，不如說是袁大帥收回來的，敢情這家瓷器店的老闆跟袁大帥是同鄉啊！不少來估衣街閒逛的本地官員家眷看了這

6 指收舊衣服的當鋪。

招牌，立刻動了心思。袁大帥是項城人，項城跟神垕不到百十里地，「家有黃金萬兩，不如鈞瓷一片」的名聲又是眾人皆知的，說不定這位大帥真喜歡家鄉的鈞瓷呢？大帥新到天津，一心想去送禮撞木鐘[7]的人多如牛毛，可大帥的脾氣一時半刻還摸不清楚，這宋鈞值錢，看著也高雅，不妨拿這東西試試深淺再說。等韓瑞虎發完了二百份傳單，滿頭大汗地跑回津號的時候，居然發現櫃檯前圍滿了人。苗象林和楊仲安忙得不亦樂乎，招呼完這個，招呼那個，等不及的人還一肚子牢騷。韓瑞虎顧不得高興，趕忙竄到櫃檯裡幫忙張羅起來。

苗象林和楊仲安都清楚，若論起招呼商伙，他們倆加起來也不如一個韓瑞虎，便都在一旁幫忙。只見他滿臉微笑，機靈地衝一個師爺模樣的人道：「這個是雞心罐，天藍天白都有，名字叫『夢迴千年』！為什麼叫這個名字呢？千年是什麼，是唐朝呀。您老學富五車，上知天文下知地理，前知一千年後知八百載！唐朝時有個郭子儀郭老王爺，是平定安史之亂的大英雄！我們老鄉袁大帥，不就是當今的郭子儀嗎？夢迴千年，嘿，這個綵頭有多大！」師爺連連點頭，抱著雞心罐仔細端詳。韓瑞虎又衝著一個官家太太道：「這位夫人眼光真好！這叫八方進寶瓶，您瞧這釉色、這做工，實話告訴您，這個從選料，到拉坯，到素燒，到上釉，到釉燒，到燒成開片，足足用了兩年時間啊！宋鈞燒造難比登天，『十窯九不

7 指邀寵，蒙騙之意。

成』。那一窯出了六十多件，只成了這麼一件！」

官家太太抿嘴笑道：「那其餘的呢？」

「全砸碎啦！我們盧家老號從不出瑕疵品！」韓瑞虎正色道，「哪怕這瑕疵您瞧不出來，也不能賣給您！物以稀爲貴呀，要不怎麼襯出這瓶子值錢？」

「喲，值多少錢哪？」

「您要問值多少錢？明碼標價，童叟無欺，五千兩！」韓瑞虎湊上去低聲道，「可今天我們大相公做壽，我們老鄉袁大帥進津，太太您又長得沉魚落雁、閉月羞花，我給您打七折！三千五百兩，外帶老字號隆宜祥的檀香木禮盒、蘇州上等綢緞封皮！您要是還嫌貴，得！」韓瑞虎昂起臉，大聲道，「您在我臉上狠狠搧兩巴掌，出出氣，罵一句『狗娘養的小夥計，要價這麼死』！您千萬大聲罵，讓我們大相公也聽見，回頭我還能得兩個大銅板的賞錢呢！」

官家太太聽得心花怒放，「真是個機靈的小夥計！」接著笑不絕口地回頭道，「張媽，給銀子！」

韓瑞虎興奮地大叫：「大相公來道謝啦！有貴人賞銀子嘍！」楊仲安抹了抹眼淚，上來朝那太太道謝。旁邊的人也都站不住了，紛紛叫著掏銀票。津號僅存的這三個人忙得腳不沾地，個個都喊啞了嗓子。到了晚上一算帳，除去工本，竟足足賺了三千兩銀子！楊仲安看著銀子放聲大哭起來，好一陣子才憋出一句話：「快發電報！」

留餘，留餘

津號的電報只有十個字：津號危，圓家撬，東家速來。總號老相公苗象天、楊伯安接到電報後大爲震驚。「圓家」、「撬」是盧家有鑒於電報局的人屢屢洩密而規定內部使用的電報暗語。「圓家」就是圓知堂董家，「撬」的意思是自己的夥計被人挖走。自從有了身股之制，盧家老號還未發生過大批夥計倒戈的事情，而在天津不但有對手來挖人，這個對手還是董家！苗象天牽掛著弟弟苗象林，楊伯安擔憂弟弟楊仲安，兩人立刻將電報送到鈞興堂。盧豫海深知楊仲安是個要面子的人，如果事情不到萬分危急，斷然不會張口就請大東家去救急。盧豫海當機立斷，連夜趕赴開封府，先見了已官升一級做了藩臺的曹利成，順便看了看曹府大少奶奶、自己的妹妹盧玉婉；又從汴號調了四五個得力的夥計，跟他一起直奔天津。

有了韓瑞虎「七言絕句」的招牌，津號的局面略微緩解了一些，不至於門可羅雀了，但這並非長久之計。沒兩天功夫，在鍋店街上的董家老窯津號也打出了類似的招牌，而且價錢低於盧家老號，傳單公然發到了估衣街盧家津號的大門口，剛剛吸引過來的客人又被勾走了大半。楊仲安和苗象林商議了一番，決定也跟風降價。不料韓瑞虎聽了，卻連連搖頭道：

「兩位大相公，這個價萬萬降不得！」

韓瑞虎這次建了奇功，兩個大相公都對他刮目相看。見他反對，楊仲安也沒動怒，反而微笑道：「你說，爲何不可降價？」「道理明擺著呢。總號規定的價錢是按照毛利三成算的，給咱往下浮動的餘地，說白了也是三成。爲了打開局面，咱已經把毛利降得很低了，再降就是出窯價了，駐外分號沒這個權力，非得向總號請示不可！我看了董家的傳單，同樣的貨，他敢以出窯價賣，這是爲什麼？」韓瑞虎手一揮，「是爲了逼死咱們津號！如果我沒說錯，董克良眼下就在天津！要不然就董家津號那些人，沒這個氣魄！」

「要是這樣，還真不好辦了。」楊仲安沉吟道，「剛剛有了些人氣，又被董家拉走了。他們價錢定得那麼低，咱們又不能跟著降，說到底還是鬥不過他們哪。」

「也不然！」韓瑞虎仍是嬉皮笑臉道，「大東家明後天就到了，有他坐鎮津號，拚價錢也好，想其他辦法也好，總歸不會輸給董克良！不過我想，大東家來了，也不會跟董家拚低價。」

「你有什麼想法快點說，別他娘的掖掖藏藏的！」

「師傅別發火。」韓瑞虎給他端了一杯茶，笑嘻嘻道，「我那個餿點子，是瞄著那幫趕著給袁大帥送禮的人，可這不過是眼前一陣子的應景生意，說來說去還是得抓大商伙！」

門外有人笑道：「說得好！放著這麼個有見識的夥計，津號怎麼會搞成這個模樣！」苗象林一聽這聲音，驀地叫起來：「是大東家！」話音未落，盧豫海滿臉微笑地走了進來，身後跟著五個夥計，個個都疲憊不堪。楊仲安鼻子一酸，語帶哭腔道：「大東家，津號凋敝如此，是我對不起您！」說著就要下跪。盧豫海趕緊上前扶起他，安慰道：「生意嘛，有走順風的時候，就有走背風的時候，哪能處處時時一帆風順呢？我來的時候打聽了，董克良就在天津，你一個大相公權力有限，怎麼跟董克良鬥？你又是大病初癒。你放心，有我給你撐腰，好好跟他董家大幹一場，挽回這個臉面就是。」

楊仲安沒料到他會這麼說，眼淚撲簌簌地掉了下來。韓瑞虎也是直掉眼淚。苗象林在一旁陪笑，剛想說什麼，盧豫海卻冷冰冰地看著他，語氣驟然一變，道：「象林，老楊病了半年，你這個二相公是幹什麼吃的？手底下能用的、不能用的人都給挖走了！我當初真是瞎了眼，怎麼會把你留在津號？我對你再三囑咐的那些話，怕是全扔進侯家后的茶館裡了吧？侯家后是個好地方，茶館、妓院、相公下處[8]，你沒少去叫局趕條子[9]吧？我算看透你了，根本不是駐外的料！生成的狗肉上不得席面！本想讓你做出點功勞衣錦還鄉的，這下子連你爹、你哥的臉都給你丟光了！你爹苗文鄉老相公是多有作爲的大商家，怎麼生了你這個窩囊廢？成事不足，敗事有餘！你也別妄想駐外了，現在就收拾行李，老老實實給我回總號算帳

---

8 意指男妓館。

9 叫局，意指叫妓女陪酒；趕條子，則指招男妓。

去，就從當學徒，給師傅端尿壺開始做起！」

眾人剛開始見盧豫海和顏悅色，心裡都是一塊石頭落了地，不料他突然翻臉，連珠炮似的質問起苗象林，聲色俱厲，絲毫不留情面，都不禁大吃一驚，汗流浹背。楊仲安久聞盧豫海口如刀劍，自己跟了他這麼多年，還從未見過他如此，不由得起了一身雞皮疙瘩。場面一時冷了下來。苗象林吃了這番辱罵，臉色青一陣白一陣的，像是突然給人打了一記悶棍，半晌說不出話。

四周如死一般寂靜，這時韓瑞虎輕輕說了句：「大東家，您罵錯了。」

盧豫海緊盯著他，冷笑道：「你把話說清楚！」

「大東家，您說苗爺不是駐外的料，這話沒錯。我雖然是個小夥計，也覺得苗爺做二相公不成！」韓瑞虎鼓足勇氣道，「但您說苗爺在侯家后逛窯子叫局，卻是無中生有的事。苗爺跟我朝夕相處，他根本不是那種人！再說，豫商裡有規矩，責罰辦事不力的相公，要不勒令辭號，要不減身股，哪裡有回頭去做小夥計的？這是大東家賞罰不公！何況苗爺也有他的長處，津號生意最興隆的時候，往來帳目多如牛毛，苗爺一個人頂十個帳房夥計！大東家要是物盡其用，人盡其才，我看苗爺應該回總號帳房去。」盧豫海沒說話，楊仲安怒道：「瑞虎！你瘋了嗎？大東家自有大東家的主意，你一個小夥計插什麼嘴？人事安排是你能做主的嗎？給我滾！」韓瑞虎倔強地道：「大東家要是執意這麼罰苗爺，我也辭號算了！留在這裡幹沒意思！」

盧豫海忽而發出一陣大笑，眼淚都笑出來了，連聲道：「好一個小夥計！你今年多大了？」

「十八。」

「給你個二相公，你敢幹嗎？」

「有什麼不敢的，反正您是大東家，您出錢，我出力，生意砸了賠的是您的銀子，大不了我捲鋪蓋滾蛋。」

盧豫海打量著他，笑道，「好，有點我當年的樣子！」說完看了眼苗象林，道，「你是現在就走，還是等鬥敗了董克良再走？」苗象林擦淚道：「我等大東家大敗董克良後，跟大東家一起回去。」盧豫海笑道，「那也好，你就留下來做個帳房小相公吧，以觀後效！至於這個小夥計嘛……」盧豫海大聲道，「擢升為津號二相公，輔佐楊大相公主持津號。」苗象林又酸又妒地看著韓瑞虎，悄悄嘆了口氣。韓瑞虎傻傻站在原地，道：「大東家，您要提拔我？」

盧豫海並不回答，朝身後幾個夥計道：「你們先下去歇著吧，讓象林給你們講講津號的形勢。我跟兩個大相公說說話。」苗象林渾身無力地站起來，領著夥計們下去了。待他們走遠了，盧豫海噗嗤一笑道：「這個苗象林，真不如他哥，嚇唬他幾句就成這樣了。老楊你不知道，總號原來的帳房大相公古文樂歲數大了，眼看著身子一天不如一天，帳房是機要重地，不是老人不敢用啊。」

楊仲安的臉色依然蒼白，笑道：「敲打敲打他也好，象林經商的確是用錯了地方。當年大東家要把他召回去，是我苦留不放人，要追究起來我也難辭其咎，只是老古號稱『神垕第一鐵公雞』，不知象林能不能像老古那樣守好帳房啊？」

「苗爺精著呢！」韓瑞虎恢復了往常的樣子，嬉笑道，「他跟我一起上街，自己從來都不帶銀子。」

盧豫海和楊仲安一愣，隨即大笑起來。盧豫海笑道：「瑞虎，你是二相公了，要論起資歷，你師傅像你這麼大的時候，還在維世場燒窯做學徒呢！不過我用人不拘一格，誰有本事誰上。門口那幅招牌是你的主意吧？我看挺好！老楊老成持重，想不出這樣的點子；象林在生意上更是個糊塗蟲……」

韓瑞虎憋了一肚子話，忙道：「大東家要是這麼講，瑞虎就更擔當不起了！其實這也是沒辦法的辦法，給大東家添了個大麻煩。我怕師傅擔心，就沒敢告訴他，一直等到大東家來，才敢向您請罪。要是大東家聽了我的話，不讓我做二相公了，我一點怨言都沒有！」

「你是想說袁大帥那邊需要打點吧？」盧豫海微笑著說。

韓瑞虎驚訝地看著他，嘆道：「大東家真是……我說什麼好呢？我胡謅的那幾句，雖然一時解了津號的危，但也得一大筆銀子才能圓下來！袁大帥是何等人物？他的名諱，哪是咱們商家可以利用的？稍有不慎，袁大帥一個冷臉下來，他手下的兵就敢砸了咱的鋪子！大東家，我給您惹禍了，這禍還不小呢！」

楊仲安一拍大腿，急道：「我怎麼就沒想到這個？掙的一點錢，還不夠給袁大帥送禮呢！」

「這不怪你們。」盧豫海溫和道，「津號眼看著就要完蛋了，你們能急中生智也不是錯。瑞虎，你安心做你的二相公，好好將功贖罪就是。至於打點，這用不著你們操心，我自有主張……」

盧豫海來天津的第二天一早，便到總督衙門求見袁世凱。因為他帶了河南巡撫裕長、布政使曹利成聯名的書信，又塞給領班師爺一張銀票，當天下午就見到了這位名震朝野的袁大帥。盧豫海被師爺領進議事房，見博古架上擺了不少宋鈞，董家和盧家的都有，便微微一笑。袁世凱還在跟一個客人談話，見他進來便端茶道：「練兵處籌備一事，就這樣辦好了。慶親王那裡有我，直隸官員那裡就由菊人兄你去說，聯名摺子還是要上的。」客人笑道：「慰帥好大的氣魄！全國八百三十六萬兩攤派下去，南皮公怕是要坐不住了！」袁世凱脣上一撇濃鬍顫了顫，道：「張公自然會坐不住，可我直隸省率先認籌一百一十萬兩，全省官員又自願認捐十萬兩，饒是他南皮公脾氣再大也無話可說。」客人看見盧豫海垂手恭立一側，便道：「既然慰帥還有客人，我就先告辭了。」

「不忙、不忙。」袁世凱笑著站起來，對盧豫海道，「盧東家是吧？我給你引薦一下，這位是我的盟兄徐世昌，號菊人，生在河南，長在天津，也是咱半個老鄉。翰林院出身，現在是新建陸軍參謀營務處總辦。」盧豫海忙行禮道：「草民豫海拜見徐大人！」徐世昌扶起他，笑道：「都是河南老鄉，行禮不就見外了？」袁世凱摸了摸鬍子，自得道：「盧東家頗有弦高之風，自願出資五萬兩以助北洋操練新軍。南皮公總是說他治下的湖廣商賈如何繁茂，我看也比不上我們豫商急公好義！」

徐世昌笑道：「有了這五萬兩，再加上直隸官員的認捐，北洋新軍的第一鎮總算可以放炮開張了。菊人在此謝過盧東家！」盧豫海趕忙自謙一番，送他離去。袁世凱回到座位上，粗眉一挑，慢條斯理道：「盧東家，裕長是咱老家的父母官，利成兄是布政使，也是你們盧家的親家。你慷慨解囊這五萬兩，不是被這二位老兄逼的吧？」

盧豫海忙道：「慰帥此話怎講？慰帥收復天津，津門重回大清版圖，這是堪比古往聖賢的壯舉啊！慰帥給咱們河南人掙了臉，又要籌建新軍保家衛國，豫海雖是一介商人，也無法袖手旁觀！」

「你這是官話。」袁世凱咯咯一笑道，「都是豫省老鄉，胡同裡趕豬直來直往，你就說你要什麼吧。」

「草民怎敢開口要賞賜？」盧豫海笑了笑，指著兩旁的宋鈞道，「盧家以燒窯爲生，神垕盧家和董家的宋鈞馳名天下，我見慰帥這裡兩家的都有，只願慰帥公務閒暇之餘，賞鑒一番給個評語，草民就知足了。」說著，從懷裡掏出銀票來，恭恭敬敬地放在袁世凱手邊，「慰帥公務繁忙，草民不敢久待。盼慰帥早日練成新軍，入閣拜相，給老鄉們再掙個大臉面回來！」

袁世凱瞧見銀票上寫的是十五萬兩，頓時明白了他的用意，不由得噗嗤笑道：「你們盧家一上來就打我的旗號，說什麼『項城神垕百十里，都是一個河南省』，真是無奸不成商啊！不過你們知過能改，也算識趣……你要的評語，我自會斟酌。送客。」

盧豫海屏息退下。袁世凱緩緩鋪平了那張銀票，倏地冷笑，「跟董克良比起來，還是盧家出手大方啊！」接著大聲道，「來人，把這架子上的宋鈞，凡是董家出的，一律給我從後門扔出去！」

盧豫海回到津號，早就守在門口的韓瑞虎跳了起來，急道：「大東家，您可回來了！董家又降價了！」盧豫海微微一愣，笑罵道：「瞧你沒出息的樣子，降到多少？總不會比出窯價還低吧。」韓瑞虎道：「已經是出窯價了。大東家，董克良明擺著要把咱們擠走啊！您得趕緊拿個主意！」盧豫海笑而不答，兩人來到後院房裡，楊仲安也急得滿頭是汗。盧豫海見他們急成這樣，慢悠悠地端起茶碗，道：「你們急什麼？那天不都說好了嗎？他降咱不降，硬撐著！他有多少貨，咱吞下多少貨。」楊仲安搖頭道：「降價傾銷是萬不得已的辦法。當年盧家遭難，老太爺也使出這一招，導致整整三年，行市都沒恢復過來！董克良瘋了不成？區區一個津號，犯得著這麼下血本嗎？」

韓瑞虎一直沒說話，眨著眼睛看著盧豫海，像是在想什麼。盧豫海笑道，「天津是京城的門戶，也是華北商業繁盛之地。陸路生意有山西、蒙古、直隸；海路生意有遼東、海外。占住了天津，等於占了半個中國的行市。這一點咱們明白，董克良也明白。老楊，你見過洋人的蒸汽機嗎？就咱們在煙號船上用的那種。」楊仲安莫名其妙地點點頭，盧豫海道，「蒸汽機一動，帶著輪子一起轉，人千萬不能捲進去，捲進去一個手指頭，手就沒了，接著是胳膊，然後就是半個身子，最後要了你的命！眼下天津就是這個輪子，董克良是想不惜一切把天津的瓷器生意全占了，咱們盧家要不放棄津號，要不陪他玩下去，把手伸進輪子裡，最後把身家性命都賠上！」

楊仲安眼睛一亮，道：「既然如此，咱們就只有兩條路可走：一條是放棄津號，把這麼大的生意拱手讓出。另一條路是集中盧家老號所有的貨源和財力，跟董克良拚命！」

「不能拚命！」韓瑞虎皺眉道，「明知道是要命的事，傻子才會做。」他看著盧豫海，

「大東家，我就不信您要跟董克良拚命！」盧豫海笑道：「那咱們該怎麼做？」韓瑞虎撓撓腦袋，道：「我有個主意，就是不知道大東家肯不肯。」盧豫海鼓勵地看著他，道：「你說。」韓瑞虎大膽道：「昨天我私下找了老焦，他聽說大東家來了，心裡挺後悔的，說了不少董家的事。董克良這回是有備而來的！董家老窯所有的貨，一半以上都供應了津號，這是多大的量？他攤子鋪得這麼大，想必抱定了一口咬死咱們的意圖。董克良不是降價了嗎？咱就繼續買他的貨！」

「還買？」楊仲安大吃一驚道，「已經囤不少了！」

盧豫海大笑道：「瑞虎說得好，咱就是要繼續買他的貨！老楊，這點你不如你徒弟。你想想，燒窯每天都要銀子，董家老窯的產量和流動銀子在那裡擺著，他拿出窯價賣，咱們拿出窯價買，他賣得越多賠得越多，不出半年流動銀子沒了，他在神垕的總號就吃不消了！」楊仲安搖頭道：「可是大東家，咱是賣宋鈞的，買來那麼多宋鈞，咱怎麼出手啊？出不了手，咱不也得壓一大筆銀子在上頭？董家總號吃不消，咱家也吃不消啊。」韓瑞虎忍不住道：「師傅，咱買了他的貨——」

盧豫海打斷他的話，道：「你這就去發電報調銀子！總號留十萬兩壓庫銀，其餘的全調到天津！」韓瑞虎激動地道：「大東家，我這就去！」說完，大步跑了出去。楊仲安百思不解，納悶道：「大東家，您究竟是怎麼打算的？」

盧豫海的臉色慢慢陰沉下來，他坐著發呆，一手托著下巴，一手撥弄著茶杯。他思忖了半天，忽而道：「老楊，你給我往康店發個電報，給康鴻猷老太爺，就寫：仇人在手，是殺是留？」楊仲安一愣，道：「大東家……」盧豫海擺擺手道：「什麼都別問，去辦吧。」

康鴻猷的電報很快就到了，只有四個字：留餘，留餘。

盧豫海再三玩味著電報，楊仲安和韓瑞虎坐在旁邊，忐忑不安地看著他。盧豫海的眼睛始終不離那四個字，猛地抬頭道：「瑞虎，總號的銀子到了嗎？」韓瑞虎忙道：「到了，隨時能去取。」

盧豫海站起身來，衝他們一笑，道：「你們在這裡等著，我去趟鍋店街，會會他董克良！」

自從董家津號降價以來，全津門的瓷器鋪子都叫苦連天，哪裡有像董克良這樣平進平出，不圖賺錢的生意人？一個月下來，小字號倒了七八間，就連泰和工這樣的瓷器老店都頂不住了。老掌櫃馬福祥親自登門勸董克良收手，董克良表面上恭恭敬敬，一口一個「前輩」地叫著，可就是不肯漲價。董克良的注意力不在這些字號上，他天天都讓人盯著盧家津號，而得來的消息也讓董克良興奮不已，盧家津號的生意十分慘澹，除了少數幾個給袁世凱送禮的人光顧外，大宗生意一樁都沒有。但奇怪的是，盧豫海明明就在天津，為何沒有任何對策？楊仲安不是能應付突發局面的角色，可那個滿腦鬼點子的二相公韓瑞虎好像也傻了，整個盧家津號就跟置身事外一樣，既不跟風降價也不見有別的辦法，就那麼死撐著。董克良精心籌畫的局面終於接近收尾，他堅信只要再等上一個月，盧家津號就只能關門大吉了。爲了給盧豫海致命的一擊，董克良讓神垕總號把最近兩個月所有的貨都發到天津，繼續低價傾銷，衝擊行市。

董克良從電報局回來，看門的夥計有些慌亂地迎上道：「大東家，盧家老號來人了，自稱是盧豫海，就在客房等著呢！您見還是……」董克良一怔，繼而放聲大笑道：「他終於來了！哼，爲何不見？我花費這番苦心就是爲了今天！」說著，他大步朝客房走去，在門口定了定神，才推開房門。盧豫海見他進來，便起身拱手一笑，「克良兄，總算等到你了！」

董克良氣定神閒道：「豫海兄，莫非你在津號坐不住了，也跟泰和工的老馬一樣，來找我訴苦？」

「正是。」盧豫海輕輕一嘆，坐下道，「與其說訴苦，不如說求饒啊。克良兄，你真的連本錢都不要了，也要把我們盧家的津號擠垮嗎？」董克良跟他面對面坐著，淡淡一笑道：「豫海兄何出此言？生意嘛，有做成的，就有做砸的。今天是我做成了，你做砸了，明天的情形或許就會顛倒過來。怎麼，我看豫海兄你不太高興啊？」

「克良兄大兵壓境，我高興得起來嗎？」

「如果豫海兄還是這些話，請恕克良無禮，不奉陪了。」

「克良兄請留步！我不要求董家漲價，也可以現在就走，甚至可以今天就關了盧家的津號，把華北的瓷器生意統統讓給董家。我只想問克良兄一句話，大家都是生意人，都是豫商中人，難道不能忘掉仇怨嗎？」盧豫海一臉誠摯道，「你是豫商中當之無愧的英才，我雖然不敢跟康鴻猷老爺子相提並論，但也不會過於自貶。其實你我都知道，正經的生意不是這麼做的。拿出窯價衝擊行市，殺敵一萬，自損八千，讓外人得利，難道這是聰明人的做法嗎？如果我沒猜錯，克良兄圖的不只是華北這麼大的生意盤子，主要還是忘不了兩家的仇恨，非要把我盧豫海整得家破人亡不可吧？」

這些話句句說到董克良心裡。屋子裡的氣氛瞬間凝重起來，似能聽見對方的心跳。「沒錯！」董克良冷冷道，「家父死在盧家手裡，家兄也死在盧家手裡。克良身為七尺男兒，這樣的血海深仇怎能忘記？你也不要忘了，你大伯盧維義是怎麼死的，難道你對董家就沒有一絲一毫的仇恨嗎？」

「再大的仇恨，也有消散的一天。康鴻猷老爺子說得好，臨事讓一步，自有餘地；臨財放一分，自有餘味。克良兄，你我是同一天出生的，我相信你我都有同樣的氣度。咱們不妨回頭想想，光緒三年，董家和盧家做糧食霸盤生意，在董家瀕臨絕境之際，是我爹出手相救，給令尊留了情面。光緒六年，我大哥盧豫川護送禹王九鼎進京，令兄明知馬千山的陰謀詭計，卻沒有通知我大哥，害得盧家幾乎家破人亡。光緒十二年，令尊設下了連環計，勾結梁少寧用大額訂單引我大哥上鉤，又一次把盧家推上絕路。光緒二十四年，克良兄又對我兄弟盧豫江下手，買通連逢春以維新黨的罪名要將盧家趕盡殺絕……老天不棄盧家，數次被逼上絕境又數次起死回生，難道克良兄還不肯罷休？如果你今天肯放我一馬，我一定會牢記克良兄的大恩大德！」盧豫海起身拱手道，「克良兄，話說回來，如果你非要擠死盧家的津號，用不著你這樣煞費苦心，我今天就可以帶著津號所有人離開天津，並且向你發誓永不踏入天津一步！我只求克良兄忘掉這些仇恨，平心靜氣地做生意，你看行不行？」

董克良高傲地仰臉看著他，一字一頓道：「不行！你是落敗之人，哪有你提條件的分兒？我不但要你的津號完蛋，我還要盧家老號所有的分號，連你在神垕的總號都澈底完蛋！我也不只要你的命，我還要你娘的命，你哥的命，你弟弟妹妹的命……我要你們全家都死在我手裡！」

盧豫海渾身顫抖，咬牙道：「克良兄，殺人不過頭點地，我盧豫海也是條漢子，有名的『拚命二郎』！可是今天，爲了求你忘掉兩家的仇恨，我、我情願給你下跪！」他朝天朗聲道，「董老太爺、克溫大哥，盧豫海代父向你們下跪了！求你們在天之靈庇佑，讓克良兄化解兩家的仇恨吧！」說著，他居然真的撩袍跪倒在地！

這一跪，深深震撼了董克良。他死盯著盧豫海，驟然狂笑道，「爹！大哥！你們聽見了嗎？盧家的人在向我求饒啊！他們被我逼得走投無路，終於向我跪地求饒了！」他笑著笑著，騰地站了起來，身子搖晃著道，「盧豫海，時至今日，我就跟你說實話吧！這幾十年來，我處處跟你作對，欲置你於死地而後快，你可知究竟爲了什麼？你也是讀過書的人，應該明白一個道理：天下仇之最者，莫過於殺父之仇；恨之最者，莫過於奪妻之恨！」說到這裡，他聲淚俱下，狀若癲狂道，「你爹盧維章害死了我爹和我哥哥，這件事你知道。但你奪走了我心上之人，你又知道嗎？我今年四十歲了，爲何至今還未娶妻？因爲我心中只有一個女人，就是你的姨太太陳司畫！」

盧豫海木雕泥塑般跪在地上一動不動，臉色霎時變得慘白。董克良把嘴唇都咬出了血，大聲道，「從我十五歲那年在禹州燈會上第一次見到陳司畫，我就認定她是我董克良的女人！雖然她對我冷淡，但我對她的心意從來沒有變過。盧豫川進大牢那年，我求我父親去陳家提親，才知道她只肯嫁給你……那段日子我是怎麼熬過來的，你知道嗎？我大病一場，差點見了閻王！從那時候開始，你就是我董克良今生今世最大的仇人，我恨不得親手將你碎屍萬段！陳司畫對你情有獨鍾，可你是怎麼做的？放著那麼好的女人不要，偏偏娶了我大姐的私生女！我董克良求之不得的女人，你竟那麼隨意地拋棄了，就跟拋棄一件破衣服一樣！你去景德鎮三年，陳司畫爲你苦守了整整三年，我不死心，讓父親幾次去求親都被拒於門外。沒錯，她到底是如願以償地嫁給了你，可她卻做姨太太，是二房！你搶走了本該屬於我的女人，卻沒有珍惜她，善待她，反而讓她一生一世都活在委屈和痛苦之中。要是我娶了她，一定不會讓她有半分的不快，半分的委屈！盧豫海，今天你衝我一跪，我的確可以忘記我爹的死，忘記我哥先被弄瞎一隻眼，繼而被迫自盡。可我能忘得了陳司畫嗎？我能忘掉這樣的奇恥大辱嗎？」董克良瘋了一般用力捶打著自己的胸膛，厲聲咆哮道，「我一想起我最愛的女人夜夜躺在你懷裡，千方百計討你歡心，替你生兒育女，生怕你有半點移情，而你卻不能給她一個應有的名分，我的心都要裂了！你能在我面前下跪，你能忘掉仇恨，你能不要津號的生意，但你能把陳司畫給我嗎？你能把我十五歲那年遇到的陳司畫，清清白白地給我嗎？你能把這二十五年的蹉跎歲月統統還給我嗎？你不能！我這一生孤獨寂寞，如同行尸走肉，都是你盧豫海一手造成的，你說我能忘掉這一切嗎？」

盧豫海默然良久，起身道，「克良兄，我明白了……看來這樣的仇恨，我就是一死，也難以化解。克良，我從沒這樣稱呼過你，但從今往後，不管你怎麼看我，怎麼恨我，我都會把你當作我的兄弟。造化弄人，天意無常，我跟你同年同月同日生，算起來相識也快四十年了。你我交手以來，兩敗俱傷也好，互有勝負也罷，我從來都把你當成此生最大的對手。如今你我都是不惑之年，你孤獨至今，而我又何嘗真正享受過兒女之情？我一輩子最對不起的人，一個是司畫，一個是關荷。她們倆給我的，我不能回報。每每思及此，我也是徹夜不得安眠，傷心之處不遜於你啊……」盧豫海茫然地搖了搖頭，沙啞道，「克良，你說你可以置我於死地，其實你錯了。我今天來，固然是真心想化解你我的仇恨，但希望一旦落空，我就要轉守為攻，把你澈底打倒。我現在雖然知道這個仇恨此生無法化解了，但我還是不打算這麼做。」他掏出一張銀票，「這是三十萬兩銀票，你知道我準備拿它幹什麼嗎？我打算買你的貨。」

董克良身子一動，驚道：「你買我的貨？」

「對，我都算好了，如果這筆銀子不夠，我就是向票號借錢，也要把你從神垕調來的貨都買下來。接著，我就把手上的貨全賣出去，你董家老窯的分號開到哪裡，我就賣到哪裡，拿你自己的貨衝你自己的生意。用不了多久，你在各地的分號就完蛋了。你的貨是出窯價，賺不了錢，而你的流動銀子也支撐不了十幾個分號同時告急，你面臨的是整個生意的崩盤！你知道津號的楊仲安、韓瑞虎在幹什麼？他們在聯繫商隊，只要我一聲令下，不出一個月，董家老窯各地的分號就會被自己的宋鈞衝垮！看著對手倒下，敗在自己手裡，對一個生意人而言，還有什麼比這更開心的事？」

董克良臉色蠟白，哆嗦著嘴唇道：「你、你真打算這麼做？你既然告訴了我，你的苦心不就白費了？」

「就算你現在明白了，也為時已晚。你知道這些日子，我手頭囤了你多少貨？我帶來的銀子、津號的銀子，足足有七八萬兩！僅此一筆，你的京號和山西、蒙古的分號，還有活路嗎？」盧豫海淡淡道，「不過你放心，我不會這麼做。這七八萬兩的貨，我會以你賣給我的價錢再賣給你。到了現在，我已不奢望你我的仇恨能化解了。我只想讓你記住，豫商的古訓是什麼？是留餘啊！天津的生意盤子不是一家一戶能霸占的。」說完這些，他輕輕一笑，「關荷是你的外甥女，按理我該叫你一聲小舅子。其實你我這輩子都沒贏，你一無所有是痛苦，我不堪重負也是痛苦；你的傷心我無法體會，而我的艱難你又知道多少？人生苦短，你我還是……」說到這裡，盧豫海悵然一嘆，再說不出話來，拱了拱手，緩緩離去。董克良怔怔地看著他消失的方向，盛夏耀眼的日光從敞開的大門投射進來，恍惚間，他再也不知身在何處。

貳拾參

闞荷之死

將生意囑託給楊仲安和韓瑞虎後，盧豫海帶著苗象林悄然離開天津，回到了神垕鈞興堂。此番天津之行，尤其是董克良那番話對他的震撼如此之深，以至於他一病不起，昏昏沉沉地躺了好幾個月，其間吐了好幾次血。盧家遍請全省名醫為他治病，大夫們無一不是搖頭嘆氣，說病由心生，而心悸吐血又是盧家幾代人的宿疾，已非藥石可救。年邁體弱的盧王氏為兒子日夜焦慮，積憂成疾，竟撒手而去了。此時盧豫海病情剛有些起色，他掙扎著從病榻上起來給母親送葬，與已故的盧維章合葬在一處。與母親的靈柩告別時，盧豫海四十出頭的人竟一夜之間鬚髮皆白，跟當年盧維章聽聞董振魁父子暴斃時如出一轍。

盧豫海當眾宣布廬墓三年，為母親守孝。他連鈞興堂也不回了，就在墓地旁搭了個廬舍，獨自一人住了進去，不讓任何人陪伴。只有闞荷和陳司畫白天來送送飯，陪他聊一陣子。天色一黑，盧豫海就要她們離開，自己長夜孤燈，守在父母的陵墓旁。這一守就是三年。三年裡，盧家老號總號和兩堂總幫辦蘇茂東、總號帳房大相公古文樂、信房大相公江效宇等人相繼辭世，盧豫海帶孝理事，讓原先提拔進老相公房的方懷英、高廷保等人補缺，苗象天和楊伯安則繼續擔任老相公。盧豫江多年來一直待在英國，朝廷對維新一案又遲遲沒有鬆口的跡象，因此在盧豫海的堅持下，神垕家中發生的一切都沒有告訴他。到了光緒三十一年，盧豫海守孝三年剛剛期滿，又從景德鎮傳來噩耗，年近九十的許從延老夫婦先後離開人世。盧豫海爲了實踐當年的諾言，欲親自趕赴景德鎮爲許從延夫婦送終。無論關荷和陳司畫如何勸阻，他仍然執意前往，哭著道：「我在景德鎮父老面前發過誓，從此視許老爺子夫婦如親生父母，百年之後爲他們二老送終行孝。我們父子母子一場，不能說話不算話，我一定要去。」眾人拗不過他，只得爲他準備好行裝。然而就在他即將啓程之際，心悸病突然復發，接連三日吐血不止。關荷和陳司畫無奈下，向盧豫海提出由她們兩個代他去景德鎮，理由是她倆一個是二少奶奶，一個是爲盧家生兒育女的姨太太，再帶著盧廣生一起去，分量也足夠了。盧豫海病得連床也下不了，苗象天和楊伯安在床邊灑淚苦諫。苗象天道：「大東家此去必定會傷身子，眼下三爺滯留國外，有家不能回，大少爺盧廣生還是個孩子，盧家老號上下一萬多個夥計，拖家帶口幾萬人全靠大東家吃飯，大東家若是有個好歹，豈不是斷了他們的活路？」楊伯安也是這麼勸他，盧豫海思忖再三，只得同意了兩位夫人的提議。八月中旬，在苗象林的護送下，關荷和陳司畫由神垕啓程趕奔景德鎮。

關荷等人走的路線，恰好是當年她和盧豫海被逐出家門，千里迢迢去到景德鎮的那條路。一路經陳州府、信陽州，由武勝關進入湖北，在武昌府乘船到江西九江府，再輾轉來到饒州府浮梁縣景德鎮。一行人抵達時，許從延老夫婦已入土爲安，在由津號調任景號大相公的韓瑞虎陪同下，鬮荷和陳司畫領著盧廣生披麻帶孝，在許從延夫婦墳前祭掃，算是了了盧豫海一樁心事。盧廣生在維世場見習燒窯兩年，吃盡了苦頭，又正值十七八歲愛玩的年紀，一出遠門就跟小鳥脫籠一般，讓苗象林領著他把江西名勝古蹟轉了個遍。鬮荷和陳司畫雖然擔心盧豫海的病情，卻也不忍讓孩子失望，在景德鎭一待就是倆月有餘。眼看離家日久，盧廣生也玩得盡興了，鬮荷和陳司畫決定即日啓程返家。

盧豫海帶病守孝的三年裡沒有踏入鈞興堂半步，盧王氏也不在了，鬮荷和陳司畫的明爭暗鬥沒了圍觀的看客，也沒了裁決者，漸漸地便冷了這分心思。雖然言詞間還隱隱帶著敵意和成見，卻也比從前多了幾分和氣與淡然。這天，一行人在九江府上了船，溯江而上，眾人都圍在船頭看江景。但見江水滔滔，霧氣翻湧，天色已近黃昏。兩岸的山川、眼前的江色，都籠罩在昏沉陰霾的廣大蒼穹之下，渾黃的江水也變成了濃黑，嘩啦啦地發出令人心顫的聲音，轟鳴著向東流去。

在下人眼裡，鬮荷和陳司畫從未有過不和，何況盧廣生也在，兩人更是處處小心。此刻，她倆攜手站在船舷一側，看著遠方順江而下的船舶呼嘯而至，擦舷而過，眨眼間又變得如同泥丸般大小，在浩瀚的江水上駛向東方。陳司畫看著那東流的江水，忍不住笑著嘆道：「我以前讀詩，總以爲『江楓漁火對愁眠』把江景二字說得霸道極了，想不到真的置身於大江之上，還是『潮平兩岸闊，風正一帆懸』來得貼切——姐，妳在想什麼呢？」

如果是在以前，關荷一聽見陳司畫這樣炫耀才學，必會冷言冷語地諷刺一番，可是今天，她只是輕輕搖了搖頭，「我在想光緒八年，我跟二爺去景德鎮，走的就是這條路。」她從懷裡摸出個小荷包，黯然道，「二十多年了……那時候二爺還是個二十歲的小伙子，如今已是白髮蒼蒼，他才四十四歲啊！臨走的時候我幫他梳頭，白髮掉了一地。他對我說，要我把這些白髮扔到長江裡，他說這輩子不知道還能不能再來長江。來的時候，我捨不得扔，現在……」她顫手打開荷包，挑起一縷白髮，分了一半遞給陳司畫，「二爺現在是我們倆的，他的心願，也該由咱們倆來完成。妹妹，妳拿著吧。」

陳司畫愕然看著她的臉。落日餘暉斜射過來，籠罩著遠近所有的人和物，她的臉也彷彿塗上了一層暗淡的金色，宛如發黃的古畫。關荷緩緩伸出手，迎風展開手指，幾根白髮被風捲起，落在江水之中。陳司畫學著她的模樣，也將手裡的白髮撒入江裡。兩人久久注視著江水，像是虔誠的信徒在祈禱。白髮落入江中悄無聲息，但在她們聽來卻如同一聲巨響，震得兩顆心再難以平靜。許久，關荷幽幽道：「妹妹，剛才我說的話，妳聽出意思了嗎？」

陳司畫苦笑道：「妳說二爺是我們倆的，是不是？」

「現在還是，等我們回到神垕，就不是了。」關荷淡淡一笑，道，「我跟大嫂蘇文娟約好了，等我們一回神垕，我就和她一起到登封縣望堵峰永泰寺去。我們拜在湛仁大師門下，按著『清淨真如海，湛寂淳貞素』輩數，大嫂的法號是寂然，我的法號是寂了。」陳司畫駭得半天沒出聲，好久才道：「姐姐要出家嗎？」關荷的臉上波瀾不驚，道：「我此生罪孽深重，不敢玷汙佛門，只做個帶髮修行的優婆夷而已。」

「姐姐此舉，置妹妹於何地？」陳司畫急切道，「知情的、不知情的，還以爲我爲了做二少奶奶，用了多少卑鄙齷齪的手段逼妳出家呢！妳是四大皆空了，卻狠心留給我一世罵名！我佛以慈悲爲懷，姐姐這麼做，就能心安理得嗎？若我真對二少奶奶的名號還有什麼貪念，非要去爭倒也罷了，但這三年來，我對姐姐還不夠忍讓嗎？姐姐爲何非要把妹妹逼到千夫所指的地步！」

「妳說得對，也不對。我問妳，二爺這三年來爲什麼不肯回家？寧可住在那間四處漏風的破草廬裡，也不願回到妳我身邊？若說是守孝，老太爺去世時，他也沒有廬墓三年啊。妹妹，妳知道爲什麼嗎？」陳司畫不解地搖搖頭。關荷痛楚道：「二爺是覺得家裡太冷了，他被這二十年冷冰冰的日子弄怕了！沒錯，妳和我都千方百計地對他好，無微不至地照顧他，但妳我面和心不和，身邊的人都能瞧得出來，二爺那麼聰明的人，又怎會不知道？別人看他有妳我姐妹二人，都說他享福不淺，但他心裡的苦又有誰能明白？在他心裡，既怕傷了我，又怕傷了妳，不敢對任何一個太好，又不忍對任何一個不好，親近了這個又怕疏遠了那個，明知道妳我爭得厲害，也一句話都不敢說，只是裝作不知道，拚命在中間打圓場……妳和我就好像兩碗滿滿的水，他一直端著這兩碗水走了二十年哪！日日小心，夜夜謹慎，唯恐家裡妻妾不和，烏煙瘴氣。妹妹，如果妳是二爺，妳不覺得這個家很冷嗎？二爺那麼暴烈的脾氣，爲何一進家門，一到了妳我房裡，就跟小媳婦似的唯唯諾諾，舉手投足都帶著心虛，根本不像他在生意場上叱吒風雲的模樣！我一直有個傻念頭，二爺要是跟年輕的時候那樣，對我又吵又罵，甚至打我一頓，踢我兩腳，那比他給我什麼都讓我開心！都說親不過父母，近不過夫妻，我不想讓他約束自己，不想讓他連自己的本性都得收斂起來，還是在他最親近的妻子面前……妹妹，妳不覺得二爺活得太累了嗎？活得太苦了嗎？妳靜靜想想，這二十年裡他有過一天真正開心的日子嗎？」

陳司畫無言點頭，落下兩行淚水。關荷抬手幫她撫去眼淚，道：「妹妹，我這一走，二爺就不必爲難了。那種小心翼翼的日子，也就沒有了。妳說我狠心讓妳背負罵名，沒錯，的確會有人這麼想。但是妳我爲了二爺死都不怕，還怕背負什麼罵名嗎？」

「爲什麼出家的是妳，不是我？」陳司畫沉默良久，喃喃道，「在大連的時候，妳我爲了誰先陪著二爺死都要爭，如果非要一個人離開二爺才能開心的話，我情願出家的是我陳司畫！」

關荷搖頭道，「妳知道我的法號爲何叫寂了？寂者，無聲無息也；了者，一了百了也。我出身就是孽種，而妳出身是大家閨秀。我跟二爺成親後就雙雙被逐出家門，而妳跟二爺成親後，二爺順順利利地做了大東家。我無兒無女，晚景淒涼，而妳兒女雙全，有享受不盡的天倫之樂。我留在二爺身邊，無非是縫縫補補，伺候他飲食起居，而妳卻不只能做這些，還能在生意上幫他出謀劃策，替他分憂！如此說來，是妳留在他身邊好，還是我留在他身邊好？妹妹，妳對二爺的情分，我最清楚；而我對二爺的深情，也只有妳最明白。妳我鬥了二十年，只有對手才最了解自己啊。記不記得在大連，妳問過我一句話，問我肯不肯把我那一半給妳？」關荷深深地看著她，平靜道，「妳不妨現在再問我一遍。」

這番話句句砸在陳司畫內心深處最脆弱的地方，說得她心痛不已，「姐姐，妳……」

「我肯。二十年了，人生有幾個二十年？妳屈居姨太太這麼久，也該輪到妳了。妹妹記住，我是把我那一半交給妳，不是讓給妳。這是妳應得的。」

下人們就在不遠處，看著江景，有說有笑。他們哪裡知道，這兩位夫人正在進行著一場多麼淒涼的談話。陳司畫強忍住滿腔激蕩的心緒，軟軟靠在關荷肩頭，道：「姐姐，我真羨慕妳。」關荷並不答話，眼淚無聲地湧出。她一邊撫著她的手背，一邊低聲道：「妹妹，我最放心不下的不是二爺，而是廣生。」陳司畫倏地抬起頭，驚道：「姐姐何出此言？」關荷回頭看著盧廣生，他正跟幾個長隨一起逗著丫頭們玩，大呼小叫個不停。陳司畫的臉色頓時變了。關荷嘆道，「廣生太嬌慣了，吃不得苦，又是不服管教的少爺脾氣。二爺那次背著妳教訓廣生，妳不知道吧？二爺先是打了他兩板子，又給他講了一個故事。」關荷出神地看著遠方，悠悠道，「二爺說：『廟裡有座石頭神像，每天來跪拜的人絡繹不絕。神像下的臺階心裡不平：我們都是同一塊大石頭上鑿下來的，為何人們都踩著我，卻向你磕頭呢？神像說：你從石頭到石階，只挨了十八刀，而我從石頭到神像，卻挨了整整十萬八千刀！』」陳司畫穩住心緒，急切道：「廣生怎麼回答的？」關荷苦笑了幾聲，道：「二爺說了半天，廣生卻一直在哭，一句話都沒有。」

陳司畫身子搖晃了一下，差點摔下去。關荷趕緊扶住她，小聲道：「妹妹，我知道妳心裡著急，可妳不能流露出來。廣生性子驕縱，妳越是責罵，他就越變本加厲……妹妹，這裡頭也有我的過錯，是我從小太溺愛他了，慣得沒個樣子。」「姐姐！」陳司畫痛心不已，道，「這是老天爺在懲罰我呀！我一直拿廣生當對付妳的殺手鐧，只要他在老太太面前說妳一句不是，我就放任他胡鬧。我只想著對付妳，卻忘了他是盧家老號未來的接班人！二爺連教訓兒子都要背著我，看來二爺什麼都知道，只是不說罷了……姐姐，我對不起盧家啊！」關荷安慰道：「好在他還小，慢慢調教就是。廣生就跟貓一樣，得順著毛摸，妳放心，他沒什麼大毛病……」陳司畫失魂落魄地看著她，再說不出話來。

天色漸漸黑了。船老大跟苗象林一起過來，道：「二位夫人，已經到廣濟縣了，這是鄂東門戶，號稱『入楚第一門』。今天咱們就在這裡下錨，明天一早啓程。二位夫人看如何？」陳司畫心裡慌亂不堪，關荷點頭同意了。是夜，陳司畫和關荷同榻而眠，關荷將當年和盧豫海一道南下的往事，一件件講給她聽。陳司畫聽得心馳神往。就在此際，盧廣生敲門進來，笑嘻嘻道：「大娘、娘，我聽船老大說廣濟縣有三臺八景，其中鮑照讀書臺、四祖正覺禪寺都是有名的去處，我想後天再啓程，您二老……」

「混帳！」陳司畫勃然變色，大聲斥道，「你來是做什麼的？你是來給你許爺爺許奶奶送葬！在江西一玩就是兩個月，你爹在家病得半死不活，你就一點孝順的心思都沒有嗎？當年你爹知道你爺爺病重，馬不解鞍地不到十天就回到了神皋！可你呢？一個廣濟縣就留住你了，到了武昌府，你怕是樂不思蜀了！」關荷一直給她使眼色，陳司畫卻視而不見，繼續怒道，「給我滾！好好想想你的過錯！」盧廣生從未見過母親如此疾言厲色，一時傻了，竟淌淚道：「娘，我哪裡做錯了？不就是想玩一天嘛……」陳司畫見他如此輕易掉淚，更是氣得渾身發抖，衝過去一巴掌打在他臉上，罵道：「你想想你爹！男子漢大丈夫，刀架脖子都不眨眼，就芝麻大小的事，你居然哭了！」盧廣生本來是小聲啜泣，經她這一耳光竟放聲大哭起來。關荷上前瞪了他一眼，道：「你還不走？」盧廣生這才一路哭著跑了出去。

陳司畫對關荷傍晚的話耿耿於懷，對盧廣生又怒又羞又急又疑，他跑來這麼一鬧，如同火上澆油，讓陳司畫氣得難以自持，忽地一陣眩暈，忙用手扶住了桌子。關荷過來扶她，卻被她一把推開，伏案大哭起來。關荷嘆口氣，坐在她身邊道：「這孩子著實讓人生氣，可妳下手太也重了些……」陳司畫垂淚道：「姐姐，我怎麼生了這麼一個孽障？三歲看到老，他今年都十八了，怎麼還是個不成器的模樣？我不敢把他跟他爹比，可、可這也太不中用了……」闞荷給她遞了杯茶，看著搖曳的燭光，萬事齊湧上心頭，竟找不出一句安慰她的話。

盧廣生挨了母親這一耳光後，老實了許多，不敢再提停留遊玩的事。一路上倒也順利，在武昌府下了船，盧家老號漢號的人早等在碼頭上，備好了車馬。闞荷和陳司畫在武昌府片刻未留，穿城而過，直奔河南而去。過了武勝關，就是豫省的汝寧府信陽州了。信陽州境內山巒交錯，群峰環結，地處豫、鄂兩省要衝，一個州就有「沖繁難」三字考語[10]；加之清末社會動蕩，又正值農閒季節，境內土匪橫行。一進入信陽州，苗象林的心就提到了喉嚨。那年他千里奔赴景德鎮向盧豫海告急，就是在這裡被土匪劫了道。闞荷看出他的心思，便勸道：「你那時走的是小路，咱這次走的是官道，一馬平川的，能有什麼危險？再說，咱們來的時候不也沒事嗎？你手下還有幾個家丁呢！」

苗象林苦笑道：「咱來的時候是秋天，正是農忙的時候。如今天冷了，田裡沒活幹，老百姓出來劫個道、搶點銀子過年也是常有的事。唉，但願老天保佑！」眾人聽到他的擔心，也都惶惶不安起來，一個個快馬加鞭，但求早點離開此地。偏偏天不遂人願，眾人只顧著趕路，沒算計好時辰，趕到李家寨時剛過未時，苗象林覺得再趕一程，正好晚上在柳林落腳。

10 清代考評地方等級有「沖、繁、疲、難」四字訣：交通頻繁曰「沖」，行政業務多曰「繁」，稅糧滯納過多曰「疲」，風俗不淳、犯罪事件多曰「難」。

誰知走到半路天色已黑，一行人夾在柳林和李家寨之間進退兩難。兩旁都是高山峻嶺，在夜色籠罩下漸漸變得模糊，滿山的雜樹灌木不安地搖晃著，似有數不盡的鬼魅在陰影中手舞足蹈。松濤聲時緊時慢，彷彿遠處有千軍萬馬，殺聲震天。眾人不由自主聚成一團。關荷早變了臉色，大聲道：「苗象林，這就是你領的好路！前頭還有多遠？」苗象林臉色煞白道：「回、回二少奶奶，天黑得這麼快，我一時也辨不清了……不然咱們原路回李家寨吧？」

關荷對陳司畫道：「妹妹，妳看……」陳司畫是個經不住大事的人，此刻已是驚慌失措，強撐著道：「都聽姐姐的吩咐！」關荷又看著盧廣生道：「廣生，你也是快二十的人了，你有什麼主意？」盧廣生連馬都坐不穩了，顫聲道：「我、我也聽大娘的！」關荷嘆氣道：「那就回頭吧。」說著，她跳下車，匆匆在地上抓了幾把土揣在衣襟裡，再轉身跳上車。一行人緩慢而慌亂地掉了頭，朝李家寨趕去。陳司畫放下車簾，剛想說什麼，關荷便抓起土抹在她臉上，動作毫不遲疑。陳司畫驚道：「姐姐！妳——」關荷面無表情道：「萬一遇見土匪，妳就說妳是我的丫鬟！還有，妳這身衣服太顯眼了，把外衣脫了吧。」陳司畫的心驟然狂跳起來，顫巍巍地道：「姐姐，那妳怎麼辦？」「我是半個出家人了，生死算什麼？」關荷俐落地扯下她的衣服，從隨身的包裹裡拽出一件丫頭穿的外衣，披在她身上，這才放心道：「好了，妳也別害怕，不會有事的，也就是半個時辰的路……」

話說到這裡，忽聽見車外震耳欲聾的吶喊聲響起，車子顛簸了幾下，停住了。陳司畫霎時臉色慘白，關荷一把抓住她的手，低聲叫道：「記住，妳是我的丫鬟！好好照顧二爺和廣生廣綾！」說完，她拉著面如土色的陳司畫跳出車子。外面已是燈火通明，三十多個火把將周圍照得亮如白晝。苗象林和盧廣生腳步踉蹌地跑過來，苗象林變了腔調道：「二少奶奶、姨——」

「這是我的丫頭！你沒長眼嗎？」關荷冷冰冰地打斷他的話。苗象林嚥了口唾沫，道：「二少奶奶，真遇見土匪了！我跟他們說了幾句，他們是要錢不要命！」關荷低聲道：「咱帶的毛瑟槍呢？」苗象林不無怨尤地看了盧廣生一眼，道：「大少爺在廬山打獵，把子彈用完了！」盧廣生嚇得站立不穩，一把抓住陳司畫，渾身顫抖地連聲道：「娘，怎麼辦？怎麼辦？」沒等陳司畫言語，關荷就厲聲道：「你嚇傻了嗎？你娘是我！」說著，她一把拉住盧廣生，迎著土匪大步走去。匪首是個黑布蒙面的農夫，手裡拿著把鍘刀，正跟幾個家丁對峙著。家丁們見關荷來了，讓開了一面，兩枝毛瑟槍對著匪首。關荷不慌不忙道：「幾位老鄉，是不是想發點小財過年用？我們是商家的女眷，回老家探親剛走到這裡。銀子嘛，也不多，象林，把咱的銀子都拿過來！」苗象林從懷裡掏出銀票和褡褳，哆嗦著手遞給她，叫了聲：「二少奶奶……」關荷看了看銀票，笑道：「這位大哥，這是我們所有的銀子了，一共是五百多兩，還有些散碎的銀子，你們都拿去好了！」

匪首的眼睛上下打量著她，上前奪過銀票和褡褳，冷笑道：「老子本來是劫財，可現在嘛──嘿嘿，怕是還要劫色了！」關荷身子微微一晃，強笑道：「大哥這就沒眼光了。人市上十幾歲的黃花大閨女也就十兩銀子，我一個四十多的老女人了，你就是搶下我，敢把我帶回家嗎？怕是你老婆一頓臭罵少不了吧？」匪首淫邪的目光盯著她，放聲大笑道：「老婆？老子還沒娶呢！妳是頭一個！老是老了點，跟老子更般配！」

苗象林搶過一個家丁的槍，指著匪首喊道：「你再敢放屁，我一槍打死你！」匪首一愣，隨即笑道：「你們就兩枝槍，我們上百人，不等你裝上子彈就把你亂刀剁了！你們敢放一槍，我就一個不留，全送你們去見閻王！」苗象林手心汗水直冒，連槍都拿不住了。兩方僵持了一陣，關荷突然慘笑道：「你們退下，就是要我留下，也得讓我安排一下後事吧？」匪首哈哈大笑，揮手讓手下退後，但仍圍著他們。

關荷只覺手一空，轉頭看去，盧廣生嚇得抱著腦袋蹲在地上，不停地顫抖。四周死一般的寂寥。關荷見盧廣生不但面無人色，身下還流了一灘東西，痛心地搖搖頭，慢慢轉過身，看著身後的丫鬟、家丁和陳司畫，艱難道：「你們都上車吧……司畫，替我照顧好這個沒出息的兒子……」

眾人都是一驚，家丁們擁上來，紛紛哭嚷道：「二少奶奶，跟他們拚了吧！大不了一死！」關荷咬牙道：「你們知道什麼？好好照顧大少爺！」說著，狠狠一腳踢倒盧廣生。盧廣生嚇得慘聲大叫起來，兩條腿不停地抽搐。關荷苦笑一聲，對苗象林道：「拿著你的槍，快走！」苗象林哭著道：「二少奶奶，我怎麼跟大東家交代啊！您讓我留下來，陪您一起死！」關荷一耳光打在他臉上，低聲道：「就是死，也給我回了家再死！你死了，這群人怎麼辦？」

匪首見他們議論了半天，不耐煩道：「後事說完了嗎？快點！老子還等著進洞房呢！」群匪一陣哄笑。關荷急得直跺腳，大聲道：「快上馬，車不要了！」家丁們把三個丫鬟——陳司畫也在其中——扶上了馬鞍，自己也翻身上馬。關荷衝著匪首大聲道：「你讓他們先走。」

一個土匪笑道：「老大，你今天可是睡人家的少奶奶，大夥都得喝你的喜酒呢！」匪首狂笑起來，揮手嚷道：「弟兄們讓道，讓騎馬的人走！」陳司畫坐在苗象林的馬上，跟關荷錯身之際，慘聲道：「姐姐，妳……」關荷拉住了馬鞍，低聲道，「妹妹放心，我留著老太太給的護身符呢！」她晃了晃手裡那個陳司畫再熟悉不過的紙包，淚水湧出，「妹妹告訴二爺，我是清白地去的！」說著，她又大聲道，「苗象林，你們千萬要跑快些！」苗象林哭成了淚人，還想說什麼，關荷一手握著鶴頂紅，一手揮打在馬身上。馬兒嘶鳴一聲朝前跑去。群匪讓開了一條道，五六匹馬飛馳而去，消失在茫茫夜色中。一路上只有陳司畫的哭叫聲，在寂靜的深夜顯得格外淒厲。

匪首扔了鍘刀，連聲淫笑著大步朝關荷走來。關荷眼中冒著火，大聲道：「且慢！你得先讓他們走遠了！」匪首毫無戒心，笑道：「妳放心，我們沒牲口，追不上馬的。咳，老婆，妳跟了我，有妳好日子過的！」群匪爆出一陣大笑。鬬荷雪白的臉上微微泛紅，她連連退了幾步，舉起手裡的鶴頂紅，張大了嘴一口全吞了下去！匪首沒料到她會留這一手，瞠目結舌地愣在原處。鬬荷的鼻子立刻冒出鮮血，一陣劇烈的疼痛從胸口傳來，她只覺得腹中像是堆滿了點著的木炭，灼灼燃燒。她渾身的肌肉都在抽搐，吃力地指著匪首，冷笑道：「你是什麼狗東西，還敢動我的主意！」她忽然感到一股烈火從胸中竄起，頃刻間五臟六腑都化爲灰燼。越來越多的血從她的鼻子、嘴角流出，她的喉嚨灼熱不堪，兩隻眼睛燒得血紅，獰笑著朝匪首走去。匪首嚇得連連倒退，鬬荷的腳步驟然停住，她知道時刻到了，便用最後一絲力氣，大聲叫道：「二……」她只喊出一個字，就直直倒在地上。

夜來幽夢忽還鄉

再過幾天，就是光緒三十二年的春節了。但盧家上下卻依舊沉浸在二少奶奶身亡的悲慟中。盧豫海一夕蒼老，他在知道鬬荷的死訊後，怔了半晌沒有說話，彷彿聽見了一個並不有趣的笑話。直到所有人都跪在他面前放聲痛哭的時候，兩行眼淚才落了下來，一口鮮血噴湧而出。這次昏迷持續了三天。第四天的傍晚，他悠悠醒來，晴柔驚道：「二少奶奶，二爺醒了！」陳司畫守在床前整整三天，剛瞇了一會兒，聽見動靜立刻跑到床前。盧豫海空洞的眼裡滿是淚水，虛弱地道，「司畫，剛才誰叫二少奶奶？」晴柔自覺失言，臉色立時變得蒼白。盧豫海又喃喃道，「對了，關荷死了，妳現在是二少奶奶了。」剛說完，他頭一歪，又人事不省了。深夜，盧豫海再次醒過來。陳司畫含淚看著他，鼓足勇氣道：「二爺，玉婉的公公曹大人把土匪都抓住了，可是……沒找到姐姐的屍首。」盧豫海微微一顫，緩緩道：「是啊，荒天野地的，屍首早給野獸拖走了。」陳司畫擦淚道：「曹大人說朝廷準備實施新政，維新黨不予追究，豫江可以回家了。曹大人還說，土匪們都說姐姐是清白自盡的，曹大人準備請示朝廷，給姐姐建個貞節牌坊……」盧豫海聞言半天不語，忽而強撐著坐起道：「妳放心，我一時半刻死不了。給我弄點吃的吧。」

誰都不知道是什麼支撐著盧豫海。五月，朝廷的旨意下來了，准許由豫省藩庫出資，在神垕為關荷立貞節牌坊一座。盧豫海接了旨，又向曹利成再三確認朝廷真的不再追查維新黨人後，才讓陳司畫給遠在英國的盧豫江去信，讓他回國主持盧家老號的生意，自己卻一頭鑽進了維世場專窯。轉眼間到了七月，貞節牌坊即將落成，盧豫海也在專窯裡燒出了一件血紅色的如意瓶，準備在牌坊落成之後，代替關荷的屍首下葬。這天深夜，盧豫海和陳司畫對坐在書房裡，陳司畫哽咽地念完了給關荷的祭文，盧豫海凝望著搖曳的燭火出神。桌上的如意瓶映著燭光，彷彿是一團凝固的血。他幽幽吟道：「十年生死兩茫茫。不思量，自難忘。千里孤墳，無處話凄涼。縱使相逢應不識，塵滿面，鬢如霜。夜來幽夢忽還鄉。小軒窗，正梳妝。相顧無言，惟有淚千行。料得年年腸斷處，明月夜，短松岡。」

陳司畫知道這是蘇東坡在亡妻十年忌日時，揮淚寫下的名篇，此情此景竟真有思通古人的悲涼，不禁也是淚灑前襟。就在此刻，門外忽然有人道：「二爺，快開門！」

盧豫海和陳司畫都是一愣。他們聽出是苗象林的聲音。自從大禍之後，苗象林自貶爲下人，終日在鈞興堂伺候盧豫海。陳司畫打開門，苗象林閃進屋，身後居然還跟著一個人。苗象林壓抑不住興奮道：「二爺，您看這是誰？」昏暗的燭光中，盧豫海和陳司畫看著那個衣衫不整，面容布滿傷痕的人，齊齊站了起來，驚叫道：「關荷！」「姐姐！」盧豫海顫巍巍拿起燭臺，仔仔細細地打量著。那人苦笑低頭道：「二爺，是我。」說著，眼淚洶湧而出。盧豫海扔掉燭臺，用力地抱住了她，大顆的淚珠無聲地流下。

這個聲音太熟悉了，但那張面孔卻極爲可怖且陌生。陳司畫不敢相信自己的眼睛，淚水也止不住地滾落下來，忙扶著她和盧豫海坐下。盧豫海顫聲道：「關荷，妳怎麼逃出來的？」關荷抹去破碎臉上掛著的眼淚，平靜道：「放了二十多年的鶴頂紅，許是藥力不夠了。那天天快亮的時候，我醒過來，只覺得臉上血淋淋的，腿上、身上都是野獸咬過的痕跡。我不敢走遠，就爬到一個山洞裡躲起來，一直躲到深夜，才趁著夜色偷偷下山，也不知身在哪裡，好像又翻了一座山，才找到人家……」

隨著關荷娓娓的述說，那悽慘的情景猶在三人眼前。陳司畫痛苦萬分道，「姐姐，妳別說了！」她握著關荷的手，「妳回來就好，回來就好！」苗象林在一旁抹著淚水，時而傻笑時而呆滯。盧豫海怔了半晌，道：「關荷，現在夜深人靜，妳不方便露面。妳先回房歇歇，司畫陪著妳。我又有些頭暈了，妳、妳們……」說著，他手扶著頭，身子陡然晃了起來。陳司畫忙道：「姐姐，咱倆先走，二爺這陣子身子骨很差，禁不起這麼大的喜事！」

關荷深深看了他一眼，顫抖道：「二爺，你別瞞我了。我到鎮上三天了，什麼都知道。明天就是我的貞節牌坊落成的日子吧？關荷已在半年前死了，朝廷都下了旨意……我明白二爺的心思，你現在一定在想如何能讓我活下去，又不讓盧家背上欺君的罪名吧？」

盧豫海身子一震，道：「關荷，妳千萬不要這麼想！我明天就去找曹大人，讓他對朝廷說……」

「晚了。明天，貞節牌坊就落成了，場面一定很熱鬧，附近鄉里的人都會來的……曹大人也沒有辦法，如果一個得了朝廷封賞的烈女又活了過來，不但是盧家，就連曹大人也會丟了性命。二爺，這些道理我都懂。我本想自己找個地方，偷偷死了算了，可是……」關荷一直強迫自己冷靜，但說到這裡，她再也無法克制地哭出了聲，「二爺，我想見你一面……我不敢靠近鈞興堂，怕人認出我來，我就守在街口，想遠遠看你一眼，然後去死。可你一直沒出來，我又聽人說你病得不輕，我實在放心不下……」她泣不成聲，慢慢拿起那篇祭文，掃了一眼，道，「妹妹真是好文采，我死的時候，能有這篇祭文……」

盧豫海突然吼道：「不就是抄家嗎？算什麼！關荷，妳老老實實在家待著，我明天當眾砸了那個牌坊！欺君就欺君好了！我不能看著妳再死一次！咱們一家人生也好，死也好，總歸在一起就是。司畫，妳說呢？」陳司畫毫不猶豫道：「二爺，我都聽你的！」盧豫海點頭道：「象林，你這就去把所有人叫起來，我要讓他們知道二少奶奶還活著！」

「慢著！」關荷傷痕纍纍的臉突然變得蒼白，她扶著桌子緩緩站起來，彷彿忍著強烈的痛楚，「二爺，你沒聽到我說嗎？晚了，一切都晚了……我能聽到你這麼說，聽到妹妹這麼說，知道你們都是出於真情，我還有什麼不知足的……」她苦笑，嘴角流出一絲鮮血，「我能活到這個時候，已是老天恩賜……我知道二爺一定不會讓我再死一次，所以我來的時候，買了一包老鼠藥……二爺，我這次真的要死了……我只恨我的塵緣太淺，不能再伺候二爺了，不過有妹妹在，我也能放心地去……妹妹，廣生還是個好孩子，妳得耐心教導他……」

關荷的兩腿忽然一軟，雙手撐在桌面上，桌子一傾，那個如意瓶跌落在地，發出一聲脆響。關荷看著一地如同鮮血的碎片，斷續道，「二爺，你聽我最後一句話，董克良是咱的仇人，梁少寧也是咱的仇人，可他們……一個是我舅舅，一個是我爹，又都沒後代……我求二爺在他們死後，給他們找個地方埋了……」盧豫海把她攬在懷裡，痛不欲生道：「關荷！別這樣，不就是老鼠藥嗎？吐出來就行……」關荷氣若游絲道：「我是死過一次的人了，我知道這次真的沒救了……二爺，你記得司畫嫁過來那年，你要跟我私奔，咱倆騎馬到……」關荷的聲音漸漸弱了下去，幾乎聽不清楚。盧豫海本來連走路的力氣都沒有，卻不知從哪來的一股力量，一把抱起關荷，對苗象林大吼道：「備馬！」

苗象林和陳司畫都是一愣，陳司畫推了他一把，失聲道：「二爺叫你備馬！」苗象林這才明白過來，哭著衝出了房門。盧豫海抱著關荷大步跟上，陳司畫在一旁扶著他。時值七月末，孟秋之際，涼風漸起，夜幕深沉，薄雲遮月。遠處的池塘裡荷葉微搖，清香四溢，周圍一片寂靜，只有蛐蛐此起彼伏的鳴叫聲和青蛙咯咯的應和聲。悲涼的秋意在鈞興堂裡靜靜蕩漾。盧豫海抱著關荷走在鈞興堂裡，當年他和關荷因陳司畫而私奔時，走的也是這條路。二十多年風雨飄搖，世事變遷，那時的盧豫海是多麼意氣風發，豪情滿腔，可現在他已是滿頭華髮，走沒多遠就支撐不住，兩人一起摔倒在地。關荷似從沉睡中驚醒，喃喃道：「二爺，我們這是……你帶我去哪裡都好……只是別留在……」盧豫海渾身的關節都在咯咯作響，他多想像當年那樣，領著關荷走出這個家門！如果那天他和關荷真的私奔了，這二十多年又會是一段什麼樣的歲月啊！陳司畫淚流滿面地看著他們，用盡全力去扶盧豫海，但他把關荷抱得那麼緊，根本分不開。就在這時，苗象林拉著兩匹馬過來，見狀趕緊上前幫忙。盧豫海終於上了馬，抱著關荷輕聲道：「關荷，妳看見了嗎？我們又要走了，這次我們走，就再也不回來了……」

馬兒奔跑在神垕的大街上，一切都像二十多年前的那個樣子。盧豫海縱馬狂奔，關荷靜靜地躺在他懷裡。馬蹄聲嗒嗒地響著，兩人彷彿穿越了數千個日日夜夜，回到了那一刻。關荷又一次感到耳邊呼嘯的風，她微微睜開了眼，神垕鎮的一屋一宇、一草一木都飛快地消失在身後。當年的話語也似乎穿過了時空，重新在她微弱的呼吸中呢喃道出：「二爺，這是出鎮的官道口，我只求二爺今後能記住這裡。等我死後，求二爺不要把我入土安葬，就把我的骨灰撒在這裡，我想看著二爺外出經商，看著二爺得勝歸來……」

就在那個地方，在那個當年關荷用身軀擋住私奔道路的地方。誰能知道那個時候關荷攔下的，究竟是幸福還是悲哀？是甘甜還是淒苦？是淚水還是笑顏？盧豫海用力勒住韁繩，馬頭高高地揚起，兩人從馬上跌落下來，滾落在路邊。關荷的眼睛依然睜著，滿是血汙的臉上，隱隱帶著笑意。盧豫海再也沒有力氣了，他艱難地呼喚道：「關荷，妳看，就是這裡，妳還記得嗎？就是在這裡，妳把我拉回了家……這二十多年來，妳受苦了，司畫也受苦了……每當夜深人靜的時候，我都後悔為何沒有帶妳走，為何聽了父親的意思，娶了司畫……妳知道嗎？董克良那麼恨盧家，是因為他一直對司畫鍾情……妳、司畫、董克良，還有我，誰都沒有過過一天開心日子……我今天一定要帶妳走，遠遠離開這裡，好不好？」他用力搖晃著她的身子，卻發現那具軀體已經冰涼。陳司畫遠遠看見他們，跳下馬來，跌跌撞撞地跑到跟前，顫抖著癱跪在地。

不遠的地方，一座剛剛建好的巨大青石牌坊，宛如一道巨閘隔開了陰陽兩界，又好像一張血盆大口，吞噬著周遭的一切。馬兒嘶鳴、盧豫海撕心裂肺的哀號、陳司畫哀哀欲絕的抽泣，應和著呼呼颳過帶著腥味的夜風，是如此的淒愴，如此的殘酷，如此的驚悚，又如此的真實。

寧為瓷碎，不為瓦全

《神垕鈞瓷大事記》佚名著

光緒三十二年神垕盧氏盧豫江回國，接替其兄盧豫海執掌盧家老號。

宣統三年盧豫江棄商從戎，奔赴武昌舉義，盧豫海再次出面執掌家業。

民國元年盧豫海之子盧廣生欠巨額賭債，逼盧家老號老相公苗象天挪用燒窯款項。盧豫海為維護盧家老號的聲譽，當眾砸毀價值十萬兩銀子之宋鈞，元氣大傷。同年，苗象天鬱鬱而死。

民國二年禹州改為禹縣。

民國四年神垕盧氏、董氏聯手重製禹王九鼎。於當年美國巴拿馬萬國商品博覽會風光一時，與同時展出的貴州省「茅臺造酒公司」所出之茅臺酒一併揚威海外。

民國五年陳家林場、煤場大東家陳漢章夫婦相繼辭世。

民國八年盧豫海鑒於軍閥混戰不休，以「太平經商，亂世種地」之豫商古訓為宗旨，僅保留汴號、景號、連號和煙號四處分號，其餘分號一律裁撤，召回駐外相公夥計。

民國十一年盧豫海鑒於宋鈞燒造工本昂貴，價高難售，關閉五處窯場，以粗瓷燒造為主，偶有訂單才燒造一二。

民國十九年蔣、閻、馮各派軍閥在河南大戰，投入兵力逾百萬，乃民國規模最大之軍閥戰爭。中原大戰歷時七月，河南省內滿目瘡痍。十月，亂軍敗退之際侵占了神垕鎮，大肆搶掠，焚燒窯場。盧家、董家皆未能倖免，值錢之物被洗劫一空。兵災之後，盧家十處窯場僅存維世場、在世場，董家老窯僅存理合場，其餘各大窯場關門破產。同年，盧豫海夫人陳司畫因驚懼過度而亡。

民國二十年董家、盧家各地的分號難以為繼，名存實亡。

民國二十一年董家、盧家內無燒造的窯場，外無銷售的商號，兩難齊至，神垕瓷業自此一蹶不振。

民國二十八年六月，日軍占領河南省會開封。

民國三十一年全省大旱，盧家、董家傾其所有，救助災民。至此，失傳六百餘年，復興不足七十年之宋鈞燒造，再次絕跡。

……

民國三十三年六月，夏收夏種已經忙完了，乾鳴山下的農田裡除了拾穗的女人小孩，看不見多少人在忙碌。神垕已經沒有一處像樣的窯場，大多被平整成地，種糧食保命。六月初一這天，收了新麥的神垕鎮各家各戶照例用新麵蒸饅頭、做煎餅，炊煙裊裊，像是冬天人呼出的氣。盧家祠堂的小院裡，一個頭髮銀白的老太太把饅頭擺在桌上，衝著屋子裡喊道：「豫川、豫海，出來吃饃啦！」

一扇門打開，八十多歲的盧豫海顫巍巍走了出來，手裡拄著根粗籐拐杖，笑道：「做好了？」蘇文娟白了他一眼，道：「兩個甩手大東家，我嫁到盧家算是倒楣了！」盧豫海在圓桌前坐下，深深聞了一口饅頭的香味，嘆道：「打民國十九年中原大戰，這大白饃就不常見了。」

「半年前老三請你去重慶，你怎麼不去？那裡可是有吃有喝的。你倒好，駁了廣強和廣國兩個孫子的面，什麼都不要，要了一堆炸藥手榴彈！」

「我那是唱戲用的行頭，上個月小日本不是占了禹縣嗎？他們要是再來搶禹王九鼎，我就給他們來一齣《刀劈三關》！對了，董克良呢？」

「一早就去請他了，他說中午過來。」

「唉，克良也不容易啊。身邊沒人了，連個後代都沒有。」盧豫海正說著，盧豫川也蹣跚走過來了。三個老人都是頭髮雪白。蘇文娟笑道：「今天蒸饅頭的時候，我忽然覺得活得太長了。就說你吧，兩個妻子都死了，兒子閨女也死了，剩下一個孫子、兩個外孫女，去年重孫也抱到了，你還想要什麼？」

門口有人笑道：「豫海還有後代可以死，可我呢？老婆沒有，兒子也沒有，孫子更別提了。看樣子我是不能死啊！」董克良一邊打趣，一邊邁步走了進來，坐在他們身邊。四個老人圍坐，看著冒熱氣的饅頭，誰都沒動筷子。盧豫川喃喃道：「生就是死，死就是生。死死生生永不得脫，這就是輪迴。《大佛頂首楞嚴經》有云：『一切眾生，從無始來，生死相續，皆由不知常住真心，性淨明體，用諸妄想，此想不真，故有輪轉……』你們倆好好想想吧。」

盧豫海和董克良的臉色變得陰鬱，小院裡的氣氛一時靜謐而沉重，彷彿有一股神祕的氣息在慢慢蕩漾，蔓延。董克良憂心道：「豫海，東西還在老地方嗎？」

「在。」盧豫海蹙眉道，「不過我看守不住，得換換地方。那個熊二狗又來了一趟，這回沒說禹王九鼎，而是要我去禹縣當什麼鈞瓷商會的會長。我一口拒絕了。他找你了嗎？」

董克良不以為意道：「找了。我說『七十三，八十四，閻王不請自己去』。我都八十三了，你再來煩我，大不了我一頭撞死。他能把我怎麼樣？」盧豫海一笑，而盧豫川閉目轉動佛珠，看不出他的情緒。

蘇文娟插話道：「你們別說這些了。好好的六月初一，講點高興的吧。」

盧豫海搖頭嘆道：「這個世道有高興的事嗎？我真後悔老三來神垕時，沒讓他帶走禹王九鼎，不然我早他娘的跟日本人拚了！哼，我那『拚命二郎』的名號可不是吹出來的！」

蘇文娟抿嘴笑道：「你這就是在吹牛呢！除了這根拐仗，你還拿得動什麼？」四個老人一起笑了起來。就在此時，祠堂大門被人推開了，熊二狗斜背著一把匣子槍，領著一隊日本兵闖進來。四個老人似乎早有預料，都坐著沒動。熊二狗走到他們身邊，訕笑道：「董老爺子也在啊？這樣可好，省得我多跑冤枉路。怎麼樣，各位老爺子想好沒有，誰去當商會會長啊？」四個老人跟沒聽見似的，蘇文娟冷冷看了他一眼，抓起一個饅頭扳開，分給在座的人。熊二狗也不覺得尷尬，繼續厚著臉皮道：「今天怎麼說也得有人當會長呀！明天六月初二，是鈞瓷商會成立的好日子，等商會一成立，各大窯場都能重新點火燒窯了。各位都是明白人，咱神皇人不燒窯，還叫神皇人嗎？」

盧豫海冷笑道：「我問你，這窯是給誰燒的？」

「這……自然是給皇軍燒的。」

盧豫海厭惡地扔了饅頭，道：「好好一鍋饅頭，潑了一堆狗屎！你讓日本人開槍打死我們好了。我告訴你，我們幾個都是人，不是當漢奸的狗！」

熊二狗臉皮再厚也頂不住了，勃然怒道：「我實話告訴你們，河南一共一百一十一個縣，皇軍占了一百零九個！老蔣就快完蛋了，重慶也守不了幾天了！各位瞧見沒，我今天帶皇軍來了，就是抓，也得抓一個去禹縣！不只是會長，你們兩家的禹王九鼎早晚也得獻出來，不然統統得死！」

那隊日本兵大聲叫起來，喀喀地拉著槍栓，場面一時殺氣騰騰。盧豫川一直沒說話，卻突然仰頭看著熊二狗，慢吞吞道：「我做會長，行不行？」熊二狗一愣，驚訝道：「你？」盧豫川扶著桌子站起來，不快不慢道：「我怎麼了？論輩分，我是盧豫海和董克良的哥哥；論年齡，我九十多了；論資歷，我燒窯的時候，他們倆還光屁股滿地亂爬呢！你說句痛快話，行，我就去，不行，你跟他們商量吧。」「老太爺，您不是要我吧？」熊二狗驚喜道，「汽車就在外頭呢，您現在就走？晚上三木大佐請您喝酒！」

事情發生得實在倉促，盧豫海、蘇文娟和董克良都來不及反應，熊二狗一使眼色，兩個日本兵上前架起盧豫川就往外走。蘇文娟臉色刷白，騰地站起來慘叫道：「豫川！你……」熊二狗站在門口，回頭大笑道：「抓不來八十多的，還抓不來九十多的嗎？明天商會一成立，盧家可就光宗耀祖啦！」

盧豫川指著蘇文娟，對熊二狗淡淡道：「我們老兩口這輩子沒分開過，我去當官了，不能讓人說我嫌棄糟糠妻吧？把她也帶上，你們若是信不過我，她不也是個人質嗎？」熊二狗略一思索，爽快道：「那就帶上！」

直到汽車聲消失在遠處，盧豫海和董克良才互相看了一眼。盧豫海緩緩道：「走吧，咱們也別閒著了……」

禹縣日軍司令部裡，一局圍棋已經下了整整兩個小時。盧豫川笑道：「三木大佐，我說了贏你一個子，就是要贏你一個子。我這輩子一半時間燒瓷，一半時間下棋。我下棋的日子比你的歲數還多啊！」三木青石雖然穿著一身便裝，仍掩不住軍人的殺氣。他正皺眉苦思，聞言勉強一笑，道：「看來我的棋藝的確不如盧老先生了。你是我們的朋友，明天就要正式爲帝國服務了，我希望你能好好爲帝國燒出宋鈞來。且不管圍棋勝負如何，我敬你一杯！」

盧豫川含笑不答，朝一旁道：「我平生滴酒不沾，能給我弄點水嗎？用我的茶壺。」說著，拿起茶壺遞給一個穿和服的日本女子。三木轉頭說了幾句日語，那女子下去了。三木笑道：「茶與棋都是雅事，何不見識一下我們日本的茶道？」盧豫川搖頭道：「你們那點東西都是從我們中國學去的，要喝茶，還是得到中國。」三木聽出他話中的貶抑，便譏諷道：「我這不是來了嗎？」說著，幾個日本女子端著全套的茶具上來，點炭火，煮開水，抹茶。盧豫川點頭道：「沒想到三木大佐一介武夫，還有如此雅興，這可跟你們動刀動槍、殺人放火的勾當大相逕庭啊。」三木只是冷笑，並不答話，臉色卻越來越難看。

須臾間茶泡好了，盧豫川又把茶壺遞給那個女子，「沖進我的茶壺裡，我用不慣你們的東西。」他又放下一子，「你還是老實認輸吧。圍棋分九品，入神、坐照、具體、通幽、用智、小巧、鬥力、若愚、守拙。我研究圍棋四十多年了，充其量也就是個四品，你呢？我看連七品都牽強。鬥力者，『動則必戰，與敵相抗，不用其智而專鬥力』。你是當兵的，這麼說你，也不爲不敬吧？不過似乎你們日本人都是這個德行。」

三木臉色鐵青，對那女子道：「好好沖洗一下盧老先生的茶壺，我要跟他一起品茶。」女子應聲下去。盧豫川淡淡道：「你既然擔心裡頭有毒，不用就是了，何必多此一舉？真可笑啊，你殺我同胞是何等冷酷，面對一個茶壺、一介老朽竟如此怯懦！」三木本來一直強壓著心頭的不悅，卻被他一連串的諷刺弄得再也平靜不得，語氣遽然一變，獰笑道：「盧老先生，你既然答應爲帝國做事，又爲何處處嘲諷？如果你不願做鈞瓷商會的會長，又何必來到這裡？我看你根本不是真心要服務帝國！我很清楚，你的弟弟盧豫江就在重慶國民政府任職，他的兩個兒子都是軍人，正在湖南跟帝國的軍隊作戰。坦白說，我很難相信你會對帝國忠誠。至於你說我怯懦，更是對我極大的侮辱，你會爲此付出代價的！」

幾個日本女子嚇得顫抖起來。盧豫川啞然失笑道：「怎麼，你輸不起嗎？不過一盤圍棋而已。我一大把年紀了，就算贏了你也不覺得光彩，你輸給我又算什麼？我無兒無女，就一個老伴還被你們弄來當人質，可笑兩個老人加起來快二百歲了，連把刀都拿不動，你們卻擺出如臨大敵的模樣，難道不是怯懦？」三木一怔，惡狠狠道：「你先回答我的問題！」盧豫川不慌不忙道：「你要我說實話，我就說。我並不是爲你們帝國服務，我是燒窯的人，神垕鎮的窯場冷清了好幾年，我只想讓它重新點火，燒出東西來。這算個理由嗎？」

剛才那個女子進來，手裡端著沖洗好的茶壺，見到這個劍拔弩張的場面不知該如何是好。盧豫川指著她道：「給我沖壺茶，你們大佐先生不敢喝，我一個人喝。」女子膽怯地看著三木。三木思索了一下，猙獰道：「給他倒！」女子把滾燙的茶水沖進茶壺，盧豫川接過來，自己倒了一杯，一飲而盡，譏笑道：「你的水、你的茶、你的人沖出來的，我又先喝了，你還沒這個膽子嗎？還武士道呢！統統是他娘的狗屁！」說著，把茶壺重重砸在桌上。

三木氣得連連冷笑，抓起茶壺咕嚕嚕喝了幾口，一把將茶壺摔得粉碎，目露凶光道：「你今天晚上死定了！我寧可不要什麼會長，也不會允許一個支那人如此恥笑帝國軍人！」

盧豫川平靜地看著他，道，「一介武夫，真是一介武夫啊！你應該要看出來的，我進門的時候就打算求死。」他拍案而起，一步步朝三木逼過去，朗聲道，「我盧豫川，父母早亡，幸得叔父嬸子撫養，長大成人後卻不能回報萬一，此一罪也。受心魔左右，洩露祕法，圖謀獨霸家業，此二罪也。逼迫嬸子交出祕法，此三罪也。不能報仇，反與仇家勾結，此四罪也。謀害二弟，毆打三弟，此五罪也。不從長輩教誨，與文娟私訂終身，此六罪也。枉活了這麼大把年紀，卻沒有子嗣傳家，此七罪也。雖爲炎黃子孫，然垂垂老矣不能上陣殺你們小日本，此八罪也。三木青石，你說我有這八條大罪，該不該死？」

三木狠狠盯著他，一語不發。盧豫川笑道：「我造了這麼多孽，臨死之際，總算做了件好事。你剛才不是問我，爲什麼當了漢奸，還處處嘲諷你嗎？你還問我，究竟是不是真的對你們小日本忠誠？我現在就告訴你，老漢就是兩個字：想死！不把你惹火了，你會殺我嗎？

嘿嘿，我們河南有句老話，十五的鬥不過二十的。你才多大年紀，想跟我這個老漢鬥，你鬥得過嗎？」

三木身子一晃，不知是惱羞成怒還是別的原因，他猛地大叫道：「拿我的刀來！」

「你是要殺我嗎？」盧豫川布滿皺紋的臉舒展開來，咯咯笑道，「只要你還能舉得起刀，就來砍我吧！你怎麼不問問我，我剛才嘮叨那半天是爲了什麼？嘿嘿，我就是怕你察覺出不對，故意跟你磨蹭，你他娘的還真上當了！現在晚啦。那點砒霜早化到你血管裡了，你不覺得肚子疼嗎？」三木用力摀住胸口，一手撐著桌子，失聲道：「哪裡來的砒霜？」盧豫川俯身撿起茶壺的蓋子，笑道，「小伙子，老漢今天就讓你長點學問，機關在這蓋子裡呢！老漢玩了一輩子鈞瓷，用鈞瓷殺你，還不跟捻死螞蟻一樣嗎？唉，這麼好的東西，給你弄碎了……」他從懷裡摸出一紙包，打開來對三木道，「你瞧瞧，就是這東西，一半給了你，這是留給我自己的。你也別指望殺我老伴出氣，這邊一亂，那邊她就跟著我去了。」說完，他一口把所有的砒霜都吞了下去。三木已經癱倒在地，兩隻眼睛兀自難以置信地圓睜著。盧豫川臉色大變，胸口襲來陣陣劇痛。一群日本士兵衝進茶室，見狀都大驚失色。盧豫川看三木痛苦地掙扎了幾下，兩腿登時僵了，便慘笑一聲道：「得勁哪！」接著身子一歪……

此刻，盧家祠堂裡，兩個老漢氣喘吁吁地坐在地上。盧豫海擦了擦汗，道：「都弄完了？我可是搬了五個箱子呀。」董克良喘息道：「啓稟盧大東家，弄完了。我搬了四個，這回算是輸你一次！」

「一次？咱倆鬥了一輩子，你輸的次數多了……」

兩人輕笑起來。幾十年的歲月，像一本厚厚的書，被一陣徐徐吹過的風掀開，發黃的紙頁上濃墨重彩的，全是一個個逝去的日日夜夜。他們不約而同地沉浸在往事裡，彷彿打開了一罈陳釀，酒香飄散在空氣中，越聞越是濃郁。盧豫海嘆道：「可惜今日無酒，若是能喝上幾杯，跟你好好暢談一番這幾十年的日子，也是人生一大快事啊。」祠堂裡又安靜了下來。

董克良忽而一笑，慢悠悠道：「豫海，你見過衙門審理案子嗎？」

「當然見過，原告和被告當堂對質，你咬我，我咬你，咬得狗毛亂飛，血肉滿地！」盧豫海嘆道，「咱們兩個人、兩家惡鬥了數十年，你覺得到了陰曹地府，還會接著鬥下去嗎？」

董克良笑道：「我只知道人死之後，先去陰間第一殿秦廣王那裡，善人壽終，接引超生。功過兩半者，交送第十殿發放，仍投人世，男轉爲女，女轉爲男。惡多善少者，押赴殿右高臺，名曰孽鏡臺，令之一望，照見在世之心好歹，隨即批解第二殿，發獄受苦。此後還有什麼初江王、宋帝王、五官王之類，一共有十殿閻王。不知你我二人到了陰間，會被判個什麼罪名？是永世不得超生，還是受盡折磨，再回到世間？」

「怎麼，你想給自己判判這一生嗎？」盧豫海失聲笑道，「我倒是樂意做個判官，可惜身邊沒有小鬼，沒有牛頭馬面，沒有黑白無常啊。」

董克良臉上露出了頑童般的笑容，揶揄道，「怎麼，拚命二郎也有膽怯的時候？」說著，他站起來，朗聲道，「董某鬼魂在此，請閻王爺判吧！」

盧豫海心裡一動，盤膝坐好，微微冷笑道：「你就是董克良嗎？」

「正是。」

「你可知罪？」

「董某愚昧，請閻王爺明示！」

「我且問你，你在陽間可做過傷人肢體、性命之事？」

「沒有。」

「沒有？買通張大豁子，在歸德府劫殺我，以及買通田老大，在大海上意圖害我性命的，都不是你嗎？」

董克良嘆道：「確有此事，看來你都一清二楚啊！好吧，我都招了。我買通張大豁子不假，可他沒能殺了你，白白費了我五萬兩銀子；買通田老大也不假，可他反而為你所用。」

「我可不管這些，你犯了這些罪過，罰你到第三殿受苦，你可有怨言？」

「沒有。」

盧豫海忍不住笑道：「克良，還要繼續審嗎？」

「繼續呀。」董克良一臉認真道，「且不管有沒有他娘的陰間，先玩了這場遊戲再說。」

盧豫海便正色道，「我是陰曹地府第二殿初江王。且問你，你在陽間可有教唆興訟、忤逆尊長之罪？」他說到這裡，不由得噗嗤一笑，「你莫要再說沒有，咱倆老夥計鬥了一輩子，誰那點事都瞞不過去！」

董克良大笑道：「有！光緒二十四年，朝廷搜捕維新黨，我知道豫江是個維新黨人，就花銀子勾結連逢春，想以窩藏縱容奸黨之罪，借朝廷之手把你們盧家趕盡殺絕。這是教唆興訟之罪吧？可惜啊，我看錯了連逢春那個窩囊廢，也不知你和曹利成用了什麼手段，居然把多年前的冤案都翻了出來！還有，不孝有三，無後爲大，我董克良自始至終只對一個女人鍾情，爲情所苦，爲情所困，此生未曾娶妻生子，父親再三苦勸我卻聽而不聞，視而不見，導致我董家人丁從此斷絕，這是忤逆尊長之罪呀！」

盧豫海苦笑道：「那你都認了？好，現在是第四殿了。我且問你，你在陽間可有交易欺詐、抗糧賴租之罪？」

董克良坦然道，「有呀！董某是個生意人，所謂無奸不成商，當年我在景德鎮，跟白家阜安堂的段雲全聯手，把你們景號折騰得走投無路，這算一個吧？我在津號低價傾銷宋鈞，又把你們津號擠得瀕臨破產，這也算一個。我暗中指使梁少寧承辦鈞興堂，實際上是把他推上絕路，藉機盜取你們盧家宋鈞祕法，這又算一個。豫川初掌盧家老號之際，太后、親王的賞賜一個個下來，我趁他一心建功立業之際，設下連環計，用一紙假訂單把你們盧家害得幾乎家破人亡，這也算。而我暗中指使你老岳父梁少寧，百般慫恿豫川圖謀獨占家業，雖然被維章老伯慧眼識破，但也把你們盧家弄得人心惶惶，這更算一個吧！」說到這裡，董克良索性盤膝坐下，笑道，「不敢煩勞十殿的閻王爺一個個審了，我自己招了，行不行？自克良呱呱墜地以來，深受父親教導、兄長愛護，卻只能眼睜睜看著兄長被陰謀所害，被逼自盡，這是罪過。眼睜睜看著父親白髮人送黑髮人，不堪其苦傷心而亡，這是罪過。因我孩童時頑皮搗蛋，摔傷了腳，讓梁少寧那個花花公子借看病之名勾引了我大姐董定雲，害得大姐生死不明，害得關荷母女離散，這是罪過。爲父兄送葬之日，對維章老伯化解兩家恩怨的好意置之不理，反極盡嘲弄譏諷之能事，這是罪過。執掌董家之後，處處對盧家下手，欲置盧家於死地而後快，這是罪過。我在天津違背豫商行規，高價挖走你們盧家的人，這是罪過……」

盧豫海一時沒有說話。董克良仰天大笑道：「這些事情是你知道的，我就是說了又何妨？閻王爺那裡記載的多了！也罷，我就說點你不知道的……民國十九年中原大戰，一夥亂軍洗掠神垕，盧家和董家都未能倖免。兵災之後，盧家十處窯場僅存維世場和在世場，董家老窯也只剩理合場，其餘各大窯場紛紛關門破產。兩家各地的分號一個個倒閉，內無燒造的窯場，外無銷售的商號，兩難齊至，就連你我這樣的豫商精英也無力回天，神垕瓷業再不能翻身……你知道是誰引來亂軍的？」

盧豫海驚道：「難道是你？」

「沒錯，就是區區在下！我爲了報仇，連自己的家都不要了，更不惜毀掉整個神垕。只是陳司畫受到驚嚇，不久便離開了人世，這是我沒有想到的……可嘆啊……」

盧豫海沉吟半晌，緩緩道：「司畫本來就有病，她的死，也賴不到你頭上……何況自關荷死後，司畫就跟丟了魂似的，鬱鬱終日，廣生又不成器，人世間再沒什麼可讓她留戀的，心早已死了……」

「你說到廣生，我就再告訴你一個祕密吧。民國元年，宣統皇帝退位，你們盧家最大的財源——每年那三十萬兩的朝廷宋鈞貢奉也隨之煙消雲散。廣生又不思進取，流連在青樓賭場，欠下了巨額的債款，竟逼著苗象天和楊伯安私自調用燒窯買料的銀子還債。廣生此舉導致你們盧家十處窯場整整一個月燒造無一成功。而你呢，爲了維護盧家老號的聲譽，當眾砸碎了價值十萬兩銀子的宋鈞，讓老號元氣大傷。苗象天慚愧難當，事情過去不久，便跟他父親苗文鄉一樣鬱鬱而終。這一招陰險吧？你可知是誰暗地裡教壞了廣生？還是我董克良啊！我讓詹千秋找來一個貌美的妓女，把廣生的魂都勾走了，又偷偷借給他銀子去賭場……」

「這也賴不著你。」盧豫海輕輕嘆道，「廣生本就是個敗家子，就是你不去教，他也遲早會走上這條路。至於苗象天，那也是他自己憂讒畏譏，心胸太窄……」

董克良連連擺手道：「還有呢！民國八年，我買通了地方官告你們家豫江是南方革命黨，害得一整連的人在你們盧家鈞興堂吃住，有好幾個月吧？盧家上下雞犬不寧，我在一旁看得興致勃勃！」

「我花錢買了個平安，破財消災嘛。後來他們不都走了嗎？」

董克良放聲大笑道：「豫海，我看你這個閻王當得夠窩囊！我這個鬼魂都自己招了，你還處處替我辯護，你不是糊塗了吧？」

盧豫海艱澀地一笑，道：「糊塗也好，難得糊塗嘛！克良，你怎麼不說民國二年，豫江趕回神垕，勸我參與在舊金山舉辦的巴拿馬萬國商品博覽會，爲國爭光。我親自登門拜訪，約你一起聯手重製禹王九鼎。那次造鼎沒有政府補貼，所有工本必須由自家出，你們董家上下都不願承接，可你還是答應了我。兩家不惜傾盡所有，司畫連自己的首飾、積蓄都拿了出來。數月之後，禹王九鼎終於製成，並在次年的巴拿馬萬國商品博覽會上大出風頭，與貴州的茅臺酒一併揚威海外。這不是你的功勞嗎？」

董克良直直地看著他，一時說不出話來。

盧豫江繼續道：「民國三十一年，河南全境大旱，是你董克良來找我，要我們兩家聯手賑濟災民，變賣了所有家業，把最後一點銀子都掏出來救人，但河南還是餓死了三百多萬人！神垕鎮餓殍遍野，窯工夥計們無以為生，有的背井離鄉，有的另謀生計。至此，失傳六百餘年，剛剛復興七十年的宋鈞燒造，又一次絕跡於世。當時我問你會不會覺得有愧於祖宗，你說這是你平生最得意的一件事，我們兩家的恩怨也從此消弭。你說，這是不是你的功勞？」

盧豫海說到激動處，慢慢站起身，在祠堂內踱步道：「頭一次禹王九鼎被毀，我們盧家被你們董家逼得走投無路，不得已趁在世場建窯之際，在豫商裡第一個打出身股制的大旗，從此身股制風行豫商，給豫商縱橫天下帶來多少好處？這不是你們董家逼出來的嗎？為了跟董家抗衡，我北上遼東受挫卻不甘心，轉而開闢了煙臺分號，把神垕的宋鈞銷往海外，大賺洋人的銀子，這難道不是你們董家逼的嗎？我含辛茹苦開拓遼東商路，不惜跟朱詩槐做伏特加霸盤生意，不惜跟老毛子拚死決鬥，這難道不是你們董家逼的嗎？那年康鴻猷找我們兩個去康店，若不是你不服我我不服你，為豫商是否要開票號建銀行爭得昏天黑地，康鴻猷又如何會恍然大悟，罷了這個心思，讓豫商在亂世中延續到現在？說來說去，盧家與董家稱雄神垕數十年，若不是你逼我，我逼你，彼此不服，彼此鬥智，又焉有神垕那些年如此興盛的局面！又焉有豫商在全國商幫裡如此高的地位！克良，今天不是我來審判你的一生，而是你我在臨死之前，互相評點對方啊！你剛才說了那麼多罪過，又有哪一個是心甘情願去做的，說到底還不是盧家逼你做的嗎？你拿豫江來逼我，我只得應戰，跟曹利成大人一起扳倒了連逢春；我爹抱病不出，推卸造禹王九鼎的皇差，逼得你家來索要祕法，又逼得我爹生出毒計，反過來害死了你大哥和你爹！克良，你我同年同月同日生，你可知我臨死之際，悟到了什麼？」

董克良凝神看著他。盧豫海喟然嘆道，「我這一生都在經商，如日中天也有過，萬貫家財也有過，嬌妻美妾也有過，生離死別也有過，耗盡了心智，花白了頭髮，至今卻落個兩手空空……盧家創業於草根之間，幾十年裡驟得富貴，又驟然衰敗。終我一生，難逃『失敗』二字。我自入商界以來，對待生意以『四留餘』爲訓，對待官場以『官之所求，商無所退』爲綱，官商兩界縱橫捭闔，自以爲算是個大商了。但今天你爲鬼魂，我爲判官，名爲審你，實則是在審問我自己啊！可審來審去，我竟發現自己是個不折不扣的小人！」他頹然站住，仰面嘆道，「小人所謀者，財也；君子所謀者，道也。我這一生奔波追逐的，無非是個『財』字，距離『道』的境界還遙不可及啊！這麼想來，我盧豫海是何等的慚愧！」

「看來你的確是悟出來了。」董克良的臉上慢慢浮現一種異樣的神采，道，「可你也過於自謙了。最了解自己的人，莫過於對手。我跟你鬥了一輩子，你審了我半天，卻給自己下了個『小人』的罪名。我倒想給你個評語，不知可否？」不待盧豫海回答，他把面前的茶碗倒滿了水，端起來道，「這第一碗，我敬你的豫商之道。你爲維護盧家『瑕疵不出窯場』的宗旨，親手砸了十萬兩銀子的宋鈞，此爲誠信篤實。你掙洋人銀子不擇手段，卻對中國商號處處留情，不惜有損自己也百般扶持，從不與之爭利，此爲以義制利。你不計前嫌，處處對董家忍讓，數次對我手下留情，只求兩家恩怨消解，此爲以和爲貴。豫海兄經商六十年，已深諳『誠信篤實、以義制利、以和爲貴』的豫商之道了。」

盧豫海怔怔地看著他。

「這第二碗，我敬你的豫商之法。結交官場，不即不離，這是我董克良最佩服的。豫省有官皆墨吏，這是多少年來的老話了，但同樣都是銀子，都是貪官，爲何在你手上就能爲你所用，爲你消災，爲你招攬生意；到我手裡就只會人財兩空呢？我處心積慮插手你們盧家的煙號生意，卻被你買通的江洋大盜劫得乾乾淨淨，而兩省的臬司衙門居然充耳不聞，這是你盧豫海的手段啊！此爲其一。其二，身股之制，分號開花。豫商裡不乏商界奇才，但能兼容並蓄，將其他商幫之優長爲我所用，又全無水土不服之症的，你們盧家算是一個了。而北上南下、東征西討的豫商，前有古人，後必有來者，但將區區一個鈞瓷生意做得遍布大江南北，商路遠及海外的，是你盧家開了先河。其三，以末致富，以農守之。咱們商人爲四行之末，錢財來得快，去得也快，朝廷一有風吹草動，首先遭殃的就是我們商家！軍閥割據時，你盧豫海竟然關掉五處窯場，化窯爲地，分給窯工耕種，生意江河日下，可你們盧家兩處堂口沒有辭掉一個夥計，這不但救了你自己，還挽救了多少人的命哪！」說著，董克良舉起第三碗，滔滔不絕道，「我還要敬你的豫商之德。處世講究外圓內方，持家講究忠孝兩全，品行講究君子經商。你一生做出最大的事，在我看來，莫過於兩件：一個是民國三年甘願賠上老本，也要燒出禹王九鼎揚威海外；另一個是民國三十一年你仗義疏財，傾家蕩產賑濟災民。你剛才說自己是個小人，沒錯，此前你我再怎麼風光，再怎麼豪富，無非是個追逐財勢的小人。而這兩件事做下來，你我雖然身無分文，窮困潦倒，但我們畢竟做了回君子啊！可惜，等你我明白過來，已是華髮蒼顏的老漢了。如果再年輕五十歲，你我都是三十多的年紀，能做出多少轟轟烈烈的大事啊！」

這番話句句說到盧豫海心裡，他默立良久，似乎在品味著什麼，終於道：「克良說得太過了。小人也好，君子也罷，都奈何不了一個『天』字。有道是時也，運也，命也。你我若是生在天下一統，河清海晏的時代，再大的生意又何足道哉！但現在呢？一個中國，有日本人，有滿洲國，有南京的國民政府，有重慶的國民政府，還有延安的共產黨！國泰則民安，商事即人事，如今山河破碎，百業凋零，你我就是天縱英才，又能做些什麼？不是我們不肯做，也不是我們做不來，而是時勢不許我們去做！莫說年輕五十歲，就算轉世投胎，如果還是這個世道，那我們依然是一事無成！」

董克良拊掌大笑道：「你這是怨天尤人，該進陰曹地府的第六殿受苦吧？」

盧豫海爽快一笑道：「一腔心緒傾吐已盡，就是下十八層地獄又有何懼！」兩人相視大笑起來。盧豫海笑著笑著，忽然想起了什麼，臉色復又變得淒冷，喃喃道：「此時此刻，想必大哥大嫂已經先走一步了。克良，你說日本人什麼時候來？」

董克良不以爲意道：「管他娘的什麼時候來！咱有好酒好菜等著他們呢，只可惜禹王九鼎啊……」

話音剛落，門口驟然響起汽車喇叭聲，繼而是嘈雜的腳步和日本士兵說話的聲音。盧豫海和董克良身子一震，盧豫海笑道：「若真有轉世投胎，奈何橋頭，三生石邊，孟婆莊上，你我都不要喝那碗孟婆湯，來世再做對手，好嗎？」

「好。」董克良臉上帶了幾分天真，道，「不過，這一世，我要司畫做我的老婆……」

盧豫海眼中霎時蓄滿了淚水，他沒答話，只是一把握住董克良的手。兩張核桃般滿是皺紋的臉上綻開了笑容。

幾分鐘後，伴隨著巨大的爆炸聲，一股煙花般絢爛的火焰，在寂寥許久的神垕上空升騰起來。這聲巨響驚醒了所有人，也驚醒了這座沉睡許久的千年古鎮。而接連不斷的餘響，宛如傳自天邊的晨鐘，一下又一下，悠長而沉重地撞擊著，彷彿歲月一聲又一聲無休無盡的嘆息。

（全書完）